LA LOI DES CATACOMBES

Collection Romantasy dirigée par Arthur de Saint Vincent
Ouvrage dirigé par Luce Valli
Graphisme de couverture : Audrey Gaucher
Image de couverture : Shutterstock © maxdesign202

Pour la présente édition
© 2025, Hugo Poche, département de Hugo Publishing
59, quai Alphonse Le Gallo
92100 Boulogne-Billancourt
www.hugopublishing.fr

ISBN : 9782755679069 / 001
Dépôt légal : septembre 2025
Imprimé en Espagne par CPI Black Print en août 2025
sur papier provenant de forêts gérées de manière durable.

MARION BERTOLI

LA LOI DES CATACOMBES

Hugo Poche

ROMANTASY

À Ambre, Gaëlle, Tess et Virginie.
Pour votre soutien de chaque instant.

CHAPITRE 1
Et sous la terre, ils furent liés à jamais

– Aidez-moi, s'il vous plaît !

Lucas soupira. Avait-il manqué l'annonce de la fête de l'impolitesse ? Voilà que par trois fois aujourd'hui, le bon sens de commencer une conversation téléphonique par « bonjour » semblait s'être envolé par la fenêtre.

– Combien ? répondit-il, pas le moins du monde perturbé par l'urgence dans la voix inconnue.

– Qu… Quoi ?

– Combien vous payez ?

Il y eut un silence à l'autre bout du fil et il croisa les pieds sur sa table basse.

– Écoutez, mon ami est perdu dans les catacombes de Paris ! Ça fait deux jours ! Pif a dit que vous pourriez le retrouver sans problème. Aidez-moi, je vous en prie !

– Et pourquoi ne pas contacter les flics ?

Nouveau silence. Lucas ne put réprimer un sourire carnassier.

– C'est que… la soirée n'était pas très légale. Et puis, ça n'arrangerait personne que la famille de mon ami soit impliquée. Si ça pouvait être réglé discrètement…

La voix tremblait et hésitait, mais Lucas savait qu'il avait ferré un poisson idéal. Récupérer les imbéciles partis défier les couloirs étroits et interminables des catacombes parisiennes était devenu une activité régulière. Moyennant finances, évidemment.

– Deux mille euros.

– D'accord, accepta immédiatement l'autre.

Merde. Il aurait dû proposer plus cher. Les jeunes qui se rendaient dans les fêtes clandestines des catacombes appartenaient à deux catégories : les exclus de la société un peu bizarres et les fils à papa friqués. C'était d'ailleurs un bien curieux mélange. Visiblement, son interlocuteur pouvait se permettre de dépenser une telle somme sans hésiter et faisait donc partie de la seconde espèce.

Lucas soupira une nouvelle fois et jeta un coup d'œil à sa montre. En sautant dans un métro pour remonter le 14e arrondissement, il pourrait y être avant que le soleil disparaisse complètement.

– Je serai à la Plage dans quarante-cinq minutes. Dites à Pif d'être là.

Puis il raccrocha sans même avoir pris le temps d'écouter la réponse.

Il y avait bien d'autres cataphiles capables de se repérer sans problème dans le dédale mortuaire sous la capitale, mais personne n'était aussi rapide que lui pour y prendre le bon chemin.

La Plage, l'une des salles les plus connues des catacombes illégales et lieu d'art en tout genre, servait aussi de zone de rassemblement dans les cas de disparitions souterraines. L'endroit était recouvert de graffitis et de peintures des murs au plafond et, quel que soit le temps à l'extérieur, il y avait toujours des occupants pour fouler le sable fin des sous-sols de la brasserie de l'Espérance.

On y trouvait cependant bien plus de cadavres de bouteilles que de squelettes. À vrai dire, les galeries étaient pour la plus grande partie vides et mornes, si ce n'étaient les ponctuels marquages des anciennes carrières. Les habitués qui guidaient les novices pour leur première excursion prenaient tout de même un malin plaisir à les faire passer par un florilège de chemins effrayants où les os anonymes s'entassaient. De nombreux couloirs étaient étroits et nécessitaient de se baisser, de ramper et de se contorsionner dans des espaces claustrophobiques. L'étouffant silence était peut-être ce qui choquait le plus les néophytes.

Lucas resserra les lacets de ses bottes et enfourna le bas de son jean noir dedans. Certains chemins pouvaient être facilement inondés et, s'il pouvait toujours rajouter le prix du pressing dans sa prestation, il détestait sentir l'eau croupie sur ses vêtements.

Quelques minutes plus tard, il avait quitté son appartement.

Lorsque Lucas traversa la Plage, il repéra quelques silhouettes de cataphiles avec qui il avait déjà fait affaire et certains le saluèrent d'un mouvement de tête nerveux. Il dénicha facilement Pif, adossé au mur où se dressait l'impressionnante reproduction de *La Vague* d'Hokusai.

Contrairement à ce que l'on aurait pu imaginer, ce dernier n'avait pas un nez spécialement imposant. Pif, ou Pierre-François, arborait une impressionnante tignasse rose flashy rasée sur les côtés, laissant apercevoir les piercings sur ses oreilles. Ses bras nus étaient recouverts de tatouages, depuis son cou, à moitié caché par un collier de cuir serré, jusqu'au dos de ses mains. Malgré les températures plutôt basses, il était en t-shirt.

– Ah, Lucas ! appela-t-il en le repérant.

Il avait affiché un grand sourire, bien qu'un peu crispé. Derrière lui, un petit groupe de trois personnes attendait impatiemment. En voyant Lucas approcher, ils s'avancèrent également, mais leurs visages blêmirent à l'unisson lorsque le regard du jeune homme les balaya.

Il appréciait faire constamment cet effet. Il débattait encore avec lui-même pour décider si son écrasante présence était due à sa chevelure si blonde qu'elle paraissait d'un blanc diaphane ou à ses intenses yeux vairons bleu et vert.

Alors même que les lieux ne s'y prêtaient pas, Lucas était toujours bien habillé. Il portait un jean serré, un col roulé en soie noir et un long manteau victorien à boutons d'argent qui contrastait farouchement avec ses cheveux clairs, parfaitement coiffés en arrière. Il détonnait dans l'ambiance grunge décontractée de la Plage. « L'apparence est le vêtement de la personnalité », avait-il un jour rétorqué à Pif quand celui-ci avait osé relever qu'il ne passait pas inaperçu.

– Merci ! Merci d'être venu, s'exclama le seul homme du petit groupe de novices.

Lucas reconnut immédiatement la voix qui avait fait appel à lui, mais il ne daigna même pas le regarder.

– Bouteille d'eau ? demanda-t-il à Pif, qui s'empressa de la lui fournir.

– J'ai aussi un bracelet de cuir qui appartient au gars disparu, ajouta ce dernier d'un air affable. Ils l'ont perdu de vue vers la salle du Bout du Monde. Même s'ils étaient tous assez éméchés à ce moment-là, tu auras plus de chance en commençant par là.

– J'ai pris mon chien, intervint l'une des filles. On s'est dit qu'il pourra certainement renifler l'odeur d'Axel et que ce sera plus facile.

Lucas jeta un regard dubitatif au fox-terrier, la queue coincée entre les pattes, et se retourna vers le cataphile pour s'emparer du bracelet.

– Tu les as trouvés où ces débiles ?

Pif essaya de masquer son rire en toussant dans son coude, mais un sourire moqueur était étalé sur son visage. Malgré l'insulte, le petit groupe était trop angoissé pour s'agacer de cette remarque. Ou ne l'avait pas entendue.

– Excuse-les, ils n'ont pas l'habitude des catacombes, ce sont des connaissances de la fac, expliqua le jeune homme aux cheveux roses avant de se tourner vers le groupe. Il vaut mieux que le chien reste ici. Je ne pense pas qu'il soit franchement d'humeur à aller plus loin, le pauvre.

– Mais comment vous comptez le retrouver alors ?

Lucas fit claquer sa langue dans un tic d'énervement. Il avait déjà passé une mauvaise journée, mais la manière autoritaire dont l'étudiante lui parlait commençait à lui taper sur les nerfs.

– Aucun de vous ne bouge de là, dit-il froidement. Je n'ai pas envie de devoir passer la nuit à aller vous chercher parce que vous n'avez pas réussi à me suivre et que vous vous êtes perdus comme des idiots.

– Mais…

Pif fit de larges mouvements de bras pour dissuader la jeune femme de continuer à argumenter. Agacer la seule personne capable de retrouver en un temps record quelqu'un perdu dans les catacombes n'était pas la meilleure des idées. D'autant que

Lucas avait une patience à peu près aussi grande qu'un dé à coudre.

– Je m'occupe d'eux, ne t'en fais pas, affirma Pif tout en se plaçant devant le groupe de novices.

Lucas acquiesça et, sans un mot de plus, se dirigea vers un gros panneau en forme de flèche indiquant : « La mort est par là ».

– Et votre lampe ? cria quelqu'un.

Mais Lucas n'en avait pas besoin. Il était connu des cataphiles simplement parce qu'il pouvait surgir de n'importe quel couloir ou galerie comme un diable de sa boîte, déclenchant chaque fois un concert de hurlements paniqués. Personne ne savait comment il parvenait à se repérer dans le noir total, ni même comment il s'y prenait pour emprunter les passages qui nécessitaient de ramper à même un sol boueux ou poussiéreux sans que cela laisse la moindre trace sur ses vêtements.

Aucun d'entre eux n'avait jamais tenté de lui poser la question ; ils étaient bien trop intimidés par l'aura étrange qui entourait le jeune homme.

Lucas s'enfonça rapidement dans les profondeurs des catacombes, accompagné seulement par le bruit sourd de ses pas. Dès que la lumière disparut, ses yeux s'habituèrent à l'obscurité et ses pupilles furent capables de voir comme en plein jour, les couleurs en moins. L'atmosphère était un peu humide, mais il n'y avait pas de courant d'air dans le dédale. Les sons étaient écrasés par la pierre et toutes les galeries se ressemblaient comme deux gouttes d'eau. Mais pour lui, se repérer dans ce labyrinthe était un jeu d'enfant.

Il s'empressa de se diriger vers le dernier endroit où le groupe avait vu Axel et, une fois sur place, prit le bracelet dans sa main gauche. Il récita une incantation en japonais avant de toucher son front puis sa bouche et attendit patiemment dans la pénombre silencieuse que l'air crépite autour de sa main. Une mince fumée rougeâtre s'éleva depuis l'objet pour mener vers le passage sur sa droite.

Confiant, Lucas suivit le minuscule fil d'Ariane qui se déroulait devant lui et qui le conduirait sans faille au propriétaire du bracelet. Fort heureusement, dans sa panique, l'abruti qui s'était perdu n'avait pas emprunté les sections où l'eau stagnait. Peut-être que les imbéciles avaient un sens inné de la préservation, finalement ?

Lucas retraça le parcours chaotique d'Axel et s'enfonça plus en profondeur sous la terre. À mesure que les minutes s'égrenaient, l'expression du jeune homme se fermait. Le sort lui permettait de suivre les pas du porteur de l'objet, aussi bien les boucles qu'il avait effectuées sans s'en apercevoir que les culs-de-sac dans lesquels il s'était engagé par mégarde. Mais depuis un petit moment, il n'y avait plus d'hésitation sur le trajet rouge, comme si le disparu avait subitement décidé de se diriger quelque part.

Ou que quelqu'un l'avait guidé.

Alors que Lucas tournait dans une section sur sa droite, il remarqua que le mur du fond de la galerie s'était effondré et avait ouvert un nouveau passage vers un couloir qu'il n'avait lui-même jamais emprunté. Sur ses gardes, il enjamba le tas de pierres instable et continua son chemin plus lentement.

Il maintenait sa respiration à un rythme régulier, mais quelques gouttes de sueur se faisaient déjà sentir le long de sa colonne vertébrale. C'était étrange. Pourquoi et *comment* un fils à papa, éméché de surcroît, s'était-il aventuré jusque-là dans le noir total ?

Son cœur bondit dans sa poitrine lorsqu'il aperçut une silhouette à quelques pas devant lui. Il s'arrêta net, tous ses sens en alerte, ses poils hérissés sur ses bras.

Un jeune homme se tenait debout au milieu du chemin, le visage presque collé au mur de gauche. Derrière lui, le couloir inconnu continuait dans les ténèbres. L'étudiant ne bougeait pas du tout, mais ses yeux étaient grands ouverts. La fumée rouge reliait le bracelet à son poignet, confirmant qu'il s'agissait bien de celui qu'il cherchait.

Lucas s'approcha lentement, mais Axel ne fit aucun mouvement. Ses mains étaient pleines de coupures et de la boue maculait son pantalon au niveau des genoux, mais autrement, il n'était pas blessé sérieusement.

– Hé ! l'interpella Lucas.

Sa voix résonna en écho une seconde mais n'eut pas le moindre effet sur le jeune homme, toujours fasciné par le mur qui lui faisait face.

Lucas avança vers lui et, du bout des doigts, toucha son épaule. De plus près, il pouvait voir que les lèvres d'Axel étaient desséchées et que son teint était très pâle, mais ses yeux noisette restaient complètement éteints, comme recouverts d'un voile invisible.

Lucas inspira profondément pour détendre son dos. Il se secoua pour refouler un frisson désagréable et passa une main devant le visage de l'objet de sa quête souterraine. Contre toute attente, ce geste eut de l'effet. Axel cligna des yeux et s'écroula, mais Lucas sauta en arrière, ne cherchant même pas à amortir sa chute.

– Toi, tu vas payer pour le nettoyage à sec, soupira-t-il en se penchant sur le jeune homme couvert de boue, inconscient à ses pieds. Te sortir de là va dégueulasser mon manteau !

CHAPITRE 2

« Maudit sois-tu, mon amour ? »

Lucas observa le visage d'Axel, toujours inconscient. Sous la boue et la poussière qui s'étaient accrochées à ses cheveux et avaient maculé sa figure, il devina qu'il était plutôt beau même si ses traits étaient difficiles à discerner. Il attrapa la bouteille d'eau qu'avait préparée Pif et en versa lentement le contenu entre les lèvres entrouvertes de son encombrant paquet à délivrer. Au-delà de la panique qui pouvait causer de graves accidents aux égarés, la déshydratation pouvait très vite s'avérer dangereuse.

Alors qu'il passait les deux bras d'Axel par-dessus ses épaules pour le caler contre son dos, il entendit, au loin dans les ténèbres du couloir, un raclement sur la pierre. Lucas resta immobile quelques secondes, tout son corps en tension, ses yeux essayant tant bien que mal de percer le voile d'obscurité. Il était indifférent à la sensation d'écrasement que procuraient les lieux, mais ce nouveau couloir avait quelque chose de dérangeant.

S'il frayait avec le monde surnaturel depuis sa plus tendre enfance, il ne connaissait aucune créature ayant élu domicile dans les catacombes.

Pourtant, Lucas voulait quitter la zone rapidement. Il n'était pas payé assez pour aller jeter un coup d'œil curieux plus loin. Il ne perdit pas de temps à s'assurer que son fardeau soit confortablement installé et avança sans se retourner. Axel était plus grand que lui et bien plus lourd qu'il ne le paraissait. En maugréant, Lucas accéléra le rythme pour revenir vers la Plage. Il rejoignit sans problème le mur effondré et, après un dernier regard vers la galerie inexplorée maintenant plongée dans un silence total, reprit le chemin qu'il connaissait sur le bout des doigts. Il ne lui fallut pas plus de quelques minutes pour atteindre les salles pleines de peintures, grouillantes d'activités. Le groupe de novices se précipita vers lui en le voyant arriver et ils allongèrent leur ami sur le sol.

Lucas s'éloigna pour retrouver son souffle.

– Ç'a pris plus de temps que je le pensais, s'exclama Pif en le rejoignant, une cigarette éteinte coincée entre les lèvres.

– Il y a eu un effondrement du côté des galeries sud. J'ai dû faire un détour.

– Ah merde. OK, je préviendrai les autres de ne pas aller par là.

C'était le seul mensonge crédible qu'avait trouvé Lucas. Il n'était pas certain que *quelque chose* se cachait dans le nouveau souterrain, mais il n'était pas prêt à laisser une bande d'idiots s'y aventurer avant lui. Il écouta d'une oreille distraite Pif lui raconter qu'il avait dû s'y reprendre à deux fois pour convaincre les amateurs de ne pas se lancer à sa poursuite et que quelques cataphiles s'étaient pris la tête avec la fille au chien. Il regardait, songeur, le petit groupe qui s'était formé autour d'Axel, toujours inconscient. Ils chuchotaient entre eux et s'engueulaient pour savoir ce qu'ils devaient faire.

– Il est vivant ?

La question de Pif le surprit et il se tourna vers lui.

– Évidemment, tu as cru que je me serais cassé le dos à rapporter un cadavre ? Il est déshydraté, mais en vie.

– Merci de l'avoir ramené !

Le jeune homme qui avait engagé Lucas s'approcha d'eux.

– Nous allons ramener Axel chez lui pour qu'il se repose. Avec l'aide de Pif, si ça tient toujours ?

Celui-ci acquiesça.

– Nat dit qu'il n'a pas l'air d'avoir de blessure grave, alors ça devrait aller. Plus de peur que de mal ! ajouta-t-il avec un petit rire nerveux qui importuna Lucas.

Tout, depuis sa posture intimidée, sa manie de rentrer ses poings dans les manches de sa chemise, jusqu'à ses yeux cerclés de lunettes rondes qui évitaient à tout prix de se poser dans les siens, l'irritait. Ce garçon respirait la niaiserie à plein nez. Heureusement, la rémunération serait bonne et Lucas préféra se concentrer sur cette perspective.

– Honnêtement, je ne sais pas comment on aurait fait sans vous, continua le garçon. Vous êtes super efficace ! Exactement comme Pif nous l'avait dit.

– Simple transaction, répondit Lucas pour mettre fin à cette conversation insipide.

Son interlocuteur rougit et sourit bêtement, mal à l'aise. Il se racla la gorge en se balançant d'un pied sur l'autre et sursauta lorsque Lucas tendit sa main, à plat, devant lui.

– Oh. C'est-à-dire que… je n'ai pas l'argent sur moi…

En entendant cela, Pif s'écarta et décida d'aller scruter minutieusement une des peintures, qu'il connaissait pourtant depuis des lustres.

– Mais j'ai bien l'intention de payer, ne vous inquiétez pas, reprit le jeune étudiant que la réaction de Pif avait rendu encore plus nerveux. C'est juste qu'on n'a pas eu le temps de passer à la banque.

– Quoi ?

La voix de Lucas sembla rebondir sur les parois de la Plage. Toutes les conversations s'étaient tues. L'ami d'Axel recula en tremblant. Il aurait juré que l'air avait crépité entre eux, comme si des étincelles invisibles avaient éclaté quelque part.

Soudain, il sentit une force invisible le pousser violemment en arrière. Son dos heurta le mur derrière lui, tandis que Lucas s'approchait lentement. Quelques cris s'élevèrent autour d'eux, mais personne n'osa approcher. Tous pouvaient sentir les pulsations qui secouaient l'atmosphère tendue, même si aucun d'eux ne pouvait l'expliquer.

– Répète-moi ça ? susurra Lucas.

Sa voix était douce, mais d'un tranchant si affûté que le jeune homme face à lui déglutit difficilement.

– Je… J'ai l'intention de payer, balbutia-t-il en fouillant ses poches pour en sortir quelques billets. Je vous le jure ! J'ai… J'ai deux cents euros sur moi, mais je vous promets que vous aurez le reste rapidement. De… Demain ! J'aurai tout l'argent demain !

– S'il vous plaît, arrêtez ! continua la voix frêle d'une des filles du groupe derrière lui. On va vous payer ! Les banques sont fermées à cette heure de toute façon. Il n'y a pas de raison d'en venir aux mains.

Lucas ne bougeait pas, son visage était un masque de plâtre sans expression. S'il y avait bien une chose qu'il ne supportait pas, c'était qu'on le prenne pour un imbécile.

– J'ai retrouvé ton ami dans le dédale des catacombes en un rien de temps, lança-t-il d'une voix sombre. Crois-moi quand je te dis qu'il n'y a absolument aucun endroit au monde où je ne saurais te mettre la main dessus.

Lucas n'avait ni besoin d'élever le ton, ni d'effectuer des gestes intimidants pour se montrer convaincant. Son inébranlable confiance en lui et la colère qui transperçait dans son regard suffisaient à taire toute bravade. Il posa un doigt sur le front de l'étudiant, qui était incapable de bouger.

– Rentre-toi ça dans le crâne, pauvre demeuré. Je peux faire prendre une tournure infernale à ta pathétique et superficielle existence. Si tu ne m'as toujours pas contacté demain soir, je te promets que tu ne vas pas du tout aimer ce qui suivra. Ni toi, ni tes amis, ni ta famille.

La pression qu'exerçait Lucas sur les lieux était impressionnante. Personne n'osait ni respirer trop fort ni bouger le moindre orteil par peur de s'attirer son courroux.

– Est-ce que je suis assez clair, petit merdeux ?

Le mauvais payeur hocha frénétiquement la tête, les larmes aux yeux. Lucas récupéra les billets qu'il lui tendait d'une main tremblante et s'éloigna vers les galeries. L'air autour de lui ondulait comme s'il dégageait une onde de chaleur, un halo mystérieux. Il s'enfonça dans les ténèbres, certain qu'il serait contacté le lendemain.

De toute façon, dans l'état où se trouvait Axel, il aurait de nouveau du travail rapidement.

Lorsqu'il entra dans son appartement, Lucas prit soin d'accrocher son manteau à la patère de l'entrée pour évaluer les dégâts. Le sort de protection qu'il avait lancé sur ses vêtements avait fonctionné à merveille et mis à part quelques traces de poussière, son précieux manteau était intact. Il passerait tout de même au pressing et enverrait la facture à Pif. Après tout, le groupe qu'il avait introduit avait essayé de jouer au plus malin.

Même si Lucas s'était agacé, ce genre d'incident arrivait souvent. Il était rare qu'on lui paye la somme séance tenante mais il mettait un point d'honneur à rappeler à ses clients de le faire dans les plus brefs délais.

Il se dirigea vers le salon et son rangement approximatif.

Face à la porte d'entrée, une grande bibliothèque croulait sous le poids des livres de tout format, qui s'entassaient sur les étagères sans la moindre harmonie. Diverses statuettes et amulettes débordaient d'une petite boîte à bijoux laquée posée entre deux grimoires, tandis qu'un calice contenait des dizaines de pièces de différents pays. Lucas s'était procuré un canapé en cuir imposant, sur lequel traînaient constamment d'autres bouquins ouverts et quelques feuilles volantes griffonnées d'une écriture penchée. S'il gardait la télévision constamment allumée, car le bruit de fond l'apaisait, il s'ennuyait très vite devant. Aussi, la table basse regorgeait de projets à l'abandon, entre shikigami de papier[1] et divers outils de rituels. Si le désordre ambiant ne le dérangeait pas plus que ça, il n'était pas du genre à laisser la poussière s'accumuler ou la vaisselle sale remplir l'évier. Il était hors de question de trouver

1. *Shikigami* : silhouette de papier servant à invoquer un esprit contrôlé par l'invocateur.

un vêtement par terre. Il était peut-être bordélique, mais pas à ce point.

Le reste de la pièce se composait d'une cuisine ouverte, flambant neuve, et d'un couloir menant à la salle de bains et à la chambre, qui contenait un dressing impressionnant. Là encore, les étagères débordaient d'habits en tout genre, soigneusement rangés par saison. Les pulls étaient bien pliés, les chemises parfaitement repassées. Le jeune homme préférait les jeans, mais possédait tout de même quelques beaux costumes qu'il n'avait pas eu l'occasion de sortir depuis des lustres. Les achats de vêtements en ligne allaient bon train. Chacun ses vices.

Lucas ne prit pas la peine de faire réchauffer l'un des nombreux plats préparés qui remplissaient son frigo et se dirigea vers sa chambre. Des runes de différentes origines étaient collées des murs au plafond, jusque sur les vitres de ses deux fenêtres. Aucune créature surnaturelle ne pouvait pénétrer dans la pièce. Il s'en était assuré. Deux fois.

Torse nu, il se laissa tomber sur son lit aussi doux que moelleux. Au-delà de l'impression étrange qu'il avait ressentie dans le nouveau couloir des catacombes, quelque chose d'autre préoccupait les tréfonds de son inconscient sans qu'il puisse mettre le doigt dessus. Ses pensées s'envolaient inlassablement vers les ténèbres sous la ville et le regard vide de l'égaré.

Malgré le sanctuaire de sérénité et de sécurité que représentait sa chambre, cette nuit-là, son sommeil fut chaotique.

Il était déjà midi passé et Lucas était confortablement installé dans son canapé, une tasse de thé fumant à la main, lorsque son portable sonna. Il jeta un coup d'œil au numéro qui s'affichait sur l'écran et un sourire mauvais se glissa sur son visage de porcelaine.

– Les banques ont ouvert tôt ce matin, dit-il sans avoir besoin de demander qui était au bout de la ligne.

– Nous avons l'argent, gronda une voix féminine visiblement exaspérée.

– Bien.

– Mais il y a un problème…

Lucas raccrocha.

Il sirota une autre gorgée de thé noir brûlant et tourna la page du livre posé sur ses cuisses. À nouveau, le téléphone retentit. Il laissa sonner dans le vide pour que son interlocutrice panique un peu, puis décrocha juste avant que l'appel bascule sur messagerie.

– On a besoin de votre aide ! Quelque chose cloche avec Axel ! rugit immédiatement la jeune femme lorsqu'il décrocha. Nous avons votre argent, mais…

Lucas entendit un grand fracas à l'autre bout du fil et des cris recouvrirent la voix, devenue désespérée, de sa nouvelle cliente.

– Il est hors de contrôle ! Merde, Valentin, fais quelque chose, vociféra-t-elle à l'intention d'une autre personne. Depuis qu'il s'est réveillé, Axel n'est pas lui-même. C'est comme s'il… comme s'il avait pris quelque chose. Est-ce qu'il y avait de la drogue sur lui quand vous l'avez trouvé ?

– Non.

Il y eut un silence dubitatif et quelques chuchotements vifs qu'il ne comprit pas.

– Écoutez, on vous paiera comme convenu, mais si vous avez profité de la situation pour le forcer à consommer des substances…

À nouveau, Lucas raccrocha. L'attitude de ces gosses de riches mal élevés commençait à lui taper sur les nerfs. Cette fois, il laissa passer deux appels par pure mesquinerie avant de décrocher sans un mot.

– Je suis désolé, entama une voix d'homme, celui qui l'avait engagé la veille. Chloé est bouleversée et elle ne pensait pas ce qu'elle vous a dit. Je suis vraiment navré.

– C'est toujours deux mille euros. Et le pressing pour mon manteau.

– Oui, ce n'est pas un problème. Mais l'état d'Axel est inquiétant.

– Je ne fais pas de consultation à domicile, mentit Lucas.

– Mais… Axel est incontrôlable. Est-ce qu'on peut trouver un arrangement ? Je ne sais pas comment…

Des exclamations étouffées et des bruits de mouvements soudains obligèrent Lucas à écarter le téléphone de son oreille avant qu'il puisse répondre.

– Si vous voulez votre argent, venez à l'adresse qu'on vous envoie ! cria la voix féminine avant de couper la communication.

Lucas resta figé une seconde, abasourdi par l'audace déplacée de la jeune femme. Il était certain qu'il s'agissait de la fille au chien de la veille. Avec une attitude pareille, cela n'avait rien d'étonnant qu'elle se soit pris la tête avec des cataphiles. Pourtant, il garda son calme.

Au jeu de celui qui serait le plus horripilant des deux, il avait de la ressource.

Il entendit la notification d'un nouveau message reçu, mais n'y prêta aucune attention et se contenta de finir tranquillement son thé et le chapitre de son livre. Après quoi, il mettrait la main sur son ordinateur portable posé quelque part pour se détendre avec l'achat d'une paire de gants en cuir qui lui faisait défaut, avant de se laisser tout loisir d'être aspiré par l'univers factice des réseaux sociaux.

Lucas passa tout son après-midi à flâner dans son appartement. Il en profita même pour faire un peu de rangement, qu'il abandonna très vite. On l'avait obligé à prévoir un déplacement, mais il n'avait pas précisé l'heure à laquelle il daignerait venir réclamer son argent. Laisser ces imbéciles cuire dans le jus de leur angoisse lui avait donné le sourire et il avait redoublé d'efforts pour se trouver occupation sur occupation. Enfin, à l'approche du crépuscule, il se décida à consulter le SMS reçu plus tôt. Il ignora la dizaine d'appels et les messages sur répondeur qu'il n'écoutait de toute façon jamais, avant d'entrer l'adresse dans son moteur de recherche. Quelques stations de métro et il y serait en vingt minutes.

Il prit donc son temps pour choisir sa tenue et un trench-coat court qu'il agrémenta d'une élégante écharpe en laine. L'air sentait l'automne et il était ravi de pouvoir ressortir ses manteaux du placard. En quittant son appartement, Lucas se saisit tout de même de l'un de ses poignards, un dirk écossais qu'il avait dégoté à bas prix, et d'une petite pochette en tissu. Son aura inquiétante éloignait facilement les indésirables, mais des créatures aussi mystérieuses que cauchemardesques vivaient et rôdaient dans la capitale sans que l'humain de base perçoive leur existence.

Dans son monde, être prudent n'était jamais un défaut.

Lorsque la porte d'Axel s'ouvrit, il fut accueilli par une jeune femme aux très courts cheveux blonds et mèches roses, le visage égratigné de plusieurs marques de griffures, la mine complètement déconfite et les vêtements tout froissés.

– Vous êtes là ! s'exclama-t-elle en le reconnaissant.

Elle était bien la seule. Il ne se rappelait pas l'avoir vue dans les catacombes la veille, mais après tout, l'agacement l'aidait souvent à effacer les choses inutiles de sa mémoire.

Elle se poussa précipitamment pour le laisser passer et Lucas fut contraint de la suivre à l'intérieur. Tout était sens dessus dessous. Des meubles gisaient, éventrés et renversés, dans un chaos de vaisselle en miettes. Des vêtements, des coussins et même les rideaux étaient en piteux état. La télé avait été confrontée aux lois de la gravité et avait, elle aussi, succombé au combat.

– Merci d'être venu, commença la fille en tirant sur les manches de son chandail pour cacher son anxiété.

– Je suis là pour récupérer mon argent, la coupa-t-il en soupirant.

– Oui, bien sûr.

Elle lui tendit une enveloppe du bout des doigts sans même chercher à marchander ou à garder son butin en otage le temps qu'il accepte de s'occuper de son ami.

– Tout y est. Valentin a dit…

Mais elle fut coupée par la violente ouverture d'une porte dans le salon. Dans un enchevêtrement de bras, de jambes et de jurons pour essayer de le retenir, Axel déboula dans la pièce. Il trébucha et les deux hommes qui s'efforçaient de l'arrêter en profitèrent pour le maintenir au sol de tout leur poids.

– Axel calme-toi ! Bordel, aide-moi à le tenir mieux que ça, Val.

– Ouais, eh bien je fais ce que je peux ! Je me suis coupé la main, je te signale. C'est toi qui as eu la brillante idée de l'enfermer dans la salle de bains !

Axel grognait et grondait. Il feulait comme un animal et s'agitait en tous sens à la manière d'un cheval sauvage, mais il était coincé sous l'un de ses amis, presque allongé sur lui. Lucas observa cette scène pour le moins cocasse quelques secondes avant de concentrer son attention sur le nombre de billets dans l'enveloppe.

– Je sais que ce n'est pas ce qui était convenu, mais nous avons besoin de votre aide pour Axel. Votre prix sera le nôtre ! s'écria Valentin lorsqu'il se rendit compte de la présence de Lucas.

Le jeune homme portait la même chemise à carreaux que la veille, mais son visage était maintenant affublé d'un coquard et d'une lèvre fendue. Sa main droite était enroulée dans une serviette sanglante.

– Il est devenu très violent, expliqua la blonde. D'un coup, comme ça. Il n'a pas prononcé un seul mot depuis qu'il s'est réveillé. C'est comme s'il était possédé.

– Est-ce que vous pouvez au moins nous dire ce qu'il a ? demanda Valentin.

– Ou trouver un moyen de l'assommer ? marmonna le second garçon.

Lucas les dévisagea un moment sans répondre. Il n'avait tout simplement pas envie de leur venir en aide. Le petit groupe avait eu la présence d'esprit de se débarrasser de la dénommée Chloé avant qu'il n'arrive, mais leur attitude le dérangeait. Ils exigeaient puis quémandaient, pleuraient sur leur sort sans admettre leur part de responsabilité, pour finir par sortir les billets. Alors non, voler à leur secours n'était pas tout en haut de la liste de ses priorités. Encore moins pour sauver les fesses d'un inconnu.

Cependant, Axel n'avait rien demandé, lui. Il n'avait pas eu son mot à dire et la seule raison pour laquelle Lucas n'avait pas déjà tourné les talons, c'était qu'au moins ses amis faisaient l'effort d'essayer de trouver une solution pour le sauver.

Lucas dénoua son écharpe et la jeta dans les bras de la blonde. Il prit sa pochette et en sortit une minuscule statuette de bois, une pièce en bronze et un pochon blanc muni d'un long cordon. Il savait très bien pourquoi Axel était dans cet état, et le moyen de l'en sortir.

– Tenez-le bien.

Les deux garçons se regardèrent, inquiets. Sans s'occuper d'eux, Lucas arracha quelques mèches de cheveux d'Axel qui rua de plus belle en poussant des grognements. Il les enroula autour de la relique avant de les coincer dans le trou au milieu de la pièce de bronze pour que les deux objets soient liés. Il glissa le tout dans le pochon qu'il ferma en faisant un nœud et s'écarta. Les yeux fermés, il marmonna une incantation.

– Lâchez-le, ordonna-t-il ensuite.

Valentin hésita, mais l'autre garçon ne se fit pas prier et Axel se dégagea d'une bourrade. Il se remit debout avant de foncer droit devant lui, les yeux exorbités. Mais Lucas était prêt. Au lieu de reculer, il se faufila sous le bras tendu d'Axel en une fraction de seconde, et plaqua le sachet de tissu contre le torse du jeune homme, affrontant son regard enragé. Il lutta pour ne pas laisser la surprise ralentir son geste et passa le cordon autour du cou de son adversaire.

Il ne s'en était pas rendu compte à leur première rencontre, à cause de la boue et de la poussière, mais Axel ressemblait fortement à son ex.

Comme un pantin dont on aurait coupé les fils, il s'écroula instantanément. Ses amis se précipitèrent vers lui, mais Axel reprenait déjà conscience. Il clignait des yeux frénétiquement et semblait complètement perdu, mais il était à nouveau maître de lui-même.

– Je le savais, il était possédé, souffla la fille.

Lucas récupéra son écharpe et glissa l'enveloppe dans sa veste.

– Non, juste maudit. Un talisman de ce genre, je vous le fais pour cinq cents euros.

CHAPITRE 3

Le cœur a ses douleurs qui ne s'expliquent pas

Lucas ne s'était pas attardé. Il avait simplement précisé à la jeune femme à ses côtés qu'Axel ne devrait jamais enlever le talisman autour de son cou, pour quelque raison que ce soit, et qu'ils n'auraient qu'à passer par Pif pour le payer. Il ne lui avait pas laissé le loisir de répondre, de le remercier ou même de lui demander plus d'explications sur ce qui venait de se dérouler. Il avait lutté contre lui-même pour ne pas jeter un dernier regard au visage d'Axel avant de sortir définitivement de sa vie, et s'était engouffré dans l'ascenseur avec soulagement.

Il n'était définitivement pas prêt à supporter ce genre de ressemblance. Lucas était certain que s'il était resté un peu plus longtemps, il en aurait perdu ses moyens. Ou son calme. L'idée qu'il avait tout simplement fui les lieux lui traversa l'esprit sur le chemin du retour et la colère gonfla dans sa poitrine.

Cela n'avait rien à voir. Il en avait juste eu assez des clients arrogants qui l'avaient fait se déplacer et qui n'avaient même pas le bon sens de le payer immédiatement pour son travail. Axel ayant été sauvé, sa mission était accomplie, et il n'avait donc plus aucune raison de perdre son temps avec cette affaire, voilà tout. Cela n'avait *vraiment* aucun rapport avec son ex.

Lucas préféra rentrer à pied et s'oublier dans la contemplation des lumineuses enseignes des magasins de luxe. Peut-être même en trouverait-il encore un ouvert à cette heure pour laisser le loisir à sa carte de crédit d'y déverser toute sa frustration ? Tout prétexte était bon pour effacer cet élégant visage aux traits raffinés qu'il avait l'impression de connaître par cœur, ces grands yeux noisette désorientés qui ne s'étaient pas tournés vers lui. Ces légères boucles noires en bataille qui avaient le don de rendre sexy n'importe quel homme et ces lèvres charnues qu'il avait supposées douces et tendres.

Lucas avait besoin de retrouver son calme et de faire taire la douleur qui s'était réveillée dans sa poitrine. Mais il n'avait trouvé ni exutoires ni diversions assez fortes sur sa route pour lui faire oublier la tension qui lui comprimait la gorge.

Rentré chez lui, Lucas avait arpenté de long en large son appartement, incapable de dompter son agitation. Il avait essayé de reprendre son projet de shikigami sur la table basse du salon, mais avait fini par déchirer les silhouettes de papier dans un excès d'énervement. Il s'était cogné l'orteil contre l'angle du canapé et avait renversé la moitié de sa tasse de thé sur ses coussins. Les rires préenregistrés de l'émission qui passait à la télé avaient eu raison du dernier brin de maîtrise dont il pouvait faire preuve et il avait envoyé valser la tasse contre un mur.

Le fracas de porcelaine avait sonné comme une douce mélodie à ses oreilles et il s'était précipité dans la cuisine avec la ferme intention de laisser libre cours à ses humeurs et de faire voler toute la vaisselle disponible.

Mais à peine avait-il ouvert le premier placard qu'il sentit son torse se comprimer et l'air entrer difficilement dans ses poumons. Sa vision se rétrécit et son sang se mit à battre furieusement dans ses tempes, comme s'il jouait une partition endiablée. Tout à coup, la pièce tournoya et Lucas se raccrocha à son évier d'une main tremblante. Il étouffait. Il avait chaud. Et froid. La douleur dans son cœur semblait s'être propagée à l'intérieur de son corps, le long de ses bras, de ses épaules et de ses jambes. Dans les moindres recoins de son âme. Incapable de rester debout plus longtemps, il se laissa glisser contre le meuble jusqu'à sentir le carrelage glacé sous ses doigts, et lutta pour ne pas perdre connaissance.

Bientôt, des larmes brûlantes se joignirent à la cacophonie de ses sens et il n'eut pas la force de les empêcher de couler, ou d'arrêter de trembler.

Lucas n'avait pourtant plus fait de crise d'angoisse depuis des mois.

Lucas passa les jours qui suivirent dans une étrange torpeur. Pif ne l'avait toujours pas contacté pour le paiement du talisman, mais il se demandait s'il n'allait tout simplement pas laisser tomber pour cette fois. Après tout, il avait les compétences pour en refaire d'autres et ne manquait pas d'argent. En dehors de ses commandes incontrôlées de vêtements, Lucas ne s'achetait jamais grand-chose. Quelques ouvrages occultes qu'il dénichait dans des librairies d'occasion, quelques lames tranchantes pour sa collection, mais rien qui l'oblige à courir après des clients qu'il n'avait pas la moindre envie de revoir.

Il ne manquait d'ailleurs pas de travail non plus. La gérante d'un salon de coiffure venait tout juste de le joindre pour lui demander un sort de protection, et un homme d'affaires avait fait appel à lui pour débarrasser sa femme volage de la marque qu'une ogresse avait laissée sur elle. Si la créature s'attaquait principalement aux hommes mariés partis se satisfaire ailleurs, elle était peu regardante sur le sexe de ses proies tant qu'elle capturait dans ses filets les traîtres qui s'adonnaient à l'infidélité. Son contact à la mairie du 3e arrondissement lui avait aussi parlé d'une rumeur de disparitions inquiétantes près d'une vieille quincaillerie à l'abandon. Il avait largement de quoi occuper son esprit.

Lucas était sur le point de sortir de chez lui lorsqu'il entendit frapper à sa porte. Surpris, il hésita. Après tout, peu de personnes connaissaient son adresse et aucune d'entre elles n'avait cherché à le joindre récemment. Les sourcils froncés, il se dirigea vers l'entrée en entendant une seconde salve de coups.

– Il y a quelqu'un ? lança une voix inconnue derrière le battant.

Aussi curieux que sur ses gardes, Lucas fit glisser ses verrous et ouvrit la porte. Il se figea de stupeur en découvrant Axel sur son paillasson. Il sentit son cœur se serrer lorsque ses yeux se braquèrent dans les siens. Visiblement, l'étudiant semblait tout aussi étonné et ne manqua pas de le dévisager avec une expression médusée, avant que le rouge lui monte aux joues.

Axel fut le premier à rompre le contact visuel. Il se recula d'un pas et se racla la gorge, probablement gêné de débarquer ainsi.

– Vous êtes… Lucas ? demanda-t-il d'une voix hésitante.

– Qui t'a donné mon adresse ?

– Heu… Pif, répondit-il, pris de court. Je suis venu parce que…

– C'est cinq cents euros.

– Je vous demande pardon ?

– Le prix du talisman. C'est non négociable.

Lucas essayait de garder un ton calme pour ne pas laisser son malaise entraver son jugement.

L'étudiant le regarda bouche bée, avant de fermer les yeux une seconde en se pinçant l'arête du nez. Lucas pouvait déjà entendre les prochaines paroles sortir de sa bouche sans même qu'il les prononce. Typique des réfractaires au surnaturel.

– Alors c'est comme ça que vous avez persuadé mes amis de payer pour votre tour de passe-passe ? C'est sûr que vous avez de la prestance et que vous avez l'air convaincu de ce que vous racontez. Je ne sais pas exactement ce qui m'est arrivé, probablement le stress de m'être égaré si longtemps dans les catacombes, mais…

Le rictus qui fleurit sur le visage de Lucas fut si mauvais qu'Axel en oublia la fin de sa phrase.

– Dis donc, connard. Tu te pointes chez moi à l'improviste en pensant que je vais rester là à t'écouter déblatérer des conneries ? Je n'aurai aucun remords à te ramener là-bas à coups de pied au cul si tu continues de me prendre la tête.

La colère dans le regard de Lucas était si intense qu'Axel recula une nouvelle fois, en proie au choc. Ces jurons paraissaient complètement déplacés dans la bouche d'un jeune homme au physique aussi séduisant. Il tenta de se ressaisir et s'humecta les lèvres avant de reprendre la parole.

– Je… c'est que… Je vous suis très reconnaissant de m'avoir sorti de là, ce n'est pas le problème. Mais cette histoire de malédiction, de talisman ou je ne sais quoi, c'est n'importe quoi.

– Si tu préfères continuer à agresser tes potes et finir en hôpital psychiatrique, c'est toi que ça regarde. J'aurai mon argent d'une manière ou d'une autre. Maintenant, dégage !

Lucas claqua violemment la porte au nez d'Axel.

Pif était un homme mort. Il regagna son salon au pas de course pour chercher son portable qui avait échoué sur le canapé et respira profondément pour faire redescendre son rythme cardiaque, tout en prenant soin de garder sa colère vivace. Il préférait cette émotion à celle qui dévorait son cœur meurtri depuis plusieurs jours.

– Eh ! Franchement, c'est quoi votre problème ? appela Axel depuis le couloir. Vous vous prenez pour qui ? Vous êtes juste un charlatan qui profite des gens crédules ! Vous croyez vraiment que je vais payer pour ce… ce truc tout dégueulasse et qui pue ?

Lucas, qui était occupé à écrire un SMS de menaces à Pif, se figea. Il n'écouta pas le reste des vociférations d'Axel et se précipita de nouveau vers la porte. L'étudiant sursauta en le voyant ouvrir si brusquement et tenta même de lever les bras dans une posture de self-défense.

– Qu'est-ce que tu as dit ?

Beaucoup moins véhément maintenant qu'il se retrouvait face aux yeux vairons qui le dévisageaient agressivement, Axel redressa tout de même les épaules pour se donner du courage.

– J'ai dit que vous étiez un charlatan et que je ne me ferais pas avoir pour…

– Le talisman, le coupa Lucas d'une voix où perçait l'inquiétude. Qu'est-ce que tu as dit à propos du talisman ?

– Eh bien, que c'est hors de question que je paye pour continuer à porter ce truc tout noir autour du cou !

– Comment ça, « tout noir » ?

Cette fois, Axel était complètement perdu. Il glissa la main sous son sweat-shirt et tira sur la corde pour dévoiler le morceau de tissu que ses amis l'avaient supplié de ne pas retirer. Lucas écarquilla les yeux de surprise à la vue du pochon autrefois immaculé, à présent constellé de taches brûlées.

Comme pour souligner l'étrangeté de la situation, le talisman s'enflamma subitement et se consuma entièrement sous les doigts d'Axel, abasourdi. La lueur de lucidité dans son regard se voila.

– Merde !

Lucas n'eut pas le temps de se protéger qu'Axel le propulsa, à la force de ses bras décuplée par la malédiction, au travers de la pièce. La puissance fut telle que le jeune homme s'envola quelques secondes avant de s'écraser douloureusement contre sa bibliothèque.

Il se redressa tant bien que mal en se tenant les côtes, le souffle coupé. Il n'accorda aucune importance à la souffrance de son corps, car Axel avait recommencé à grogner comme une bête et s'était lancé sur lui. Le temps qu'il hésite sur la marche à suivre, l'enragé avait réduit la distance. Il agrippa le col de sa belle chemise avec l'intention de faire pleuvoir les coups de poing, mais Lucas avait retrouvé son équilibre et ses réflexes. Il bloqua le bras qui plongeait sur sa droite, sécurisa sa prise sur la main accrochée à son col, avant de basculer en arrière pour que la force de traction fasse tomber Axel avec lui. Durant la chute, il plaqua sa jambe contre le ventre de son assaillant et le projeta par-dessus sa tête. Il entendit sa table basse se briser sous l'impact et les morceaux de verre s'éparpiller partout sur le parquet.

Lucas se redressa en vitesse, mais constata qu'Axel était loin d'avoir été mis K.-O. Il chercha du regard les dizaines de statuettes et ornements qui s'étaient dispersés dans la pièce lors de l'effondrement de la bibliothèque causé par l'impact. Il avait besoin de quelque chose d'assez fort pour canaliser la rage qui avait pris possession d'Axel. Celui-ci se releva à son tour sans aucune considération pour ses coupures sanglantes et repartit à l'assaut, l'écume aux lèvres, les bras tendus devant lui.

Comme lors de leur première rencontre, Lucas choisit de réduire la distance plutôt que de s'éloigner et passa sous la garde du grand brun, si près de son torse qu'il pouvait sentir l'effluve de son eau de Cologne. Il serra les poings et donna deux coups rapides dans l'estomac d'Axel, qui recula en criant d'une voix gutturale. Lucas chercha à le désorienter en l'attaquant au visage, avec l'espoir de l'immobiliser assez longtemps pour trouver une solution. Ses articulations craquèrent en rencontrant la joue d'Axel, mais celui-ci réussit à lui saisir le poignet et l'attira à lui pour attraper son cou de son autre main. La force dans ses doigts était si intense que Lucas lutta immédiatement pour respirer.

Le regard que lui renvoyait Axel n'avait rien d'humain. Il n'y avait que du vide dans les iris noisette. Il n'était plus qu'un pantin de chair sans autre but que la destruction.

Lucas attrapa un morceau de verre resté collé au sweat-shirt du jeune homme enragé et fit glisser l'éclat le long du bras qui l'étouffait. Axel se rejeta en arrière en feulant de douleur et lâcha sa prise. Lucas toussa en sentant à nouveau l'air passer dans sa trachée et massa sa gorge irritée, avant de sauter par-dessus son canapé pour se mettre hors d'atteinte. Il n'hésita pas une seconde à jeter au visage d'Axel un vieil encensoir qu'on lui avait offert à son arrivée à Paris et tout autre objet qui lui tombait sous la main. Il devait trouver une solution, et vite. Son appartement ne regorgeait pas de décorations et il allait bientôt être en manque de munitions.

Lucas plongea sur le côté dès que son adversaire le rejoignit derrière le canapé, et il roula sur le sol. Un sourire se forma sur ses lèvres en reconnaissant la forme qui s'était découpée sous ses doigts. Alors qu'il était toujours par terre, Axel s'élança vers lui et fut cueilli par un violent coup de pied dans le genou. Son corps s'écroula vers l'avant, mais il n'avait pas pour autant perdu de sa fureur. Ses mains se refermèrent sur la cheville de Lucas qu'il attira vers lui. Avec un juron, ce dernier écrasa sa botte libre dans le visage d'Axel à trois reprises pour qu'il desserre enfin sa prise.

Celui-ci hurla de frustration et commença à se remettre debout, mais Lucas ne lui en laissa pas le temps. Alors que l'étudiant avait encore un genou au sol, il se glissa contre lui, entourant sa taille de ses cuisses et le poussa sur le dos. Au grognement de douleur, il en déduisit qu'Axel avait été blessé par sa première chute. Le regard vide se braqua dans le sien et les bras agressifs cherchèrent immédiatement à atteindre sa gorge, mais Lucas plaqua une pièce chinoise en or sur le front d'Axel en prononçant la formule adéquate. Son corps sembla se détendre d'un seul coup et ses membres retombèrent mollement.

Il cligna des yeux à plusieurs reprises en reprenant ses esprits.

– Qu'est-ce qui s'est passé ?

Lucas était assis à califourchon sur son ventre, essoufflé et visiblement ébouriffé. Il le toisait avec une expression mi-amusée, mi-moqueuse. Constatant qu'il était redevenu lui-même, Lucas se laissa rouler au sol, à bout de forces.

Axel voulut se redresser, mais il était incapable de bouger le moindre muscle, le moindre orteil. Même son cou ne fonctionnait pas. Seul son visage semblait encore susceptible de se mouvoir.

– Oh, bon sang, je suis paralysé ? s'écria-t-il, paniqué.

Malgré la situation déconcertante dans laquelle il se trouvait, Axel sentit le rouge lui monter aux joues en entendant Lucas pouffer de rire.

Le son de sa voix était délicieux.

CHAPITRE 4

Le prix du sacrifice n'est jamais celui que l'on croit

Axel regarda Lucas se relever sur un coude. De près, il dégageait quelque chose d'absolument incroyable, une aura irréelle et séduisante. Sa peau pâle ressemblait à de la porcelaine et ses traits, fins mais sévères, lui donnaient l'air d'avoir à peine vingt ans. Sans cette situation complètement abracadabrante, Axel aurait pu contempler son visage pendant des heures sans se lasser.

– Je ne peux plus bouger, finit-il par déclarer.

Cela sonnait comme un appel à l'aide.

Lucas s'assit en grognant, la paume plaquée contre ses côtes. Il passa son autre main dans ses cheveux clairs, presque blancs, pour se débarrasser de quelques morceaux de verre.

– C'était mon but, lui répondit-il enfin.

– Quoi ?

– La pièce sur ton front t'empêche de remuer et, par la même occasion, de continuer à détruire mon appartement. Elle bloque le sort et maintient ta conscience éveillée.

– J'ai perdu le contrôle ? J'ai encore fait n'importe quoi ?

Axel ferma les yeux une seconde pour reprendre son calme. Sa voix avait tremblé si fort qu'il avait failli se mordre la langue.

– Tu ne te souviens de rien ?

– Non. Enfin… Si. C'est comme un songe difficile à se rappeler maintenant que je suis réveillé. Plus je cherche à capter mes impressions, plus elles deviennent inconsistantes.

Axel fronça soudain les sourcils en prenant conscience des paroles de Lucas.

– Je suis paralysé par une pièce ?

Un sourire moqueur répondit à l'incrédulité dans sa voix.

– Un abonnement à la salle de gym ne te ferait pas de mal, répliqua Lucas, sarcastique. Je ne sais pas qui tu as énervé à ce point, mais tu es la cible d'une malédiction beaucoup plus puissante que je ne l'avais prévu.

Axel n'en croyait pas ses oreilles. C'était tout bonnement invraisemblable. Les malédictions, ça ne pouvait pas exister. Comme la magie. Ou les dragons et les fées. Impossible ! Pourtant, il avait vu de ses propres yeux la petite pochette de tissu s'enflammer sous ses doigts. Il avait senti sa conscience s'évanouir et, tout comme la première fois, des bribes de souvenirs ne cessaient de défiler dans son esprit. À la façon d'un film étrange dont il serait à la fois l'acteur et le spectateur. Et puis, il y avait Lucas et cette impression singulière qu'il dégageait.

Axel était peut-être cartésien, mais la réalité dépassait la fiction. Il ne parvenait pas à bouger le moindre de ses muscles et la pièce sur son front exerçait une pression inexplicable sur sa peau.

– C'est impossible, murmura-t-il, plus pour lui-même que pour Lucas.

– Tu débarques chez moi pour gueuler sur mon palier que je suis un charlatan et tu défonces mon appartement. Tu es parfaitement capable d'énerver n'importe qui au point de vouloir se venger et t'en faire baver, crois-moi.

Axel cilla. C'était la seconde fois qu'il mentionnait l'état de la pièce. Visiblement, il avait la rancune tenace.

– Mais tout le monde aurait réagi pareil, se justifia-t-il. Un talisman ? Une malédiction ? Et un type sorti de nulle part qui réclame de l'argent pour ça, comme si c'était une évidence ! Aucune personne saine d'esprit n'accepterait de croire une chose pareille sans broncher !

Lucas leva un sourcil, pas du tout convaincu par la bravade de l'étudiant. Mais la réplique cinglante qu'il s'apprêtait à lancer ne passa pas ses lèvres.

Un spasme agita le corps d'Axel si fort qu'il sentit ses bras se soulever et retomber contre le parquet. Il vit avec horreur les yeux vairons se focaliser avec inquiétude sur un point de son visage. Lucas ne bougea cependant pas. Il réfléchissait à toute vitesse, mais il ne parvenait qu'à une seule conclusion.

Qui l'agaçait profondément.

– Deux options s'offrent à toi, annonça-t-il. La première, j'appelle la cellule d'aide psychiatrique pour qu'ils viennent te chercher sur-le-champ. Une malédiction non traitée se résorbe généralement en quelques jours, voire en quelques semaines.

– Mais pas la mienne.

Axel n'en revenait pas. Comment des propos aussi absurdes avaient-ils pu sortir de sa bouche ?

Lucas soupira avant de répondre.

– En effet, le talisman aurait dû fonctionner sans problème. Il s'est désintégré à une telle vitesse que la seule explication à laquelle je pense, c'est qu'on t'a jeté un sort d'une puissance hors du commun.

Il jeta un nouveau regard au désordre du salon et grimaça.

– Bien plus que ce que j'aurais pu imaginer, reprit-il. Ce qui te permet de garder le contrôle en ce moment, c'est un *wén* qui appartenait à Zhong Kui.

– Je vois.

Lucas s'esclaffa, amusé par l'intervention d'Axel qui n'en menait visiblement pas large.

– C'était le plus grand exorciste de Chine, lui expliqua-t-il. Cette pièce est le plus puissant outil contre les malédictions que je possède. Et elle est déjà en train de fondre.

Axel gémit. Le tumulte créé par l'avalanche d'informations invraisemblables l'empêchait de ressentir quoi que ce soit, mis à part la peur qui s'était imposée dans son esprit. Lucas avait beau paraître serein en lui parlant, il pouvait voir que ses épaules étaient tendues depuis le spasme qui avait agité son corps.

– C'est quoi, la deuxième option ?

Lucas hésita. En répondant, il s'engageait sur un terrain qui ne lui apporterait rien d'autre que des ennuis. Pire, cela risquait de venir perturber un équilibre qu'il avait enfin réussi à retrouver. Il n'avait aucune raison de se mettre en danger. Il pouvait simplement laisser Axel pourrir dans une camisole de force et ignorer le fait qu'une malédiction aussi puissante finirait par ronger sa santé mentale, jusqu'à le tuer. Il n'avait rien à prouver à personne et il ne lui devait rien non plus.

– Je paierai le prix qu'il faudra, annonça Axel.

Le regard de dégoût que lui renvoya Lucas l'ébranla.

– Je... je veux dire que si c'est une question de montant, ce n'est pas un problème. Au point où j'en suis, je suis prêt à tout. Je ne comprends rien à ce qui se passe, ni pourquoi ça m'arrive à moi. Franchement, j'ai déjà mes propres ennuis à gérer. Je ne voulais même pas y aller à cette stupide fête !

Un nouveau spasme secoua son corps et Axel se mordit les lèvres jusqu'au sang, terrorisé à l'idée de perdre définitivement la maîtrise de lui-même et de disparaître à jamais. Des larmes désespérées inondèrent ses beaux yeux marron et Lucas se surprit à être incapable de s'en détourner.

– Aide-moi, s'il te plaît, reprit-il en le tutoyant, la voix vacillante. Je ne veux pas passer à côté de ma vie. Je ne supporterais pas de faire du mal autour de moi. Je t'en supplie, ne me laisse pas finir comme ça.

Pour une fois, Lucas n'avait ni repartie cinglante ni réponse acerbe à renvoyer. Il ne se sentait pas capable de se moquer de la détresse d'Axel. Il amorça un geste pour passer ses doigts dans les boucles brunes, mais s'arrêta à temps et se leva avec raideur. Ignorant le chaos qu'était devenu son salon, il contourna les débris pour rejoindre sa chambre et reprendre contenance. Il s'assit sur son lit et ouvrit le tiroir de sa table de chevet.

Il en sortit la petite boîte en bois laquée, d'un rouge élégant, qu'il n'avait pas touchée depuis des mois. À l'intérieur, un poignard très particulier reposait dans un écrin de velours. Sur la lame d'un noir profond, des symboles égyptiens d'une finesse irréprochable avaient été gravés par une main habile. Le manche en ivoire était simplement serti d'une pierre d'un bleu intense.

Pourtant, Lucas détestait ce poignard. Il s'empara du pommeau et le délogea de son coffret. Un morceau de papier blanc coincé dessous attira son attention et, alors que ses yeux parcouraient les quelques mots écrits au stylo-plume, son estomac se noua.

« Bon anniversaire mon chat. Je t'aime. Chani. »

Une vague de tristesse le transperça et il serra si fort le manche de l'arme qu'il n'eut bientôt plus aucune sensation dans les doigts. Il ne savait pas si la douleur dans sa poitrine était due aux souvenirs qui avaient afflué dans sa mémoire, ou à ses poumons qui avaient décidé de réduire son apport en oxygène.

– Lucas ? Quelqu'un ?

L'intervention plaintive d'Axel eut l'effet d'un déclic et il se surprit à respirer à nouveau. Il referma le couvercle de la boîte avec douceur et se leva. Il ouvrit le placard de sa salle de bains et piocha dans un compartiment en plastique où il gardait ses pierres de protection. Opter pour une labradorite était sans aucun doute une valeur sûre pour ce qu'il s'apprêtait à faire. Il en profita pour attraper le petit rouleau de fil de soie dorée rangé précieusement dans un coin de l'étagère. Enfin, Lucas retourna dans le salon.

Lorsqu'il entra dans le champ de vision d'Axel, celui-ci soupira de soulagement.

– J'ai cru que tu m'avais abandonné là.

– Ça ferait tache sur mon parquet.

Axel l'observa fouiller dans les décombres, renverser un morceau de table et s'emparer d'une pochette en tissu. Lucas ne lui avait toujours pas révélé en quoi consistait sa seconde option, mais il s'était retenu de lui ordonner de tout lui expliquer. Il doutait de pouvoir garder son calme s'il devait supporter une remarque de plus. Et puis, le blondinet était visiblement en train de s'activer dans le but de lui éviter la camisole. Du moins, il l'espérait.

Lorsque Lucas réapparut au-dessus de lui, ce fut avec un poignard impressionnant dans une main, et une coupelle remplie d'objets divers dans l'autre.

– La deuxième option, c'est de me tuer ? s'écria-t-il, complètement paniqué.

Amusé, Lucas fit la moue.

– Finalement, il y en avait trois.

La bouche d'Axel s'assécha brusquement lorsque le jeune homme s'assit à califourchon sur son abdomen. Il dégageait une douce odeur d'encens, épicée et sucrée à la fois. Dans cette position, il avait une vue imprenable sur la courbe de ses hanches, la ligne de ses épaules que sa chemise malmenée laissait suggérer, son cou marqué par des traces de lutte. Ainsi que les deux iris colorés qui le surplombaient. Dans une prière silencieuse, Axel remercia la paralysie du reste de son corps de ne pas trahir à quel point cet homme lui faisait de l'effet.

– La deuxième option, c'est de confectionner une amulette.

– Une amulette ?

Sa voix sonnait bien trop aiguë. Il espéra que Lucas prendrait ça pour de la simple inquiétude.

– Elle ne fonctionne pas de la même façon qu'un talisman. Aucun risque qu'elle se brise. Cet artefact gardera la malédiction sous contrôle aussi longtemps qu'il sera alimenté en énergie. Mais il y a des inconvénients…

– Je choisis ça.

Lucas soupira. Il n'aimait pas qu'on lui coupe la parole.

– Comme je le disais, les effets secondaires sont…

– Franchement, je m'en fiche, continua Axel. Je n'ai rien à perdre.

– Ça va te coûter très cher.

– Je suis prêt.

– Ça, j'en doute, maugréa Lucas.

Face à la détermination sur le visage de l'étudiant, il se résigna. Il posa la coupelle de cuivre sur le torse d'Axel et y jeta la pierre aux reflets bleu-vert, puis quelques branches de sauge blanche.

Lucas commença à fredonner d'une voix douce. Il ne formulait pas de mots précis, seulement des sons au rythme hypnotique et reposant. Il se mouvait au ralenti, comme si la réalité avait du mal à suivre ses gestes gracieux. Axel le regarda s'emparer du poignard sans ressentir la moindre peur, car sa voix le transportait ailleurs, comme s'il se trouvait dans une sorte de transe. C'est pourquoi il ne réagit pas lorsque Lucas s'entailla profondément l'avant-bras gauche au-dessus de la coupelle.

Fasciné par les symboles égyptiens sur la lame qui se couvraient de sang et prenaient peu à peu une teinte flamboyante, l'étudiant semblait voguer à la surface de sa conscience. Il n'y avait plus que les remous sonores et une impression de total relâchement, ses pensées n'avaient plus ni formes ni sens.

Lorsque toutes les écritures furent imbibées de son sang, Lucas se pencha si près du visage d'Axel qu'il aurait pu effleurer ses lèvres dans un baiser délicat. Sans arrêter son chant qui maintenait l'étudiant sous son emprise, il récupéra le *wén* de son front. Des tremblements agitèrent le corps d'Axel, mais il resta sous son contrôle. Lucas sectionna une boucle de cheveux bruns et se recula.

Il attrapa un minuscule sachet de cuir dans lequel il plaça la mèche avant d'y ajouter la pierre et la sauge. Sous lui, les tremblements s'accentuaient dangereusement. Il devait faire vite, mais refermer la pochette avec un fil de soie s'avérait être une opération délicate avec son bras douloureux et ses doigts pleins de sang.

Une fois l'amulette scellée, Lucas fredonna plus fort et positionna la pointe du couteau sur le torse d'Axel, juste en dessous de sa clavicule gauche. La lame pénétra la peau sans effort et il traça *algiz*, la quinzième lettre de l'alphabet runique du Futhark, la plus puissante rune de protection nordique.

Il stoppa son chant brusquement et se concentra pour enfoncer le petit sachet dans la plaie. Axel hurla de douleur et attrapa le bras de Lucas pour faire cesser l'extrême brûlure qui transperçait son épaule, mais il n'avait pas assez de force pour s'opposer aux doigts qui plongeaient sous son épiderme. Le visage crispé, des larmes incontrôlables le long des joues, il haleta et se contorsionna en tous sens, sans remarquer qu'il avait retrouvé la possession de ses membres.

Enfin, Lucas le lâcha et Axel plaqua sa main sur sa blessure qui n'avait pourtant versé aucune goutte de sang. Abasourdi par la sensation d'une fine cicatrice sur sa peau et non d'un trou béant, il se détendit légèrement, la douleur refluant. La sueur mouillait son front et il sentait des picotements désagréables dans chacun de ses muscles.

Le visage déjà pâle de Lucas prit une teinte cireuse et il manqua de trébucher en se relevant. Il se traîna jusque dans la cuisine pour presser du papier absorbant sur la coupure de son bras qui, elle, continuait de saigner.

– Je comprends mieux tes avertissements ! s'exclama Axel en se massant l'épaule.

Il s'était assis et tâtait tout son corps pour s'assurer d'avoir retrouvé sa motricité. Lorsqu'il leva les yeux vers Lucas, le rictus mauvais qui habitait ses traits le fit déglutir.

– Ça, ce n'est pas grand-chose, rétorqua-t-il. Ce n'est que le début.

– C'est-à-dire ?

Axel n'était pas certain de vouloir entendre la réponse.

– Eh bien, tant qu'on n'aura pas mis la main sur l'origine de la malédiction, tu n'es pas près de retrouver ta vie d'avant !

Cela sonnait comme une menace, mais Axel se garda bien de le faire remarquer. Quand il se leva en grimaçant, une pluie d'éclats de verre dégringola de son sweat-shirt. Son corps était perclus d'ecchymoses et de courbatures, mais c'était l'entaille sur son épaule qui le gênait le plus. La sensation de démangeaison qu'elle lui procurait était particulièrement désagréable.

– Ce n'est pas franchement plus clair, répondit-il avant de constater le visage livide de Lucas. Bon sang, il faut vite nettoyer la plaie et mettre une compresse stérile, pas du papier !

Il amorça un mouvement vers l'avant, mais un claquement de langue irrité lui indiqua de ne pas approcher.

– Je sais encore m'occuper de mes blessures.

– Et moi je suis en fac de médecine.

Ils se défièrent en silence. Lucas finit par passer son bras blessé sous l'eau du robinet avant d'enrouler un torchon propre autour de la plaie, sous le regard vigilant d'Axel.

– Il faudra désinfecter, maugréa l'étudiant, tout en vérifiant l'état de la petite estafilade qu'il avait sur son propre bras.

– L'inconvénient majeur de cette amulette, c'est qu'elle doit tirer sa force d'un catalyseur encore plus puissant qu'elle. C'est-à-dire moi, reprit Lucas comme si leur dernière interaction n'avait pas eu lieu.

– Et alors ?

Axel avait vraiment l'impression que Lucas parlait un langage inconnu. Ça ne faisait pas sens pour lui et il grogna de frustration en constatant que son interlocuteur levait les yeux au ciel.

– Tu as vraiment l'air d'un débile fini, alors je vais être plus clair, s'emporta Lucas, à bout de patience. Si tu t'éloignes de plus de trente mètres de sa source, l'amulette perdra son efficacité et ce sera retour à la case départ, violence et grognement compris. Autrement dit, je me retrouve avec un boulet sur les bras et je compte faire autre chose de ma vie que de passer mon temps à la fac.

Axel était si choqué qu'il ne réagit même pas à l'insulte. Les informations avaient un mal fou à se graver dans son cerveau. L'étudiant en médecine qu'il était arrivait à peine à admettre l'existence des malédictions, des talismans et de quelqu'un capable de les manipuler. Il n'était pas prêt à entendre qu'il était désormais obligé de rester constamment aux côtés de Lucas pour éviter de perdre à nouveau le contrôle. Il avait gagné le droit de suivre le cursus de ses rêves au prix d'une rude bataille et la simple idée de devoir tout arrêter pour une raison aussi improbable lui donnait la nausée.

– Ce n'est pas possible. C'est n'importe quoi ! Je ne vais tout de même pas mettre ma vie en pause parce que quelqu'un s'est amusé à me jeter un sort ?! Je ne suis pas d'accord ! C'est invraisemblable ! Ce n'est pas juste !

– Je t'avais dit que ça te coûterait cher.

– Mais tu ne m'avais pas parlé d'un problème pareil !

– Tu ne m'en as pas laissé le temps, s'agaça Lucas.

– Alors ça veut dire quoi ? Je dois rester ici ? Jusqu'à quand ?

– Je ne tiens pas non plus à devoir traîner un idiot avec moi partout où j'irai. Plus vite on trouvera l'origine de la malédiction, plus vite tu dégageras de là. C'est toi qui es venu me pourrir la vie ! J'aurais très bien pu te laisser dans ta merde et m'en laver les mains. Je croyais que monsieur était prêt à tout ?

Ils se dévisagèrent, le souffle court.

– Je suis désolé, annonça finalement Axel.

Il prit une grande inspiration pour calmer ses nerfs, mis à rude épreuve, et se pinça l'arête du nez.

– Je ne m'explique pas la façon dont tu m'as sauvé la vie, mais tu n'en avais pas l'obligation. Ça, je le sais, reprit-il. Tu as raison, j'ai fait un choix et je dois en assumer les conséquences. Je suis désolé d'avoir réagi aussi violemment. Laisse-moi juste le temps d'assimiler tout ça et de remettre mes idées en place.

Lucas n'avait pas l'habitude de se quereller avec quelqu'un capable de prendre du recul et d'assumer ses torts. Il ne savait plus quoi faire de sa colère.

– En attendant, tu as foutu le bordel chez moi, ronchonna-t-il, pas encore prêt à lâcher l'affaire. Alors, attrape un balai et active-toi !

Axel ne put s'empêcher de pouffer de rire face à cette réaction enfantine. Il récolta un regard furieux en représailles, mais ne s'en formalisa pas. L'air revêche de Lucas ne le rendait que plus adorable.

CHAPITRE 5

Si je ne te vois pas, tu n'existes pas

Lucas se réfugia dans sa salle de bains. Il évita de jeter un coup d'œil au miroir, certain d'y découvrir un reflet blafard. Et inquiet d'y voir une expression déconcertée par la réaction d'Axel. Il se trouvait rarement à court de mots ou de réflexions, mais les excuses sincères de l'étudiant l'avaient mouché. Il attrapa le kit de secours pour désinfecter et bander la coupure. Aucun doute n'était permis, son ex et Axel étaient bien différents.

Dans la pièce principale, l'étudiant regardait autour de lui avec honte. Même s'il ne ressentait plus vraiment de douleur dans son épaule, il avait l'impression que le corps étranger pulsait sous sa peau. À l'aide de son téléphone, il prit une photo de sa plaie pour découvrir à quoi cela ressemblait. La peau avait blanchi sous les lignes d'une sorte de rune, comme une vieille cicatrice oubliée depuis longtemps. Elle était chaude au toucher, mais indolore.

Axel soupira en remettant son sweat-shirt en place. Il trouva un balai abandonné devant la porte d'un placard de cuisine et entreprit de rassembler les morceaux de verre qui s'étaient fait la malle aux quatre coins de l'appartement. Peut-être que remettre de l'ordre dans la pièce aurait le même effet sur son esprit perturbé ? Il remarqua la porte d'entrée toujours grande ouverte et se dit qu'il vaudrait mieux la refermer pour éviter de devoir des explications aux voisins. Il avait à peine posé la main sur la poignée quand une vieille femme apparut dans le couloir, à quelques pas de lui. Des bigoudis dans ses cheveux gris, un manteau en fausse fourrure sur ses frêles épaules voûtées et le pas traînant, elle tourna son visage aux joues tombantes vers lui.

– Je suis désolé pour le bruit. On a déménagé quelques meubles, s'excusa-t-il d'un air penaud.

La femme ne bougea pas d'un centimètre, le regard vide toujours fixé sur lui. Mal à l'aise, l'étudiant n'avait pas le cœur à fermer simplement la porte et lui sourit. Le visage de la vieille se flétrit dans un masque étrange, ses yeux se rétrécirent dans leurs orbites et elle retroussa les lèvres dans une grimace qui révéla une rangée de dents acérées.

Axel sursauta violemment et recula. Son dos buta contre Lucas qui passa la tête dans l'ouverture. Lorsqu'elle le reconnut, elle se recroquevilla avant de claudiquer, beaucoup trop rapidement pour son âge, vers l'autre bout du couloir. Il referma la porte sans plus de considération et s'autorisa un rictus moqueur face au regard stupéfait d'Axel.

– Qu'est-ce que c'était que ça ?

– Une goule.

– Une goule ?

– Inoffensive, du moins pour les vivants.

– Avec des dents pareilles ?

Le visage d'Axel dévoilait une palette entière d'émotions brutes qu'il ne prenait pas la peine de cacher. Contrairement à l'assurance tranquille et à l'air blasé de Chani, Axel donnait l'impression de ressentir les choses, lui. Lucas secoua la tête. Il ne devait pas laisser son ex s'infiltrer dans ses pensées. Il n'avait aucune raison de les comparer. C'était absurde.

– Elle ne te fera rien. Elle se nourrit de cadavres, de préférence ceux de ses compatriotes surnaturels.

Axel ouvrit la bouche et la referma comme un poisson hors de l'eau. Il hésitait à continuer de poser des questions.

– Ses compatriotes ?

C'était plus fort que lui. La curiosité aurait sa peau, ou au moins, sa santé mentale.

– Réjouis-toi. Maintenant que toi et moi sommes liés, ce ne sera pas la seule créature que tu verras.

– Qu'est-ce que ça signifie ?

Lucas soupira et passa une main sur son visage, déjà fatigué.

– Tu n'as pas idée du monde dans lequel tu évolues, souffla-t-il en ramassant quelques-uns de ses livres. Toi, et la grande majorité des gens. Vous vous contentez de vivre sans rien regarder de trop près, occupés à vos petites affaires. Tu as probablement croisé des dizaines de créatures surnaturelles sans jamais le savoir.

– Je m'en serais rendu compte !

– Vraiment ?

Une nouvelle fois, l'odeur douce et épicée qui flottait autour de Lucas vint titiller ses narines et Axel se perdit dans la contemplation des yeux bicolores.

– Le cerveau est mystérieux. Confronté à quelque chose qui le dépasse, il choisit de l'ignorer. « J'ai mal vu », « il y a une explication rationnelle », « je suis trop fatigué et j'ai imaginé quelque chose qui n'existe pas ». Faire confiance à son instinct est devenu obsolète. Mais c'est peut-être mieux de ne pas savoir.

Lorsqu'il lui rendit son regard, Lucas constata l'expression perplexe du visage de l'étudiant.

– Le monde regorge de choses inconcevables, étranges et dangereuses, de créatures qui vivent et prospèrent dans l'indifférence. Elles se fondent dans la certitude qu'il existe une explication scientifique à tout phénomène. Et chacun préfère rejeter ce petit mouvement au coin de son champ de vision qu'il ne saurait interpréter. Lorsqu'on sait remarquer les détails, voir au-delà du masque sous lequel se cache la réalité, le monde devient bien plus vaste. Et effrayant. Avec un peu d'entraînement, c'est à la portée de tous. Mais après tout, qui s'approche volontairement du type bizarre qui marmonne tout seul ? Ou des vieilles dames acariâtres qui ne décrochent jamais un mot ?

Il avait raison. Axel regardait rarement le visage des gens dans la rue, surtout dans une capitale comme Paris. La foule emportait l'individu. Et s'il avait su écouter son instinct, il ne serait pas allé à cette fête clandestine dans un endroit aussi glauque que les catacombes. Il frissonna.

– Et toi, tu es capable de voir tout ça ?

– Moi, je n'ai pas le loisir de pouvoir fermer les yeux.

Axel eut l'irrésistible envie de prendre son visage entre ses mains et d'examiner plus attentivement les yeux vairons, comme s'il y trouverait une explication logique. Il n'osa cependant pas faire le moindre geste en ce sens. Il avait dans l'idée que Lucas lui botterait les fesses sans problème. Amulette ou non.

– Et comme nous sommes liés, alors je les vois moi aussi ?

Il se sentait idiot à devoir poser tout un tas de questions alors qu'il ne comprenait que la moitié des réponses. Cette fois, Lucas se tourna vers lui et ses lèvres tremblèrent légèrement sans qu'il ne réussisse à déchiffrer son expression.

– Certaines réagissent à ma présence. Je partage mon énergie avec l'amulette, tu dégages donc la même odeur que moi.

Il lui fallut une grande volonté pour se retenir de renifler l'air, mais Axel savait qu'il ne parlait pas de manière littérale.

– Bon, tu comptes finir de m'aider à ranger ou c'est trop compliqué pour toi de bouger tes bras ?

La pique ramena le jeune homme à la réalité. Il s'excusa à demi-mot et concentra ses efforts à balayer la pièce.

Le visage de la vieille femme ne cessait de lui revenir en tête et ramasser toutes sortes de statuettes étranges et de livres aux titres obscurs ne l'aidait pas à penser à autre chose. Axel n'était pas du genre à hurler devant les films d'horreur, mais il avait une grande peine à ne pas jeter des coups d'œil constants à la porte d'entrée. Ou à Lucas.

Le prendrait-il mal s'il lui demandait de confirmer qu'il était bel et bien humain ? Cette simple pensée le fit sourire. Évidemment qu'il le prendrait mal. Il lui enverrait très certainement une réponse cinglante et pleine de sarcasmes avec son air nonchalant. Cette disparité entre son visage séduisant et les railleries qui sortaient de sa bouche le fascinait plus encore. Son assassine repartie lui plaisait beaucoup, même s'il en était la cible principale. Il n'avait jamais côtoyé quelqu'un comme lui.

Lucas, de son côté, passa le reste de l'après-midi dans une humeur exécrable. Il détestait que l'on dérange son organisation, mais il avait été contraint de devoir annuler ou repousser ses rendez-vous des prochains jours. Cela l'exaspérait car il se targuait d'être professionnel à défaut de sociable. Alors que le nettoyage touchait à sa fin, il se rappela qu'il avait oublié d'envoyer une menace de mort à Pif et s'empressa d'y remédier en constatant avec agacement la grosse fissure sur l'écran de son portable.

– Est-ce que je peux te poser une autre question ?

Si Lucas roulait des yeux plus fort, ils allaient rester coincés à l'arrière de son crâne.

– Est-ce que si je réponds non ça t'empêchera de la poser ?

La douceur d'un petit rire l'obligea à dévisager Axel. Une adorable fossette se creusait sur sa joue lorsqu'il souriait.

– Probablement pas.

Malgré lui, Lucas sentit les plis de ses lèvres suivre son exemple.

– Vas-y, se résigna-t-il.

– Comment est-ce que tu connais toutes ces choses ? Si je ne me trompe pas, c'est une rune nordique que tu as tracée sur ma peau.

Le jeune homme haussa un sourcil, sincèrement impressionné qu'Axel puisse reconnaître le symbole.

– J'ai vu une série télé sur les Vikings. J'en ai déduit que c'était le même genre de signe, expliqua l'étudiant qui avait relevé l'étonnement de son interlocuteur. Et je crois bien que c'étaient des hiéroglyphes sur le couteau. Et puis, tu as parlé d'une pièce japonaise.

– Chinoise.

– Oh, désolé. En tout cas, tu utilises toutes sortes d'objets et de symboles qui appartiennent à des cultures très différentes ! Comment ?

Lucas voyait parfaitement où il voulait en venir. Et il n'avait aucunement l'intention de lui expliquer les véritables raisons.

– Disons que j'en ai hérité, éluda-t-il.

– Donc ta famille verse aussi dans le surnaturel ?

– Non !

Le mot lui avait arraché la gorge. Il l'avait crié si fort qu'il s'en était surpris lui-même.

Lucas se détourna rageusement et ferma les yeux une seconde pour retrouver son calme. Il n'avait pas prévu un tel retour de flamme pour son demi-mensonge. En dehors de Chani, la seule autre pensée qu'il ne supportait pas d'avoir concernait les ignobles individus qu'il n'appellerait plus jamais par ce nom.

– Je suis désolé.

Le ton penaud d'Axel le fit se sentir honteux et il lui signifia d'un mouvement de tête que ce n'était pas grave.

– J'ai une dernière question.

– Ce serait étonnant.

Le retour de la fossette sur sa joue confirma qu'Axel ne partageait pas son amour de la rancune. Ou révélait une petite tendance masochiste.

– Comment on procède pour ma situation ?

Lucas s'y attendait.

– Tu ne vas pas aimer la suite.

– Je te crois sur parole cette fois, marmonna l'étudiant qui sentait déjà les sueurs froides mouiller sa nuque.

– Je n'ai jamais vu de malédiction aussi redoutable. En temps normal, peu d'humains sont capables d'en lancer. C'est trop gourmand en énergie vitale, le prix à payer serait trop important. Ça ne laisse plus que des coupables bien plus difficiles à gérer.

– Les fameux compatriotes, confirma Axel.

– Mais même dans ces conditions, la puissance du sort est étrange.

Le jeune homme attendit patiemment, l'estomac noué, qu'il reprenne la parole. Lucas s'était plongé dans ses pensées et son expression songeuse ne lui disait rien qui vaille.

– On doit retourner là où tout a commencé pour trouver au moins un indice sur lequel faire des recherches.

Axel n'avait absolument aucune envie de redescendre dans les catacombes. La sensation d'écrasement et d'étouffement qui l'avait accablé là-bas lui était restée gravée sous la peau. Il n'avait pas du tout partagé l'excitation et l'engouement de ses amis, mais n'avait pas réussi à formuler son appréhension. Il s'en mordait les doigts aujourd'hui.

Il inspira profondément en se pinçant machinalement l'arête du nez. Les choses ne faisaient qu'empirer. Et il n'avait déjà plus aucune prise sur les événements.

– D'accord. De toute façon, je suppose que je n'ai pas trop le choix.

Il s'approcha de la porte d'entrée d'un pas qu'il voulait convaincu, même si une peur intense l'obligeait à claquer des dents. Pour autant, il ne voulait pas rester coincé dans cette situation. Il ne le pouvait pas. Plus vite ils se débarrasseraient de la malédiction, plus vite il pourrait oublier toute cette histoire et retrouver sa vie d'avant. Ou du moins essayer.

– Tu comptes y aller maintenant ?

Le ton moqueur de Lucas stoppa l'élan de détermination d'Axel.

– Heu… oui ?

Lucas siffla avec une expression faussement impressionnée.

– Même moi je ne m'aventurerais pas dans les catacombes à la tombée de la nuit.

Axel perdit immédiatement toute envie de franchir le seuil et se décomposa. Il ne connaissait rien de ce nouveau monde surnaturel, mais il avait assez de jugeote pour se douter qu'écouter un expert comme Lucas était préférable à foncer tête baissée vers les ennuis.

– Peut-être que demain, c'est mieux ? suggéra-t-il timidement.

Au matin, Lucas était resté enfermé dans sa chambre. Axel avait passé la soirée à essayer de négocier avec lui pour qu'il le laisse au moins dormir sur le parquet à côté de son lit. Le canapé et les petits morceaux de verres certainement incrustés entre les coussins ne lui convenaient pas, avait-il argumenté. Mais la peur qui dégoulinait par tous les pores de sa peau le trahissait.

En vérité, c'était la perspective de rester seul dans le salon qui le terrifiait.

Lucas, qui n'était guère plus emballé que lui à l'idée de devoir retourner dans les catacombes, s'habilla en conséquence et enfila un jean si serré qu'il ne pouvait même pas mettre ses mains dans les poches. Il vérifia dans le miroir de la salle de bains adjacente que son pull à col montant s'harmonisait avec sa tenue en plus de le garder au chaud. En prenant conscience de ce qu'il faisait, il s'agaça tout seul. Il n'avait que faire de l'avis d'Axel sur ses vêtements, alors pourquoi imaginer ses yeux noisette glisser sur lui le troublait autant ?

Lorsqu'il sortit enfin dans le salon, l'esprit plus calme, la lumière des volets grands ouverts de ses deux fenêtres l'éblouit. Il trouva Axel dans la cuisine, occupé à savourer une gorgée de café. Les deux hommes se dévisagèrent dans un mélange d'incrédulité et de surprise.

Torse nu et en caleçon, l'étudiant était négligemment adossé à l'évier. Il avala de travers sa dose de caféine, les yeux exorbités. Lucas était à tomber. Il l'avait déjà remarqué la veille, mais il portait ses vêtements avec un style inégalable. Tout en lui criait l'assurance et la classe. Les quelques secondes de silence lui laissèrent tout le loisir d'apprécier sa silhouette de haut en bas avant de se rendre compte que son teint, d'habitude si blanc, avait viré au cramoisi.

Lucas peinait à détacher ses yeux des abdominaux particulièrement bien dessinés d'Axel. Qui aurait pu imaginer que sous un sweat-shirt mal repassé se cachait un corps pareil ? Des papillons s'agitèrent au creux de son ventre alors qu'il mourait d'envie de continuer son inspection vers le bas et il avala aussi difficilement sa salive que l'étudiant, son café.

Perturbé par une flopée d'émotions contradictoires, Lucas se détourna au prix d'un grand effort.

– Habille-toi ! Tu t'es cru chez toi ? le rabroua-t-il pour cacher sa gêne.

– Désolé, j'ai plutôt chaud la nuit, se justifia Axel en s'empressant d'attraper son pantalon et son haut, négligemment posés sur le dossier d'une chaise.

Le blond passa près de lui pour récupérer, dans son tiroir fourre-tout de cuisine, le plan des différentes entrées des catacombes qu'il y avait rangé. Il avait un mal fou à ne pas se retourner pour jeter un dernier coup d'œil au corps musclé d'Axel. Il se racla la gorge à plusieurs reprises pour tenter de retrouver un minimum de contenance et lui demanda simplement de se dépêcher avant de fuir vers le vestibule.

Axel le rejoignit, à la fois apeuré par leur escapade imminente et flatté par l'expression qu'il avait découvert sur le visage de Lucas.

– Prends ça.

Le jeune homme lui colla un pied-de-biche entre les mains avant d'enfiler un long manteau dans lequel il dissimula un grand poignard.

– Ce sera suffisant contre les choses qui vivent dans les catacombes ? demanda Axel, sans réussir à masquer les tremblements dans sa voix.

– À ma connaissance, aucune créature n'a élu domicile là-dessous.

Lucas le poussa dans le couloir sans fermer sa porte à clé. Axel fronça les sourcils, peinant à mettre en ordre ses idées.

– Mais ta réaction d'hier soir…

– J'avais la flemme de sortir aussi tard, le coupa Lucas en s'engageant dans l'escalier.

CHAPITRE 6
Ne dérange pas l'ombre qui dort

Quelques minutes séparaient l'appartement de la première bouche de métro, mais Axel n'avait pas cessé de jeter des regards craintifs autour de lui, comme si chaque coin de rue était susceptible de cacher un monstre infernal aux dents pointues, prêt à leur sauter dessus. Il scrutait les passants, parfois avec une telle insistance que ceux-ci finissaient par lui lancer une œillade irritée. Il sursautait au moindre bruit de moteur vrombissant ou de klaxon mécontent et marchait si près de Lucas que celui-ci commençait déjà à regretter d'avoir choisi de le sauver.

– Tu as vraiment l'air idiot, commenta-t-il, alors qu'ils montaient dans une rame.

L'étudiant détonnait avec son pied-de-biche à la main, mais il n'en avait pas conscience.

– Ce type-là, c'en est un ?

En suivant le doigt malotru pointé vers un passager, Lucas remarqua un vieil homme assis sur l'un des strapontins, un sac sur les genoux et un journal déplié devant lui. Des lunettes carrées posées sur un nez fin à la moustache blanche parfaitement taillée, il lisait les articles en remuant le bout des lèvres. Avec son manteau boutonné jusqu'en haut et les plis de son col relevés autour de son cou, il était vêtu de manière singulière, mais n'avait rien de surnaturel.

– Non.

– Et cette dame ?

Cette fois, il désigna une femme d'une cinquantaine d'années, les cheveux massacrés par un balayage atroce, qui attendait debout en tapotant nerveusement le sol de sa chaussure à talon, son tailleur de luxe un peu trop serré pour elle.

– Non plus.

– Tu es sûr ?

Lucas soupira. Les prochains jours allaient être longs.

Il ne prit pas la peine de lui répondre, mais Axel était déjà passé à une nouvelle cible d'investigations impolies. Trop occupé à imaginer quelles innombrables créatures peuplaient le monde à son insu, il faillit rater la descente. Ils s'engouffrèrent dans les tunnels placardés d'affiches publicitaires, passèrent devant les kiosques à journaux et vendeurs d'objets de provenances douteuses, avant de ressortir à l'air libre.

Lucas s'enfonçait dans les rues de Paris sans un regard de côté, réfléchissant à la meilleure galerie à emprunter pour rejoindre la section où le mur s'était écroulé. Axel avait du mal à le suivre, toujours obnubilé par les moindres détails du monde qui pouvait receler ses plus sombres cauchemars, et trottinait derrière lui, les deux mains serrées sur son arme de métal. Son imagination n'avait plus de limite. Toutes les ombres se transformaient en monstres et tous les passants se retrouvaient affublés de dents pointues et de pouvoirs mystiques. Il n'était en sécurité nulle part.

Lucas déplia son plan pour s'assurer de choisir la bonne route et s'engagea dans une minuscule voie tortueuse. Les éboueurs n'étaient visiblement pas passés depuis un moment et les façades mornes des immeubles offraient quelques fenêtres aux volets fermés cabossés. Il s'arrêta en plein milieu de la rue et tendit la main vers Axel, la tête rivée vers le sol.

Pris au dépourvu, l'étudiant hésita avant de glisser ses doigts dans les siens. Surpris, Lucas retira sa main aussitôt.

– Mais qu'est-ce que tu fais ? ragea-t-il. Le pied-de-biche ! Passe-moi le pied-de-biche !

– Oh !

Déconfit, Axel lui donna la barre de fer en souriant bêtement et l'observa enfoncer l'extrémité de l'objet dans la petite encoche sur le côté de la plaque d'égout.

– On doit descendre là-dedans ? demanda-t-il avec horreur.

– Certains égouts sont reliés au réseau de galeries. Il suffit de savoir lequel. Parfois, les flics trouvent nos entrées et scellent les plaques, mais celle-là n'a pas encore été répertoriée.

Après un dernier effort, la plaque se délogea et Axel l'aida à la déplacer en essayant de retenir sa respiration. Il osa se pencher au-dessus de l'échelle qui s'enfonçait dans un boyau sombre et constata que l'odeur était beaucoup moins forte qu'il ne l'aurait cru.

Insensible, Lucas se laissa glisser dans l'ouverture et descendit. Il avait déjà emprunté les égouts de nombreuses fois et était habitué à l'humidité et aux effluves âcres des lieux, mais il se prépara mentalement aux plaintes d'Axel qui ne manqueraient pas d'arriver. À peine le jeune étudiant l'avait-il rejoint qu'il frotta bruyamment ses mains l'une contre l'autre d'un air révulsé.

– Il y a des rats là-dedans, n'est-ce pas ? C'est quoi, cette moiteur désagréable ? Tu es sûr qu'on ne risque rien à respirer ça ? Tu crois que mes fringues vont être imprégnées par l'odeur ?

Ils se trouvaient dans un long tunnel, sur un petit rebord. Au milieu, une mince rivière d'eau usée continuait mollement sa route à l'infini. L'espace était restreint et l'aspect voûté du souterrain donnait une impression d'écrasement, mais Axel savait que ce n'était que le début. Ce qu'il avait ressenti en entrant dans les anciennes carrières était d'un tout autre niveau.

– Mince, on n'a pas pris de lampe ! s'alarma le jeune homme, éberlué de n'y avoir même pas pensé.

Il sortit son téléphone avec l'intention d'utiliser la lumière intégrée, mais Lucas l'arrêta.

– J'ai mieux.

Intrigué, Axel le regarda s'avancer vers lui, une main tendue vers son front. La sensation de ses doigts froids sur son visage le fit frémir, mais ce n'était pas désagréable. Il n'aurait su le décrire avec des mots, mais il sentit quelque chose traverser la main de Lucas jusqu'à son crâne. Une énergie, une sorte de vibration.

Axel eut le réflexe de reculer lorsque ses yeux commencèrent à le piquer furieusement, comme si Lucas venait tout juste de lui jeter une poignée de sable au visage. Il cria de douleur et chercha à se frotter les paupières pour soulager la brûlure qui lui transperçait maintenant les globes oculaires. Mais, aussi fulgurante qu'elle était apparue, l'inflammation s'apaisa.

L'étudiant renifla, conscient que quelques larmes s'étaient échappées sur ses joues, avant d'ouvrir lentement des yeux papillonnants. Il observa autour de lui avec surprise. Il pouvait voir dans la pénombre comme en plein jour.

– Alors ça, c'est incroyable, s'entendit-il murmurer.

– Ça devrait durer quelques heures.

Il constata que le rictus qui s'étirait sur les lèvres de Lucas n'avait, cette fois, rien de moqueur. Il était juste content du compliment sincère.

– On y va, ajouta-t-il d'un ton sans appel.

Ils marchèrent l'un derrière l'autre de longues minutes dans une humidité et une chaleur fluctuantes. Le rebord était étroit et les odeurs d'eau usée se faisaient trop présentes. Déjà ruisselant de sueur sous son sweat-shirt, Axel essaya de briser le silence qui le mettait mal à l'aise.

– C'est un vrai labyrinthe là-dedans. Comment est-ce que tu te repères ?

– J'ai une bonne mémoire.

– Tu vas récupérer des gens coincés dans les catacombes régulièrement ?

– Une fois par mois, au moins.

Axel se sentit tout de suite moins idiot.

– Et tu n'as jamais croisé une seule créature ici ?

– Non.

– Je suis surpris. Je ne m'attendais pas à ce que tu acceptes de répondre à toutes mes questions, continua Axel d'un air ravi.

Lucas se figea net et se retourna.

– Oui, eh bien, considère mes réponses comme des suppléments.

L'étudiant plissa les yeux d'incompréhension. L'expression espiègle en face ne lui disait rien qui vaille.

– J'espère que tu ne t'imaginais pas, après avoir détruit mon salon, utilisé un sort qui puise dans mon sang et dans mon énergie, et m'avoir obligé à reporter tous mes autres rendez-vous pour m'occuper de ton cas, que mes services étaient gratuits ?

Dans le tunnel, sa voix sonnait douce, mais glaciale.

– Euh… b… bien sûr que non, balbutia Axel, soudain très mal à l'aise.

– Considère que chaque question stupide te coûtera cinquante euros de plus. Ça constituera ma prime pour t'avoir supporté jusqu'au bout. Quant au prix final… je verrai bien.

Et, sans attendre de réponse, il se remit en route d'un pas décidé. Axel se mordait l'intérieur des joues pour ne pas le traiter d'avide rapiat. Le jeune homme gagnait visiblement sa vie en travaillant au contact du monde surnaturel, mais son ton condescendant dès qu'il parlait finance le rendait insupportable. Il jouait avec lui comme un escroc de bas étage, profitant de la moindre brèche à exploiter. Son propre rapport à l'argent était biaisé à cause de l'immense fortune de ses parents, mais celui de Lucas n'était pas sain non plus.

Ils gardèrent un silence irrité jusqu'à ce qu'ils atteignent un passage étroit, où ils purent se glisser dans une faille du mur qui constituait la limite entre les égouts et les catacombes. Très vite, le froid tomba sur eux comme une chape de plomb. L'air devint plus sec et poussiéreux. Les sons avaient cessé de se répercuter au loin, enfermés sous des tonnes de gravats, entourés du repos des défunts.

À nouveau paniqué, Axel demanda à deux reprises s'il pouvait s'arrêter pour reprendre le contrôle de son souffle, mais Lucas ne l'accabla d'aucune remarque ou moquerie.

Les catacombes avaient cet effet sur la plupart des visiteurs. Si pour certains le calme incomparable des lieux leur était si cher qu'ils y descendaient pour y passer la nuit, pour les autres, il déclenchait des réactions de survie plus ou moins fortes. L'idée d'être coincé sous terre sans aucun moyen de retrouver la sortie pouvait faire perdre pied à n'importe qui, même dans une partie comme celle où ils se trouvaient : plutôt large et récente. Lucas avait privilégié un chemin moins emprunté à cause de ses longs couloirs de pierre qui n'avaient rien d'extravagant, d'intrigant ou d'historiquement intéressant. Il préférait avancer en douceur plutôt que de devoir gérer une crise de panique impromptue de la part d'un novice.

Une fois qu'Axel eut recouvré son calme, ils poursuivirent leur exploration souterraine, accompagnés par le bruit de leurs pas et des coups sourds de leurs cœurs. Trempé de sueur, l'étudiant se frottait les bras à intervalles réguliers pour retrouver un peu de chaleur et faire disparaître les crampes de ses muscles mis sous pression. Même s'il pouvait voir comme en plein jour, la monotonie des lieux le désorientait. Il était bien incapable de savoir par quel chemin ils étaient venus, de se souvenir combien de fois ils avaient bifurqué à droite ou à gauche ni s'ils marchaient depuis des heures ou seulement quelques minutes. Il se félicita de n'avoir rien avalé d'autre qu'un café car son estomac et ses intestins avaient décidé de tisser une tapisserie de nœuds et de boucles.

La présence de Lucas devant lui représentait son unique source d'apaisement et le voir emprunter les couloirs sans aucune hésitation, la mine sereine, le soulageait grandement. Il s'apprêtait à ouvrir la bouche pour entamer une conversation et distraire son angoisse croissante mais Lucas s'était arrêté.

Ils étaient arrivés devant un mur partiellement effondré.

– C'est ici que tu m'as trouvé ?

– Non, un peu plus loin, mais…

Lucas ne termina pas sa phrase. Il fixait le vide face à eux avec une expression concentrée. Il ne se trouvait que devant l'entrée de la galerie inconnue, mais déjà ses poils s'étaient dressés sur ses bras. Un malaise poisseux se dégageait du silence.

Il attrapa son *dirk* et entailla son doigt. Il traça un symbole directement sur la pierre, juste avant la section écroulée du couloir.

– Qu'est-ce que tu fais ?

La peur avait commencé à transparaître dans la voix d'Axel, et Lucas ne pouvait pas l'en blâmer. Un seul coup d'œil à l'étudiant suffisait pour comprendre que, même s'il n'en avait pas encore pris conscience, lui aussi ressentait cette aura étrange.

– Je prépare une barrière de protection. Au cas où.

– Je croyais que rien ne devait vivre là-dessous ?

– Tout ce que je peux te dire, c'est qu'il y a quelque chose ici. Et que ça ne devrait pas s'y trouver.

Axel aurait préféré recevoir une pique sarcastique. Le ton sérieux de Lucas ne rendait l'atmosphère que plus étouffante.

– On devrait peut-être rebrousser chemin ? proposa-t-il.

– Et revenir à la case départ ? Tu veux être débarrassé de cette malédiction, oui ou non ?

Le jeune homme se mordit les lèvres, incapable de prendre une décision.

– Reste derrière moi. Si ça devient trop dangereux, je trouverai une solution.

Lucas se voulait rassurant, mais son discours n'avait pas beaucoup d'effet, alors qu'il gardait son poignard dans sa main droite, les doigts crispés sur le manche. Il serra les dents et continua, Axel sur ses talons. Il pouvait sentir la tension dans l'air, la goûter sur ses lèvres. Son corps réagissait à quelque chose qui n'avait rien de commun ou de naturel. Ses sens s'étaient enflammés et lui envoyaient un flux continu de frissons incontrôlables. Ils avaient été bien avisés de ne pas s'être aventurés ici la nuit précédente. Les catacombes renfermaient définitivement un secret redoutable.

Ils passèrent l'endroit où Lucas avait rencontré Axel pour la première fois et le couloir se prolongea en une longue ligne droite avant de bifurquer vers la gauche. Régulièrement, Lucas s'arrêtait pour tracer un symbole de sang avant de repartir. Dans son dos, l'étudiant claquait des dents de plus en plus fort, mais n'avait pas tenté de reprendre une conversation. Son instinct lui hurlait de rebrousser chemin par tous les moyens et il faisait de gros efforts pour ne pas l'écouter.

De nouvelles galeries s'ouvraient sur les côtés, plongées dans un noir absolu, mais Lucas choisissait toujours la route la plus angoissante, celle qui venait comprimer leurs boyaux, tremper leurs nuques de sueurs froides et qui les obligeaient à se souvenir de respirer. L'absence du moindre son, autre que leurs pas, était effroyable. L'imagination d'Axel se déchaînait dès qu'ils laissaient derrière eux un passage enténébré. Qui sait si une créature monstrueuse n'attendait pas qu'ils tournent le dos pour les attaquer ? Mais il était bien trop terrifié pour oser jeter un coup d'œil derrière lui, comme si vérifier ses doutes pouvait donner vie à ses craintes.

Lucas s'arrêta à nouveau et Axel faillit lui rentrer dedans. Devant eux, le couloir offrait la possibilité d'aller vers la gauche ou de continuer tout droit sur une trentaine de mètres. Ils se regardèrent, absolument pas plus rassurés l'un que l'autre. Lucas prit une grande inspiration, imité par son acolyte, et ils avancèrent avec encore plus de précautions. Faire rouler le moindre caillou par mégarde aurait été comme une injure au silence sacré.

Arrivé près de l'ouverture de gauche, Axel saisit le bras de Lucas, terrifié. Celui-ci étouffa un grognement de douleur car il l'avait attrapé juste au niveau de la coupure soignée la veille. Il s'apprêtait à jurer, mais l'expression de pure horreur collée au visage de l'étudiant le stoppa. Il suivit son regard et observa à son tour la vaste salle.

Des milliers de squelettes étaient entassés là. La pièce, longue de plusieurs mètres, était tapissée d'os et de crânes, humains et animaux mélangés. Sur son bras, la main d'Axel tremblait comme jamais. Lucas l'obligea à lâcher en desserrant ses doigts et le jeune homme s'arracha à la contemplation du spectacle abominable. Il voulut s'excuser, mais aucun son ne parvint à quitter sa bouche. Lucas lui fit signe de ne pas bouger et s'avança de quelques pas pour examiner les ossements de plus près.

Il avait croisé plus d'une fois des amoncellements similaires qui occupaient certaines zones des catacombes, ce qui expliquait qu'il ne se montrait pas aussi terrifié qu'Axel. Il se saisit d'un crâne avec précaution et entendit son compagnon gémir d'effroi derrière lui.

– Ce n'est pas des morts que tu devrais avoir peur, lui chuchota Lucas dans une tentative ratée de le rassurer.

Contrairement aux os qu'il avait déjà manipulés, ceux-là étaient rugueux et cabossés. Ils n'étaient pas patinés par le temps. Il passa le doigt sur une trace étrange, intrigué et perturbé par la présence d'une encoche qui n'aurait pas dû s'y trouver. Son cœur s'accéléra en comprenant qu'elle appartenait à une marque de dents.

Un raclement lointain les fit sursauter. Lucas laissa tomber le crâne sur la pile d'ossements et s'empressa de quitter la salle sinistre pour retrouver un Axel complètement terrorisé, les larmes au bord des yeux. Ils restèrent quelques secondes sans bouger, à fixer l'espace dégagé qui les attendait au bout du couloir, mais le bruit ne se reproduisit pas. Curieux, malgré l'extrême tension, Lucas s'approcha. Il sentit Axel attraper la manche de son manteau, mais ne dégagea pas sa prise. Le savoir dans son dos le rassurait plus qu'il ne l'aurait jamais avoué. Ils arrivèrent à l'entrée d'une zone circulaire où se rejoignaient quatre autres corridors plongés dans des ténèbres opaques.

Sur le sol, trois petites piles d'os avaient été disposées pour former les pointes d'un triangle étrange. Au sommet de la forme géométrique, le squelette entier d'un énorme canidé reposait tranquillement, la tête tournée vers eux, ses orbites vides toisant à jamais leur direction.

Confus par cet arrangement macabre, Axel remarqua que les trois piles étaient composées d'ossements identiques. Quant à Lucas, il observait avec dégoût le cœur séché coincé entre les crocs de l'animal. Un cœur humain.

Un léger son détourna sa concentration. Le bruit caractéristique d'un raclement sur la pierre.

Puis celui, sourd et répétitif, de pas lancés à pleine vitesse.

Lucas se retourna vers Axel.

– Cours !

CHAPITRE 7

Suis-moi je te fuis, fuis-moi...

Axel se précipita en arrière, le cœur au bord des lèvres. Il sentait la main de Lucas qui le poussait dans le dos, mais très vite l'absolue terreur de ne pas avoir la moindre idée du chemin à prendre s'imposa dans son esprit.

– À droite ! hurla Lucas.

Son corps réagit instinctivement et il bondit sur le côté. Les poumons en feu et la gorge serrée, il courait de toutes ses forces, obéissant aux indications paniquées qu'il entendait derrière lui. La peur avait un goût acide dans sa bouche. Il refoulait la pensée incessante qu'un seul faux pas suffirait à ce qu'il se torde la cheville. Et après ?

La fin ? Serait-il abandonné là et dévoré ?

– Plus vite ! continuait de l'encourager Lucas.

Celui-ci lançait des regards inquiets par-dessus son épaule, mais si le couloir derrière eux était encore vide, il n'y avait aucun doute, la créature les avait pris en chasse. Il pouvait entendre ses halètements saccadés, les grognements qui roulaient dans sa gorge et le son sourd de son corps qui se cognait violemment contre la pierre lorsqu'elle tournait trop abruptement. Lucas ignorait de quoi il pouvait bien s'agir, et ce n'en était que plus terrifiant. Il remarqua juste à temps qu'Axel avait pris à gauche.

– Non, Chani… Axel ! Pas à gauche, à droite ! À droite ! hurla-t-il à s'en déchirer les cordes vocales.

L'étudiant sentit ses genoux grincer sous l'effort et il pivota pour repartir en arrière. Il manqua de percuter Lucas et tous deux entendirent distinctement un grondement de tonnerre bien trop proche.

– Qu'est-ce que c'est que ce truc ? vociféra Axel.

– Aucune idée ! Cours et ne te retourne pas !

L'étudiant n'avait même plus conscience de toucher le sol. Ses cuisses brûlaient de fatigue, mais son cerveau refusait d'y prêter la moindre seconde d'attention. La vitesse empêchait ses larmes de lui brouiller la vue, mais foncer tête baissée dans un couloir de pierre à peine plus large que son torse n'avait rien d'évident. Son champ de vision ne se constituait plus que d'une succession de passages tout aussi terrifiants d'obscurité les uns que les autres. Sa seule source de réconfort était la voix de Lucas qui agissait comme un phare dans la nuit. Il misait tout sur son jugement et priait pour que l'effet de sa vision nocturne tienne jusqu'à la sortie.

Dans son dos, il entendit le jeune homme jurer et, malgré son précédent avertissement, Axel tourna la tête dans sa direction. Comme si le destin n'attendait que cet infime instant d'inattention, l'un de ses pieds glissa sur une pierre et il plongea vers l'avant. Il flotta dans les airs une demi-seconde puis percuta le sol rocailleux, les mains tendues devant lui pour essayer d'amortir sa chute. La douleur éclata immédiatement et lui arracha un cri étouffé.

L'horreur de sa situation explosa dans son esprit.

– C'est pas vrai !

Lucas avait réussi à s'arrêter en dérapant juste avant de lui marcher dessus. Il pouvait lire sur le visage d'Axel qu'il était dans un état second, trop choqué par sa chute pour réagir de quelque manière que ce soit. Il n'avait plus d'autre solution que d'affronter ce qui les pourchassait dans le noir.

Lucas raffermit la prise sur son poignard et se plaça entre l'étudiant et la chose qui ne tarderait pas à les rattraper. Il avait essayé à plusieurs reprises de déclencher les protections qu'il avait tracées le long du chemin, mais aucune d'elles n'avait retenu la bête et il ne s'expliquait pas pourquoi. Il profita des quelques secondes qui les séparaient encore pour forcer son cœur à se calmer et son souffle à s'harmoniser. Le combat était inévitable.

Lucas ancra fermement ses pieds dans le sol lorsqu'elle fut à portée de sa vision. À l'image du squelette disposé dans la salle circulaire, la créature ressemblait à un énorme chien. Et elle n'avait pas du tout l'intention de ralentir ni d'évaluer la dangerosité de sa proie avant d'attaquer. Elle fonça directement au contact.

À moins d'un mètre de lui, la bête sauta en avant, sa terrible gueule prête à le déchiqueter. Lucas eut le réflexe de lever le bras gauche pour faire dévier la mâchoire qui visait sa gorge et fut entraîné au sol par le poids et la force de la créature. L'odeur qu'elle dégageait était atrocement putride. Ses crocs gigantesques s'étaient refermés sur son avant-bras et, même si les protections de son manteau faisaient des miracles, il savait qu'elles ne tiendraient pas longtemps sous la pression de la mâchoire. Le chien agita violemment la tête sans lâcher prise tout en utilisant ses pattes pour essayer de le griffer.

De son autre main libre, Lucas tentait de repousser la bête qui pesait de tout son poids sur son torse. La créature grondait si fort qu'il pouvait sentir les vibrations de son poitrail contre lui. Sous ses doigts, sa peau sans poil, suintante et poisseuse, lui donnait la nausée. La pression sur son bras se fit plus forte et Lucas croisa le regard du monstre.

Des yeux morts, éteints.

Sa panique se transforma en colère. Il était hors de question d'être dévoré par un chien tout droit sorti d'un film de zombies de bas étage ! Il laissa libre cours à la rage que sa position de faiblesse déversait dans ses muscles et il referma son poing droit pour assener un coup violent sur le museau de la créature, dans ses flancs et à tout endroit susceptible de faire mouche. Tout autour de lui, son aura s'enflamma dans un halo doré qui crépita de magie.

Le chien gronda de douleur et lâcha son bras avant de reculer. Lucas profita de son mouvement pour attraper le poignard qui était tombé lorsqu'il s'était jeté sur lui. Alors que la créature se projetait en avant, gueule béante, il planta son couteau dans son ventre.

Qui ne rencontra que du vide. La bête s'était évaporée dans une fumée noire.

La surprise ne dura qu'un instant avant qu'il ne comprenne son intention et Lucas hurla :

– Axel !

Assis au sol, l'étudiant avait assisté à toute la scène. Il avait vu Lucas tomber sous l'attaque et l'énorme chien s'acharner sur lui. Et il n'avait pas bougé. Incapable de l'aider, de crier ou même de respirer. Tous les sons autour de lui s'étaient éteints et le temps avait semblé s'étirer à l'infini.

Il avait eu tout le loisir de remarquer les parties de sa gueule, de ses côtes et de ses pattes qui avaient été rongées, dévorées. Des morceaux d'os dépassaient des plaies ouvertes et suintantes, mais cela n'avait pas l'air de poser problème à cette immonde créature cauchemardesque. La forte lueur qui entoura Lucas l'obligea à se protéger les yeux et lorsqu'il le regarda de nouveau, la bête avait disparu.

À sa plus grande horreur, il la vit se matérialiser devant lui dans un tourbillon de fumée noire. L'appel terrifié de Lucas brisa son état catatonique et Axel se saisit de la première chose qui lui passa sous la main. Il lança une pierre sur la créature, qu'il atteignit au front. L'attaque n'eut pas le moindre effet, si ce n'était celui de l'avoir énervée. Le chien tenta d'aboyer, mais il ne sortit qu'un son âpre et éraillé de sa gueule. Lorsqu'il retroussa ses babines en revanche, les énormes crocs n'avaient rien d'émoussé.

La bête se ramassa sur elle-même pour lui sauter à la gorge mais, derrière elle, Lucas avait eu le temps de se relever. De ses deux mains, il abattit son poignard en plein milieu du crâne et cloua la créature au sol. Ses pattes s'agitèrent encore quelques secondes avant qu'un silence définitif ne retombe.

Essoufflé, son manteau dans un piteux état, mais sans blessures apparentes, Lucas passa par-dessus le corps de l'animal sans le toucher et s'approcha d'Axel. L'étudiant n'en avait certainement pas conscience, mais il était en pleurs.

– Ça va ?

– Non ? répondit Axel d'une voix mal assurée.

Il accepta son aide pour se remettre debout, mais à peine s'était-il redressé qu'un violent spasme lui vrilla l'estomac et il vomit contre le mur. Lucas remarqua qu'il n'avait pas lâché sa main, mais il ne rompit pas le contact. La sensation de sa peau sur la sienne l'apaisait. Même pour lui, cette descente dans les catacombes était à la limite de ce qu'il pouvait supporter.

Il tourna la tête vers la dépouille du monstre. La créature lui était inconnue, mais son inquiétude résultait plutôt du fait qu'elle puisse encore bouger et attaquer alors que tout indiquait qu'elle était morte depuis déjà quelque temps.

– Je suis désolé, murmura Axel, en s'essuyant la bouche avec le revers de son sweat.

Tout son corps tremblait, aussi bien de froid que de peur, alors que l'adrénaline refluait.

Ils partagèrent un frisson glacé et un regard épouvanté en entendant un nouveau raclement au loin.

– On s'en va ! s'écria Lucas, alarmé.

Il raffermit sa prise sur la main d'Axel et l'entraîna à sa suite dans le dédale de murs, de pierres et d'angoisses. Ils se remirent à courir malgré les protestations de leurs muscles fatigués. Mais la seule pensée que d'autres créatures pouvaient les prendre en chasse suffisait à les faire cavaler avec l'énergie du désespoir. Heureusement, ils avaient déjà atteint les chemins qu'empruntait habituellement Lucas et après s'être contorsionnés dans la faille, ils rejoignirent les égouts. Ils accueillirent l'odeur rance des détritus avec soulagement et continuèrent leur course le long du rebord sans même considérer la possibilité de glisser et finir dans l'eau sale. Ils ne voyaient plus que l'échelle salvatrice et le monde à ciel ouvert qui leur tendait les bras.

Lucas laissa Axel grimper en premier et, lorsqu'il s'extirpa du petit conduit, ses jambes rendirent les armes. Il s'écroula à même la rue. Lucas gravit à sa suite, repositionna la plaque d'un coup de pied et s'abandonna au sol lui aussi.

Au travers de leurs respirations désespérées, ils savourèrent les bruits quotidiens des moteurs, des klaxons de vélos, des insultes des automobilistes et des rares piaillements d'oiseaux. Ils avaient retrouvé le monde des vivants. Le temps était difficilement quantifiable dans les souterrains, mais le soleil montait à peine à son zénith.

– Il n'y a rien qui vit là-dessous, hein ? s'exclama Axel une fois son souffle calmé, les yeux mi-clos.

– Je n'avais jamais vu ça avant.

– Ce truc était super rapide. Et super flippant ! J'ai bien cru que j'allais y rester.

– Je ne l'aurais pas laissé te dévorer sans rien faire.

Surpris par le ton doux de Lucas, Axel tourna la tête vers lui et tous deux échangèrent un long regard.

– Tu me dois beaucoup trop d'argent pour ça, reprit-il. Ce ne serait pas rentable.

Un sourire fleurit sur leurs visages respectifs avant qu'ils ne se mettent à pouffer et très vite, à rire à gorges déployées. Toute la pression des dernières minutes venait de s'évaporer de ses épaules et Axel était plié en deux, luttant pour retrouver sa respiration entre deux éclats de rire irrépressibles. Entraîné par les petits ronflements de cochon qu'émettait l'étudiant dès qu'il riait trop fort, Lucas ne se maîtrisait plus non plus et se laissa aller à une hilarité incontrôlée.

Cela faisait bien longtemps qu'il n'avait pas ri de cette manière. Si librement.

Ils se calmèrent après de longues minutes, mais aucun d'eux ne se sentait vraiment prêt à se relever.

Ils avaient trop de choses à penser et trop de questions à poser.

– Tu prends tout ça plutôt bien, remarqua Lucas.

– Oh non. Je crois que j'ai passé le point de non-retour de ce que ma santé mentale peut supporter ! Elle a mis les voiles et j'ai bien peur de ne jamais la retrouver.

Il laissa un silence s'écouler avant de continuer, un peu plus angoissé.

– Tu ne sais vraiment pas ce que c'était que cette chose ?

– Je suis bon, mais pas à ce point.

– Eh bien ! Monsieur le je-sais-tout du surnaturel n'est finalement pas un si grand connaisseur, se moqua Axel.

– Rien ne t'empêche d'y retourner, si tu veux mener l'enquête. Maintenant tu connais le chemin, renchérit Lucas.

Mais son ton était détendu et Axel pouffa, amusé.

– Je vais m'en passer.

Il hésita avant de jeter un coup d'œil inquiet à la bouche d'égout.

– Tu crois qu'il y en a d'autres ?

Cette fois, Lucas se redressa et s'assit en tailleur.

– C'est possible. J'espère juste que si c'est le cas, il n'y avait personne dans les catacombes. Il nous a poursuivis jusque dans les couloirs déjà connus des cataphiles.

Lucas avait beau se montrer froid et distant, il ne souhaitait pas de morts inutiles. Encore moins si elles étaient dues à sa négligence. Il s'était aventuré dans le nouveau segment sans préparation, persuadé de n'y croiser aucune créature surnaturelle. À aucun moment il ne s'était imaginé que la chose qui avait maudit Axel avait laissé bien plus que des traces de son passage. Ou qu'elle n'était pas seule.

Il avait risqué leurs deux vies imprudemment.

– Qu'est-ce qu'on fait maintenant ?

Lucas se leva en époussetant son jean. Il n'eut pas le temps d'ouvrir la bouche que son estomac gronda aussi fort que les rugissements de la bête.

– On va déjeuner ? proposa-t-il.

Il savoura le rire d'Axel. Son visage s'illuminait et il effectuait un mouvement de tête qui faisait danser ses boucles brunes. Surtout, il n'y avait aucun sous-entendu, aucun faux-semblant avec lui. Il souriait avec son cœur.

Le pas un peu plus léger, ils se dirigèrent vers une rue commerçante et animée.

– Je ne dirais pas non à un arrêt pour acheter des vêtements, annonça l'étudiant en tirant sur son sweat trempé de sueur, de boue et de poussière.

Lucas le dévisagea de la tête aux pieds.

– Tu n'as pas besoin que de nouvelles fringues ! Malheureusement, le style ne s'achète pas, s'esclaffa-t-il.

– Je préfère les vêtements confortables, se justifia Axel avec une moue boudeuse.

– L'un n'empêche pas l'autre.

CHAPITRE 8

À n'en plus finir

Au grand désarroi de Lucas, Axel l'avait obligé à faire quelques courses dans un supermarché. Prendre quelque chose à manger dans la grande surface ne lui posait aucun problème, mais le regarder acheter de nouveaux t-shirts et pulls d'une qualité plus que médiocre lui était tout bonnement douloureux. Il n'avait pas quitté son air de dégoût depuis l'instant où le jeune homme avait commencé à chercher dans les portants jusqu'à ce qu'ils soient enfin sortis du rayon.

Axel l'avait traité de snob avant de s'excuser à vitesse grand V en apercevant l'éclair de colère qui avait traversé les yeux vairons. Trop tard. Lucas avait passé le reste de leurs emplettes à commenter chacun de ses mouvements d'une remarque acerbe ou d'une pique sarcastique. Axel n'avait pas l'esprit aussi vif que lui et se contentait de rougir de honte sans pouvoir ouvrir la bouche, mortifié par les regards amusés des autres clients.

Aucun d'eux n'eut le courage de s'aventurer dans le métro pour rentrer et ils effectuèrent un détour par le parc pour s'asseoir sur un banc et déjeuner à l'air libre. Axel aurait aimé poser d'autres questions à Lucas sur son activité quotidienne, mais à chaque fois, sa gorge se nouait d'angoisse. Ses pensées ne cessaient de le ramener à la créature des catacombes et à la peur viscérale qu'elle avait fait naître en lui. Au-delà du drame auquel il avait échappé de justesse, il pouvait sentir son cœur s'emballer et son souffle se raréfier dès qu'il se remémorait les innombrables murs de pierres, à l'obscurité oppressante, et le silence absolu des souterrains.

– J'effectuerai des recherches une fois rentré, annonça Lucas en réponse aux pensées d'Axel.

Même à l'extérieur, sous les doux rayons de soleil, il pouvait le voir trembler légèrement.

– Combien de temps est-ce que ça va prendre, à ton avis ?

Axel avait posé la question d'une voix douce malgré la peur, attentif à ne pas sonner ingrat ou exigeant.

– Je ne sais pas. Avec un peu de chance, quelques heures…

– Et avec la poisse que je me traîne ?

Il n'était pas dupe. Lucas n'avait visiblement aucune idée d'où pouvait bien venir la créature qui les avait attaqués et cela sous-entendait qu'il n'était pas près de voir la fin de cette histoire. Un frisson remonta sa colonne vertébrale lorsqu'il se rendit compte qu'il avait passé deux jours à errer dans les sous-sols, si proche du repaire de la bête. Il se leva précipitamment, soudain terrorisé par sa propre imagination.

– On prend un taxi ?

Axel se raccrocha à la voix de Lucas et tourna son attention vers lui. Au soleil, ses cheveux blancs créaient un halo doré autour de sa tête et ses yeux en amande s'étaient fixés sur lui, sans détour. Son visage reflétait un calme intérieur qui lui fit le plus grand bien. La tempête dans son esprit s'apaisa quelque peu.

Depuis qu'ils étaient remontés des catacombes, il avait l'impression que quelque chose était différent. Comme si l'air autour de Lucas était devenu plus épais. Plus lourd et attirant. Il ne savait pas si l'amulette dans son épaule avait un quelconque rapport avec le sentiment de sécurité et de bien-être qu'il ressentait dès qu'il croisait son regard, mais il espérait que non.

De retour à l'appartement, Lucas l'avait abandonné dans l'entrée pour feuilleter quelques-uns de ses ouvrages, sans un mot. Il l'avait simplement congédié d'un vague geste de la main lorsqu'Axel lui avait demandé s'il pouvait utiliser sa salle de bains.

Intimidé, ce dernier passa d'abord la tête dans la chambre. Les murs étaient tapissés de papiers sur lesquels toutes sortes de symboles avaient été tracés, du sol au plafond, depuis les vitres des fenêtres jusqu'au moindre centimètre carré de la pièce. Il aurait dû s'inquiéter pour la santé mentale de Lucas, mais il était tellement éreinté que la seule pensée qui lui vint fut de s'interroger sur le temps que cela avait pris pour coller tout ça. Trop fatigué pour y réfléchir davantage, il se faufila dans la petite salle de bains et ferma la porte. Il glissa au sol, ses sacs de vêtements neufs à ses pieds. Son front toucha ses genoux repliés et le barrage qu'il essayait désespérément de maintenir se brisa.

Axel se mit à pleurer, d'abord doucement, de peur d'être entendu de l'extérieur, avant de laisser toute liberté à ses sanglots de s'exprimer. Il n'avait jamais goûté à la peur de la mort jusque-là et il pouvait encore sentir sa caresse dans ses muscles et sur sa nuque, jusque dans son âme. Il avait failli y rester, et cette vérité était difficile à accepter.

Il se sentait seul et perdu, sa réalité brisée pour laisser place à un monde brutal et cauchemardesque qu'il aurait préféré ignorer. Mais il aurait beau s'enfoncer la tête dans le sable, il lui aurait été impossible d'oublier la créature des catacombes ou la terreur dans son corps. Son absolue impuissance face à cette situation complètement irréaliste et pourtant si réelle. Si dangereuse. Si douloureuse.

Comment avait-il bien pu en arriver là ? Et pourquoi le sort s'acharnait-il sur lui ? Il n'avait personne d'autre à blâmer que lui-même. Après tout, il avait accepté de participer à cette soirée souterraine.

Axel soupira et passa une main tout égratignée sur son visage. Petit à petit, il parvint à trouver un certain réconfort en songeant à Lucas. Il était exécrable, colérique, cupide, narquois et grognon. Mais il s'était interposé entre lui et la bête des souterrains sans une once d'hésitation. Il avait pris tous les risques alors que lui-même n'avait été qu'un poids inutile. Pire, il avait fait exactement ce qu'il ne fallait pas : tomber en pleine course-poursuite.

Et pourtant, Lucas ne l'avait pas abandonné. Il n'était pas seul dans ce nouveau monde.

Axel se traîna jusque dans la douche en espérant que l'eau chaude viendrait balayer ses idées sombres. Déprimer ne l'avancerait de toute façon à rien. Il était déterminé à retrouver sa vie d'avant, quoi qu'il lui en coûte. Il se força à de grandes respirations et écarta ses peurs pour sceller au plus profond de lui la promesse de reprendre la main sur son destin.

Lorsqu'il ressortit de la salle de bains, Lucas était toujours assis sur le canapé, entouré de livres ouverts, la télé allumée en fond sonore.

– Du nouveau ? demanda-t-il dans un raclement de gorge.

Il espérait que la chaleur de la douche puisse constituer un prétexte valable à ses yeux bouffis. Lucas lui jeta un coup d'œil rapide mais ne fit aucun commentaire.

– Pas vraiment. Il existe quelques légendes sur des chiens qui guident les morts, mais le folklore ne correspond pas avec ce qu'on a vécu en bas.

– Qu'est-ce qu'on fait alors ?

Lucas soupira. Il avait bien une idée en tête, mais devoir aller demander de l'aide n'était pas dans ses habitudes, encore moins quand il s'agissait de faire intervenir un non-humain. Mais il était dans l'impasse. Même si les mythes autour du Xoloitzcuintle décrivaient une bête semblable à la créature qui les avait attaqués, le chien du folklore mexicain était plutôt protecteur et bienveillant. Et cela n'expliquait pas non plus la malédiction apposée sur Axel.

– J'ai besoin de réfléchir, répondit-il finalement. Et de prendre une douche.

– Je peux me rendre utile en attendant ? Préparer quelque chose à manger ?

– Ne touche pas à tout ce qui est amulettes et talismans. Ni aux herbes séchées dans les placards ou aux statues. Et n'allume pas d'encens.

Lucas remarqua l'amusement sur le visage d'Axel et leva les yeux au ciel. Il s'était senti coupable en l'entendant pleurer à travers la cloison fine, mais visiblement, il avait repris du poil de la bête.

– Je ne toucherai à rien de bizarre, promis.

Lucas préféra abandonner la réplique qu'il avait sur le bout des lèvres et se détourna. Il se dirigea dans sa chambre pour prendre des vêtements de rechange. Son manteau était ruiné et son jean troué.

Il ferait passer ça en frais additionnels, mais c'était agaçant.

En entrant dans la salle de bains, il s'attendait à y trouver les affaires sales d'Axel mais celui-ci les avait pliées et rangées dans l'un des sacs du supermarché. Une petite serviette encore mouillée et un nécessaire de toilette étaient posés sur une étagère vide. Respectueux, il avait même acheté son propre savon.

Lucas était agréablement surpris. Au-delà de son physique séduisant, Axel était entier, joyeux et sincère. Même s'il était aussi un idiot fini qui ne réfléchissait pas avant d'ouvrir la bouche et un étourdi qui se fourrait dans le pétrin dès qu'il mettait un pied devant l'autre. Il était maladroit et naïf, peureux et immature. Mais il lui plaisait.

– Oh mon Dieu !

Lucas se précipita dans sa chambre pour attraper la lame de cérémonie qu'il avait laissé traîner sur son lit avant de courir dans la cuisine, affolé par le cri. Axel se tenait devant la porte du frigidaire ouverte et se tourna vers lui, l'air profondément choqué.

– Mais il n'y a absolument rien de frais là-dedans ! Tu ne manges que des plats tout prêt ?

Lucas ferma les yeux. La colère affluait à toute allure dans ses veines et il s'obligea à rester silencieux pour ne pas ajouter une seconde malédiction à l'horripilante existence du jeune homme.

Finalement, il n'était plus si sûr de le trouver à son goût.

Après une douche salvatrice qui délia ses nerfs, Lucas retourna dans son salon et retrouva Axel en pleine discussion téléphonique.

– Non, mais tout va bien. Ce n'est pas ça, Chloé. Je vais simplement rester quelques jours. Je sais. Écoute, je…

Il soupira, visiblement agacé. Remarquant la présence de Lucas dans son dos, il s'excusa d'un mouvement de tête.

– Chloé, fais-moi confiance. Je sais ce que je fais. Dis à Valentin que je lui revaudrai ça pour ses notes. Je dois y aller. Pour la dernière fois, je ne me drogue pas, d'accord ?! Arrête avec ça.

Il le regarda batailler encore un peu pour expliquer son absence avant qu'enfin, la jeune femme lâche l'affaire et le laisse raccrocher.

– Désolé. Mes amis s'inquiètent, se justifia Axel.

Lucas haussa simplement les épaules. Il attrapa l'une des assiettes préparées par Axel et constata qu'il avait essayé de faire un effort de présentation.

– Et c'est moi le snob ? marmonna-t-il.

– Tu n'as visiblement pas besoin de faire attention à ton poids, mais manger ces trucs-là ce n'est pas bon pour la santé. C'est bourré de sucre et d'additifs.

Lucas fourra son assiette dans le micro-ondes, blasé.

– Je n’ai pas le temps de cuisiner. Ni l’envie.

– Tu sais, en termes de goût, des produits frais, c’est quand même autre chose.

– Tu te lances dans une carrière de nutritionniste ?

Axel pouffa. Cette petite conversation normale lui faisait du bien.

– Non, mais j’ai quelques notions. En médecine, il y a des modules facultatifs pour suivre des cours de nutrition. C’est plutôt intéressant. Et puis, cuisiner, je trouve ça assez sympa.

– Ils te donnent des cours de musculation aussi ?

Surpris, Axel suivit le regard entendu de Lucas sur ses abdominaux.

– J’ai toujours été sportif, expliqua-t-il, amusé. Et quand j’ai besoin de réfléchir, je vais à la salle de sport. Je peux te fournir des conseils si besoin.

Joueur, Lucas souleva une partie de sa chemise pour montrer les siens. Il n’était pas aussi musclé qu’Axel, mais il n’était en rien un gringalet. Il observa avec satisfaction les oreilles de son interlocuteur virer au rouge.

– Je retire ce que j’ai dit. Tu n’as pas besoin d’aide.

La table basse ayant rendu l’âme la veille, les deux jeunes hommes mangèrent debout, adossés chacun à un meuble de la cuisine.

– C’était ta copine, au téléphone ?

Axel faillit s’étouffer avec son morceau de pomme de terre.

– Non ! Absolument pas ! C'est une amie. Enfin, c'est une amie de ma sœur qui est dans la même fac que Valentin et moi. Elle se mêle souvent de ce qui ne la regarde pas et elle a un sale caractère. Mais elle a bon fond. Je crois. Dans tous les cas, ce n'est pas du tout ma petite amie. Je suis célibataire.

Il parlait à une telle vitesse qu'il avait du mal à respirer. Il était hors de question qu'un malentendu s'installe.

– Qu'est-ce que tu leur as dit ?

– Que tu m'aidais sur quelque chose et que ça pouvait prendre plusieurs jours. Valentin me passera ses cours pour que je rattrape mon retard.

Lucas reposa son assiette vide avec l'intention de continuer à le taquiner, mais son visage perdit tout à coup le peu de couleur qui y était accroché. Les yeux soudains révulsés, il essaya de se retenir à l'évier pendant qu'Axel se précipitait à ses côtés.

– Lucas ? Tu m'entends ? Qu'est-ce qui se passe ?

Axel pouvait sentir son corps complètement contracté contre le sien, comme paralysé. Il caressa son visage pour le faire réagir, mais il n'obtient aucun effet. Il chercha son pouls à son cou, avant de sursauter lorsque Lucas ouvrit brusquement les yeux. Ce dernier battit frénétiquement des paupières en prenant conscience de l'endroit où il se trouvait. Il remarqua les mains d'Axel qui entouraient sa taille et essaya de le repousser, mais le jeune homme ne bougea pas d'un poil.

– Pas si vite. Tu viens de faire une sorte de crise d'épilepsie.

– Ce n'est rien.

La sévérité du regard d'Axel laissa Lucas médusé. Lui non plus n'avait pas besoin d'élever la voix pour se faire obéir.

– Je vais bien, le rassura-t-il.

– Tu es épileptique ? Tu as tes médicaments sur toi ?

– Ce n'est pas ce que tu crois.

– Je t'ai dit que j'étais en médecine ? objecta un Axel absolument pas convaincu.

Lucas soupira. Il était habitué à ces crises, mais c'était très rare que quelqu'un y assiste. Ils étaient si proches l'un de l'autre qu'il pouvait sentir la douce odeur du gel douche qu'Axel avait utilisé plus tôt.

– Ce n'est pas une crise d'épilepsie.

– Alors c'est quoi ?

– Tu veux mon historique médical aussi ?

– Si ça me permet de comprendre ce qui vient de se passer, oui.

Axel refusait de desserrer son étreinte et son air sérieux tranchait avec son habituel sourire benêt. Lucas pesa le pour et le contre. Après tout, ils étaient partis pour rester collés l'un à l'autre pour un petit moment. Il pouvait prendre le risque de se dévoiler un peu. D'autant plus que ce serait ça de moins à expliquer s'il devait faire appel à la créature qu'il avait en tête pour leur souci actuel.

– Tu m'as demandé pourquoi je connaissais autant de sorts et d'objets magiques différents. Eh bien, c'est pour ça.

– Voilà qui rend la chose plus claire, gronda ironiquement Axel.

Malgré lui, Lucas ricana. Il n'était pas fréquent qu'on lui renvoie sa manière agaçante de répliquer.

– Ce n'était pas une crise, mais une vision. Quand j'ai des flashs de mes anciennes vies, mon corps se fige. Ce n'est pas dangereux pour ma santé, expliqua-t-il, sérieux.

– Comment ça, pas dangereux ? Tu aurais pu t'ouvrir le crâne en tombant !

Le visage d'Axel prenait un air ébahi à mesure que les mots faisaient sens dans son esprit.

– Des visions de tes anciennes vies, au pluriel ?

C'était bien la première fois que quelqu'un réagissait de la sorte et Lucas sourit franchement. Il y avait quelque chose de rassurant dans la confiance totale que le jeune homme accordait à ses paroles.

– Oui.

– Tu veux dire que tu te souviens de tes vies antérieures ?

– C'est compliqué.

– C'est surtout dément ! C'est trop cool ! De quoi tu te rappelles exactement ?

Dans son excitation, Axel avait relâché sa pression et Lucas le repoussa gentiment.

– Ça ne fonctionne pas comme tu le crois. Ce sont des flashs incompréhensibles. Incontrôlables. Je les sens à peine arriver. Certaines visions sont très claires et détaillées et d'autres sont abstraites. Mais à chaque fois, de nouvelles connaissances liées à ces souvenirs apparaissent simplement dans ma tête, comme si je les avais toujours eues.

– Comme si ton cerveau téléchargeait des informations venues du passé ?

Les réflexions d'Axel se montraient de temps à autre étonnamment pertinentes.

– Oui. Mais elles sont incomplètes et fragmentées. Je suis obligé de faire des recherches et des expériences pour savoir comment contrôler tout ça.

– Donc si je résume, tu as des visions de tes précédentes vies, dans lesquelles tu étais déjà en contact avec le monde surnaturel ? Et tu es capable aujourd'hui d'utiliser tes connaissances de l'époque ?

– Plus ou moins.

Axel passa sa main sur la cicatrice sous sa clavicule, le cerveau en ébullition.

– Ça veut dire que tu as été un Viking ?!

Lucas ne put pas réprimer un éclat de rire. La réaction enfantine et sincère d'Axel le touchait. Il pouvait lire l'admiration sur son visage et les innombrables questions qu'il s'apprêtait à poser.

– Un chaman, probablement.

– Et les talismans ? Les amulettes ? Tous ces trucs, tu les connais grâce à ces visions ?

– Oui, en grande partie. J'en ai appris certains sur le tas. Ce que je sais, c'est que, quel que soit le souvenir, je suis lié au monde surnaturel. Dans cette vie, comme dans les autres.

– Qu'est-ce que tu te souviens de tes autres vies ? Comment est-ce que tu les ressens ?

– Je ne sais pas l'expliquer. C'est comme se rappeler une situation qui ne t'est pas directement arrivée, mais qui t'appartient quand même. Il n'y a pas que des images. Il y a des émotions, des sentiments. Tout est confus. Je me souviens du froid intense et des aurores boréales, de la sensation du sable dans mes mains, celle d'un pinceau et de l'odeur de l'encre de Chine. Je me rappelle la présence de créatures qui n'existent plus. Mais tout est vague et incertain. C'est agaçant.

Axel voyait bien avec quelle difficulté Lucas exprimait ses pensées. Ne pas être en contrôle de ses propres souvenirs devait le rendre dingue. Pas étonnant qu'il soit si acariâtre.

– Heureusement que je ne suis pas trop terre à terre ! Découvrir un truc pareil, ça mettrait un sacré coup aux convictions scientifiques de beaucoup d'étudiants de ma fac.

– Parce qu'être maudit ne suffisait pas ?

– Plus j'en apprends sur toi, plus je suis impressionné.

Lucas détourna la tête, gêné.

Axel le trouvait mignon quand il était embarrassé. Même s'il ne le tenait plus dans ses bras, ils restaient très proches l'un de l'autre. Galvanisé par ce moment d'échange, il lui caressa le dos de la main avant de la saisir. Le regard toujours obstinément tourné vers son salon, Lucas le laissa entrecroiser leurs doigts sans savoir comment réagir, le cœur lancé dans une symphonie endiablée. Il avait beau tout faire pour l'ignorer, il était évident que le courant passait entre eux.

Un claquement les prit par surprise. Quelque chose s'était cogné contre la fenêtre du salon. Ils échangèrent un regard inquiet et Lucas dégagea sa main pour aller vérifier l'état de sa fenêtre. Mais un second claquement retentit avant qu'il l'atteigne. Au-dehors, la nuit était tombée depuis longtemps et il avait du mal à croire que quelqu'un oserait balancer des cailloux sur ses vitres. Lorsqu'il jeta un regard prudent sur la rue, tout était plongé dans la pénombre. Il capta un bruit statique et les poils de ses bras se levèrent en même temps qu'un frisson le parcourut.

– Ton appartement est protégé donc on ne craint rien, n'est-ce pas ? voulut se rassurer Axel.

– Pas entièrement, répondit Lucas dans un murmure.

Il recula juste à temps avant que la grande fenêtre explose et qu'une nuée de petites créatures volantes se déversent dans la pièce.

CHAPITRE 9

Sois poli et tais-toi

– Derrière moi ! ordonna Lucas à Axel qui bondit depuis la cuisine pour se réfugier dans son dos.

Un amas de petits oiseaux aux couleurs métalliques fonçait dans tous les sens. Le bruissement de leurs ailes était si puissant qu'il produisait un son dérangeant. Désorganisés et visiblement affolés, les petits monstres se fracassaient contre les murs, sur le sol et le plafond dans une folie infernale. Pour le moment, aucun d'eux ne les avait attaqués, mais cela n'allait pas durer. Lucas avait reconnu la forme et la vitesse des Alicantos. Leur longue queue et leurs cris stridents étaient reconnaissables.

Il ferma les yeux quelques secondes, concentra son énergie et plaça deux doigts devant sa bouche. Il récita une prière et une douce lumière blanche flotta autour de lui avant qu'un énorme héron ne se matérialise et déploie ses ailes à l'intérieur de l'appartement. Terrifié par la soudaine attaque, Axel ne put s'empêcher de s'émerveiller devant la beauté de l'animal et sa singulière apparence éthérée. Majestueux, l'esprit gardien repoussa l'assaut des petites créatures d'un coup d'aile qui envoya valser les oiseaux dans tous les sens. Mais depuis la fenêtre, d'autres Alicantos s'engouffraient dans la pièce.

Lorsque la seconde vitre se brisa et que des grognements reconnaissables se joignirent aux cris aigus et aux battements d'ailes, Lucas perdit sa concentration. Trois chiens identiques à celui qui les avait pris en chasse dans les souterrains avaient pénétré le salon. Tandis que le héron se délitait dans les airs dans une lumière aveuglante, Lucas poussa Axel en direction de la chambre et de ses protections.

L'étudiant fut presque projeté dans la pièce dont les différentes runes et inscriptions avaient pris une teinte bleutée. Les fenêtres aux volets fermés subissaient des assauts violents depuis l'extérieur, mais tenaient bon. Il se retourna vers le couloir au moment même où l'un des chiens abattait ses griffes dans le dos de Lucas. Celui-ci hoqueta de douleur, mais Axel l'agrippa par le bras et le tira de toutes ses forces. La bête bondit à nouveau, mais une barrière invisible l'empêcha de pénétrer dans la chambre. Pris de folie, le monstre se jeta contre la protection, bientôt rejoint par trois autres chiens et de nouveaux Alicantos.

Lucas lança un regard mauvais aux créatures qui ne semblaient pas avoir la moindre envie de les laisser tranquilles et continuaient d'essayer de les atteindre, grognant, crachant et griffant dans le vide. Même sous forme de fumée noire, le sort de protection les maintenait à l'extérieur. Ils étaient en sécurité. Sa chambre était un sanctuaire.

– Lucas ! Ton dos !

Axel était tout tremblant, les yeux écarquillés, le teint pâle. Son regard épouvanté ne cessait de faire des allers-retours entre les monstres qui cognaient contre la porte et le sang qui avait taché la chemise de Lucas. Mais la peur qui s'était à nouveau agrippée à sa gorge l'empêchait de bouger.

Bien que gênante, la blessure n'était pas profonde et Lucas pouvait se déplacer sans problème. Il s'avança vers les créatures et la barrière invisible, l'air songeur. Avaient-elles suivi la trace d'Axel jusqu'ici ? Et pourquoi des Alicantos, des oiseaux fabuleux du Chili, les attaquaient-ils également ?

En y regardant de plus près, dans le concert de plumes, de becs et de cris, leurs yeux habituellement lumineux étaient froids. Cette fois encore, ils étaient déjà morts depuis longtemps.

Il entendit Axel marmonner et, n'ayant de toute façon aucune réponse toute faite, il referma la porte de sa chambre sur les monstres qui continuaient à s'acharner. Il attrapa sa trousse de secours dans la salle de bains adjacente qui n'avait heureusement aucune fenêtre et rejoignit Axel, qu'il força à s'asseoir sur le lit.

– Tu es en sécurité ici. Tout ce qui n'est pas humain est incapable d'entrer.

– À cause de tout ça ?

Axel pointa du doigt les runes et symboles qui tapissaient la pièce. Lucas acquiesça. Il avait remarqué que depuis qu'il avait fermé la porte, l'étudiant s'était un peu détendu. Il tremblait toujours autant, mais il tenait le coup.

En avisant le sang qui maculait le dos de Lucas, Axel l'obligea à soulever sa chemise pour vérifier les dégâts. Quatre belles entailles peu profondes.

– Il faut désinfecter la plaie tout de suite. Passe-moi ton kit.

Se concentrer sur la gestion des soins, une tâche qu'il maîtrisait bien, lui offrit la distraction dont il avait besoin pour se sortir de sa torpeur glacée. Il posa une main sur l'épaule de Lucas et l'aida à enlever sa chemise. Il nettoya en douceur la griffure à l'aide d'une compresse et du sérum physiologique qu'il avait eu le plaisir de trouver dans le sac. Une fois propre, il tapota la blessure avec un désinfectant et Lucas siffla de douleur.

– Désolé.

Dans leur précipitation, ils n'avaient pas allumé, mais la lueur bleutée émise par les talismans sur les murs était suffisante pour qu'ils puissent y voir. Sous ses doigts, la peau chaude et soyeuse de Lucas frissonnait à chacun de ses mouvements.

Une nouvelle salve de coups sourds, cette fois portés sur les fenêtres, fit sursauter Axel.

– Tu n'as pas l'air d'écouter quand je te dis qu'elles ne passeront pas.

– OK, OK. Je te crois *Gandalf*.

Il avait décidé que, pour lutter contre sa peur, rien ne serait plus efficace que l'humour.

Lucas se tourna à moitié vers Axel, un sourcil levé.

– Je veux bien être considéré comme un magicien, mais je ne suis pas aussi vieux ! J'ai vingt-huit ans.

– Techniquement parlant, si on compte tes anciennes vies…

Le sourire jusqu'aux oreilles, Axel pouffa de rire devant l'air outré de son compagnon. Il jouait visiblement le jeu pour faire redescendre la tension et son cœur se calma. Tout du moins, il ne battait pas un rythme effréné pour les mêmes raisons que précédemment. Dans la pénombre de la chambre, le profil de Lucas était encore plus beau. Il était torse nu, assis juste devant lui, et Axel résistait à l'envie de passer sa main sur sa nuque, d'en suivre la courbe sensuelle. Il plaça un pansement sur la blessure et Lucas se releva pour fouiller ses placards à la recherche d'un haut simple.

– Alors ça, c'est du dressing ! commenta Axel, impressionné par le nombre de vêtements suspendus dans l'armoire.

Il nota que les talismans servant à protéger la chambre avaient aussi été collés à l'intérieur du meuble. Il comprenait mieux son aversion pour les tenues bon marché qu'il avait achetées plus tôt. C'était un vrai amoureux de la mode.

– Je n'aurais jamais cru qu'il existait autant de choix différents.

– J'avais bien remarqué.

Axel lui accorda ce point. Le silence retomba et Lucas revint s'asseoir à ses côtés, pour son plus grand plaisir. Malgré lui, il coula un regard vers la porte.

– Tu penses qu'elles partiront quand il fera jour ?

– Certainement. Dans leurs conditions, elles ne feraient pas long feu au soleil.

– Dans leurs conditions ?

Lucas ne répondit pas. Ce n'était pas la peine de l'effrayer encore plus en lui expliquant qu'ils étaient attaqués par des créatures déjà mortes.

– Je sens que je vais payer très cher en frais additionnels, mais… est-ce que je peux te poser une autre question ?

– Je te ferai un prix de gros, répliqua Lucas avec un clin d'œil qui fit sourire Axel.

Le jeune homme s'assit en tailleur sur le matelas et s'humidifia les lèvres. Il hésitait depuis un certain temps, mais n'avait pas osé aborder le sujet.

– Qui est Chani ?

Les épaules de Lucas se crispèrent.

– Tu as crié ce nom-là quand on courait dans les catacombes…

Les yeux vairons se braquèrent sur lui. L'expression de Lucas était indéchiffrable, mais il semblait peser le pour et le contre. Il ouvrit la bouche, puis soupira, indécis.

– C'est le nom de mon ex, finit-il par avouer, la voix mal assurée.

– Je vois.

Le silence se prolongea, entrecoupé des coups sourds qui provenaient toujours des fenêtres et de la porte. Axel ne savait pas s'il devait continuer à l'interroger. Il pouvait lire dans l'attitude de Lucas que le sujet le dérangeait.

Soudain mortifié par une pensée, elle quitta sa bouche sans qu'il ne puisse la retenir.

– Il est mort ?

– Non, répondit calmement Lucas. C'est juste un sale con.

– Oh.

À nouveau, un silence gêné s'installa. Lucas voyait bien qu'Axel se posait encore des questions.

– Il était au courant pour… tout ça ?

– Oui. Rien de ce que je lui racontais n'avait l'air de le surprendre. Il ne m'a jamais dit ce qu'il était, mais j'ai toujours su qu'il était différent. Pas vraiment… humain.

– Qu'est-ce qui s'est passé ?

Lucas eut un rictus agacé, mais sa colère n'était pas dirigée contre lui.

– Il était du genre à vouloir tout contrôler. On s'est disputés. Il a disparu de ma vie du jour au lendemain sans explications.

Axel avait assez de jugeote pour ne pas poursuivre la conversation. L'expression sur le visage de Lucas ne reflétait pas que de l'énervement, mais aussi une douleur profonde. Il laissa les minutes défiler en cherchant une manière de détourner la conversation. Il en venait à regretter d'avoir posé la question. Il se doutait que les sentiments de Lucas pour Chani avaient été très forts au vu de sa réaction. Et il n'avait absolument pas envie d'en savoir plus.

– Demain, on ira demander de l'aide pour comprendre d'où vient cette malédiction, annonça finalement Lucas.

– Pourquoi on n'a pas fait ça avant de descendre dans les catacombes ?

– Parce que la chose à laquelle il faut s'adresser est dangereuse.

L'air sombre de Lucas ne lui disait rien qui vaille.

– Plus dangereuse que ça ? dit-il en pointant la porte qui résonna d'un lourd coup au même instant.

– Largement plus, oui. C'est peut-être la plus vieille et la plus puissante créature que je connaisse. Mais comme toutes celles qui sont douées de conscience, sa notion de la vie humaine est particulière. Il y a des règles pour interagir avec l'Antiquaire. S'il y a un endroit où obtenir des réponses, ce sera là-bas, mais le prix à payer…

Lucas laissa planer sa réflexion.

– Quoi qu'il en soit, si ces choses sont capables de nous suivre en dehors des souterrains, on n'a plus le temps de se contenter des folklores et des légendes. Il nous faut des informations, et vite !

Axel se refusait à imaginer à quelle nouvelle créature il aurait affaire, et grignota ses ongles inconsciemment, son anxiété au paroxysme.

– Pour l'instant, allonge-toi et dors, lui intima Lucas.

– Je ne pense pas pouvoir y arriver.

– Je connais un sort si tu veux.

– Si pour ça il faut me mettre un coup de poing sur le nez, c'est non, plaisanta le jeune homme.

Lucas approcha son visage si près du sien qu'Axel en perdit la faculté de respirer. Il le laissa attraper doucement sa nuque et appuyer trois doigts sur son front. Il entendit à peine le mot prononcé par le *magicien*, qui tenait ses yeux plongés dans son regard hypnotique, et s'endormit aussitôt.

Pour quelqu'un qui ne cessait d'encaisser de nouvelles et alarmantes révélations, Axel l'impressionnait. Au lieu de s'enterrer la tête dans le sable, il continuait à poser des questions afin d'essayer de comprendre, même si ses rêves se peuplaient certainement de plus de monstres qu'avant.

Lucas était partagé entre l'envie de lui montrer qu'il n'existait pas que des horreurs et celle d'en finir au plus vite. La présence d'Axel le déstabilisait. Il n'était pas comme les autres, mais une fois que ses soucis seraient derrière lui, ils n'auraient aucune raison de rester en contact. Leurs mondes étaient trop différents. Axel reprendrait sa vie sans un regard en arrière et il serait relégué dans un coin de sa mémoire, enterré sous toutes ces choses que l'on ne préfère pas ressasser, avant d'être oublié. Avant d'être abandonné.

S'attacher à lui était une mauvaise idée.

Au matin, l'appartement était en ruine.

Des morceaux de vitres brisées étaient éparpillés, le papier peint pendait en lambeaux là où les griffes s'étaient acharnées, l'écran de la télévision était cassé en deux, les étagères avaient été renversées et le bois mâchouillé. Il n'y avait plus rien à sauver, même les livres étaient déchiquetés.

Lucas ne dit rien. Il fit le tour des lieux, le visage fermé. Il récupéra par-ci, par-là quelques statuettes qui ne s'étaient miraculeusement pas brisées, et une fois son butin rassemblé, retourna simplement les déposer dans sa chambre. Par miracle, son ordinateur portable avait évité la casse.

– Je te jure que je paierai pour les dégâts, balbutia Axel, que le calme de Lucas inquiétait.

Il opina seulement de la tête avant d'ouvrir son placard et d'enfiler un long manteau blanc. Axel le regarda glisser la lame aux symboles égyptiens dans une poche intérieure, attraper une boîte et se saisir de deux bracelets en bois. Lucas en tendit un à Axel.

– Arrache-le de ton poignet pour activer un bouclier de protection. C'est à usage unique, alors ne l'utilise qu'en cas d'ultime recours.

Cette fois, il prenait des précautions. Ils laissèrent le chaos derrière eux et sortirent affronter un froid sec au-dehors. Lucas était affreusement calme et les tentatives d'Axel pour lancer une conversation tombèrent à plat.

Ils étaient pourtant si proches la veille encore. S'était-il passé quelque chose pendant la nuit ? Le tenait-il pour responsable de l'état de son appartement ? Avait-il atteint la limite de sa patience avec lui ? Chloé lui avait déjà dit qu'il pouvait se montrer énervant à toujours vouloir en savoir plus sur les gens. Peut-être qu'il n'aurait pas dû lui demander plus d'informations après qu'il eut mentionné son ex ?

Plongé dans ses pensées, Axel avait mis du temps à remarquer qu'ils étaient descendus dans le métro. Ses mains étaient devenues moites et son torse s'était comprimé douloureusement, mais la panique ne s'était pas installée. Toujours accablé du silence de Lucas, il avait passé le trajet à faire rouler les boules en bois du bracelet sur sa peau, dans une tentative plutôt réussie de le calmer.

Axel sut immédiatement qu'ils étaient arrivés à destination lorsqu'ils s'arrêtèrent à l'entrée d'une impasse déserte. Tout au bout, coincée entre une maison de retraite et une laverie en mauvais état, une petite boutique à la devanture noire attirait le regard.

Une phrase en lettres dorées était écrite sur l'enseigne, mais dès qu'il essayait de la lire, sa vision se troublait. Il y avait bien une grande vitre, mais il faisait si sombre à l'intérieur qu'il ne voyait presque rien. Même s'il n'avait pas été initié à cet aspect du monde, Axel ne se serait jamais aventuré à l'intérieur de ce magasin. Il pouvait presque sentir une onde négative courir sur sa peau et le repousser.

– Je n'ai aucune envie d'entrer là-dedans, paniqua-t-il.

– Axel, écoute bien.

Lucas ressentait lui aussi l'atmosphère sinistre que dégageait le lieu. Il attrapa son compagnon par les épaules et son regard se fit sévère.

– Quoi qu'il arrive, ne dis rien. Quoi que cette chose fasse, n'utilise pas ta voix. Sous aucun prétexte. C'est clair ?

De plus en plus terrifié, Axel hocha la tête, son estomac déjà dans les chaussettes.

– Je suis sérieux. Ne touche à rien et même si elle te pose des questions, ne réponds pas. Jamais. Ne. Parle. Pas, martela Lucas.

– J'ai compris.

– Une fois à l'intérieur, nous serons sur son terrain. Fais-toi le plus discret possible, je mènerai la discussion.

Pour la première fois depuis qu'ils s'étaient rencontrés, l'assurance de Lucas avait perdu de sa superbe. Une clochette tinta lorsqu'il tourna la poignée et ils entrèrent dans le magasin. La porte se referma dans le dos d'Axel sans bruit. Ils restèrent sur place le temps de s'habituer à la pénombre et d'essayer de calmer leurs nerfs.

Beaucoup plus large que la devanture ne le laissait présager, la boutique se composait de nombreux meubles anciens de diverses origines, dont des cabinets aux multiples tiroirs. De longs miroirs sur pied étaient alignés sur leur gauche et donnaient l'impression d'un reflet plongeant à l'infini. Sur la droite, quelques tableaux étaient recouverts de draps noirs et des œuvres d'art, toutes plus sinistres et étranges les unes que les autres, encombraient l'espace dans un désordre soigné. Dans un coin de la pièce, des horloges rythmaient le temps dans des cliquetis discrets de rouages bien huilés. L'air sentait la poussière et le cuivre. L'atmosphère imposait un calme trompeur.

Lucas avança lentement, le bruit de ses pas étouffé par une moquette rouge sang. Il ne cessait de poser sa main contre sa hanche, là où son arme était cachée, rassuré par sa présence. Une grande allée permettait de traverser le magasin d'antiquités et menait directement à un haut comptoir. Une pile de livres attendait sur le plateau et une caisse enregistreuse en laiton prenait une bonne part de l'espace. Tout ça n'était qu'une mascarade.

Un élégant chat noir sauta soudain sur le meuble pour s'allonger négligemment. Pris par surprise, Lucas eut le réflexe d'empoigner son arme mais parvint à stopper son geste de justesse en découvrant qu'il s'agissait d'un animal. Derrière lui, Axel s'était mordu les lèvres pour éviter de crier. Même sans avertissement, il était parfaitement conscient d'être entré dans un endroit dangereux.

Ici, il était la proie.

– Lucas ! Lucas, Lucas, Lucaslucaslucaslucas, appela une voix étrange.

Elle répétait son nom comme un mantra, entrecoupé de petits ricanements enfantins. Il ferma les yeux pour faire refluer le dégoût dans sa bouche et prit une grande inspiration.

– Je suis là.

Des bruits de pas précipités résonnèrent de tous côtés et un nouveau rire suraigu l'obligea à tourner la tête vers la gauche. Une adolescente se présenta à lui dans des chaussures vernies, un collant blanc et une jolie robe col Claudine beige, maculée de sang. Elle n'avait sans doute pas plus de seize ans. Son visage ressemblait à celui d'une poupée, avec ses deux couettes blondes qui retombaient en anglaises sur ses épaules, mais son sourire paraissait disproportionné. Il s'étendait bien au-delà de ses joues rebondies. Ses iris d'un bleu électrique étaient braqués sur lui avec joie.

– Lucas ! Quel bonheur ! Oui, oui, quel bonheur de te voir, dit-elle.

Elle s'avança en sautillant et se jeta dans ses bras, mais il ne lui retourna pas son étreinte.

– Hum, je reconnais bien ton odeur, mon petit Lucas. Lucas. Lucas.

Elle passa une main dans ses cheveux, sa bouche si près de son cou qu'il sentit son souffle glacé, mais il se retint de bouger. Les doigts froids s'aventurèrent sur son visage et s'attardèrent sur ses lèvres avant qu'elle ne se retire.

L'Antiquaire recula de quelques pas. Et Lucas recommença à respirer.

– Oh, je suis désolée ! J'ai taché ton beau manteau avec mon repas, s'écria-t-elle, faussement navrée.

– Je suis venu pour acheter des informations.

L'immonde sourire lui répondit, envoyant des vagues de frissons dans le creux de son dos.

– Tu sais que tu es toujours le bienvenu Lucas, mon Lucas. Et tu n'es pas venu les mains vides, je vois ?

Elle braqua son regard sur Axel, qui serra les dents. Il était à deux doigts d'avoir besoin de changer de sous-vêtements.

– Un en-cas ?

– Non ! s'écria Lucas, assez fort pour que le chat sur la caisse tourne sa tête vers lui.

L'Antiquaire fit claquer sa langue, déçue.

– Non ? Quel dommage ! Quel dommage !

Elle reporta son attention sur lui.

– De quoi as-tu besoin, mon petit Lucas ?

– Quelque chose se cache dans les catacombes de Paris et a maudit mon ami. Je veux savoir de quoi il s'agit.

Intriguée par ses propos, l'Antiquaire braqua à nouveau son regard sur Axel et s'approcha de lui.

Elle lui tourna autour avant de humer l'air et de passer une langue écarlate sur ses lèvres.

– Pas un en-cas. Pas un en-cas, ne cessait-elle de répéter dans un murmure.

Axel ferma les yeux en sentant une main parcourir son torse et lutta contre son irrésistible besoin de hurler d'horreur. Les doigts s'arrêtèrent à l'emplacement de l'amulette.

– Quel est ton nom ? Ton nom ? Ton nom ? Humain.

Le dernier mot avait été craché sur un ton condescendant.

– Ce n'est pas poli de ne pas répondre, continua-t-elle, cette fois agacée.

Axel lança un regard désespéré à Lucas, qui lui signifia de rester silencieux d'un discret signe de tête. Cette fille le terrifiait bien au-delà de la raison, mais il obéit et resta muet.

– Hum… ton odeur. Une odeur mêlée. Une vieille odeur. Intéressant.

L'Antiquaire retourna auprès de Lucas.

– Tes visites sont toujours captivantes, dit-elle en caressant son chat.

– Je suis prêt à payer ton prix, annonça-t-il, résigné.

Elle sautilla comme une enfant en riant et en applaudissant. Une nouvelle lueur s'était animée dans ses prunelles étranges. Elle désigna d'une main manucurée une chaise à l'assise de velours disposée près du comptoir.

– Prends place Lucas. Lucas. Mon adorable Lucas.

CHAPITRE 10
Le temps et l'espace

À contrecœur, Lucas accepta de s'asseoir. Ses mains s'étaient agrippées aux accoudoirs et son teint avait viré au gris, pour autant, son visage ne laissait exprimer aucune émotion. L'Antiquaire tourna autour de lui en riant joyeusement avant de venir se positionner sur ses genoux. Elle exhalait une odeur de sang et son corps glacé, pressé contre le sien, lui donnait envie de devenir violent. Mais Lucas ne bougea pas.

Il était conscient de sa puissance. Elle irradiait d'une aura sinistre qui entrait en conflit avec la sienne. Être si près l'un de l'autre provoquait des vibrations jusque dans ses os. Il calma son souffle et affronta avec toute son arrogance les yeux inhumains. Son affreux sourire répondit à sa bravade. C'était une créature particulière. Lui tenir tête lui plaisait jusqu'à un certain point. S'ils devaient en venir à se battre un jour, il n'était pas sûr de pouvoir en ressortir indemne. Ou d'en ressortir tout court.

Les mains de l'étrange jeune fille remontèrent le long de son torse langoureusement, mais il s'obstina à garder un visage impassible.

– Quelque chose a changé chez toi, mon Lucas. Oui, changé.

Il ne lui répondit que par un sourcil levé afin de marquer son étonnement. C'était la première règle qu'il avait apprise face à l'Antiquaire. Ne jamais poser de question.

– Depuis la dernière fois, quelque chose s'est brisé, Lucas. Ici.

Elle appuya son front contre le sien.

– Et ici.

Cette fois, elle fit tourner son index au niveau de son cœur.

– Je ne suis pas venu pour une séance de psy, grogna Lucas, les dents serrées.

L'Antiquaire éclata d'un rire sans joie, ses yeux bleus plus pétillants que jamais. Elle se colla contre lui et plaça ses mains de chaque côté de sa tête avant de replier ses doigts pour toucher la jonction entre sa nuque et son crâne.

– J'en ai mangé un, une fois, révéla-t-elle. Les humains ont tellement de goût. Mais toi, tu es encore plus appétissant que les autres, mon Lucas. Je me demande quelle saveur tu aurais sur ma langue.

Tout comme dans les catacombes, son aura se déploya, le protégeant d'un halo doré. Mais l'Antiquaire sourit de plus belle. Dégoûté, Axel observa la peau de ses bras former des cloques et des boursouflures là où elle était en contact avec l'aura de Lucas.

La créature ne recula pas… elle ricana.

Ses ongles se transformèrent en griffes et elle planta ses doigts dans son crâne. Avec un sursaut de douleur, Lucas poussa un hurlement alors que ses yeux se recouvraient d'un voile blanc. Son corps se détendit d'un coup et son aura grésilla avant de se déliter. La tête de l'Antiquaire retomba en arrière, dans un angle contre nature, sa vision devenue elle aussi opaque.

Axel recula d'un pas et entendit le chat ronronner depuis le comptoir.

Ils restèrent dans cette position une longue minute avant qu'elle ne relâche son emprise et que Lucas retrouve à nouveau le réflexe de respirer. Son visage se tordit de douleur et il repoussa violemment la créature toujours assise sur ses genoux. Elle s'écarta, sa tête se redressant en place dans un craquement d'os lugubre, et commença à lécher ses doigts poisseux de sang.

Lucas s'affaissa sur la chaise, visiblement secoué. Au risque d'attirer l'attention de la terrifiante créature, Axel se précipita auprès de lui et l'aida à se remettre debout. Lucas suait à grosses gouttes et, même s'il essayait de sauver la face, il titubait. Axel retroussait ses lèvres pour s'empêcher de lui demander comment il se sentait et si la blessure n'était pas trop grave. Il avait promis de ne pas ouvrir la bouche.

– Quel plaisir. Oui, quel plaisir. Tu es toujours aussi intrigant, minauda la créature. Tu es une véritable douceur, mon beau Lucas. Si sucré.

Il lui retourna un doigt d'honneur, mais elle ne s'en offusqua pas. Elle tourna sur elle-même en soupirant d'aise. Elle se délectait du goût sur ses lèvres.

– Approche, humain, reprit-elle à l'attention d'Axel.

Il écarquilla les yeux d'effroi, mais sentit Lucas le pousser légèrement vers elle. Il coinça sa langue entre ses dents et, aussi raide qu'un robot, avança de quelques pas timides. Le sang avait reflué de son visage et il tremblait comme une feuille. Il se sentait fiévreux, étourdi et nauséeux. Une proie apeurée.

L'Antiquaire lui tourna autour, mais ne l'invita pas à s'asseoir sur la chaise.

– Marqué. Tu es marqué. Montre-moi, montre-moi, montre-moi, ordonna-t-elle, excitée.

Il réfléchit un instant avant de comprendre qu'elle se référait sans doute à la rune tracée sur son torse. Il écarta le haut de son sweat pour révéler la cicatrice. Aussi vive qu'un chat, elle colla son nez à sa peau. Elle faillit lécher la marque, mais Lucas tira Axel en arrière, juste à temps pour qu'il puisse simplement constater la longueur anormale de sa langue. L'Antiquaire se renfrogna, mais sa moue était coupable.

– Dommage. Dommage, chantonna-t-elle.

– Essaye à nouveau et je te la coupe, gronda Lucas.

Il avait extirpé sa lame de son manteau et le visage de la créature fut pris de convulsions. Sa peau se déforma, comme agitée par une houle invisible, avant qu'elle ne retrouve la maîtrise d'elle-même. Son sourire s'était fait féroce et calculateur, les yeux fixés sur l'arme. Mais il était évident qu'elle n'était pas effrayée.

L'Antiquaire effectua une courbette d'excuse.

Sous l'œil vigilant de Lucas, elle s'approcha à nouveau et Axel recula inconsciemment. Malgré tout, elle tendit le bras et essuya du bout du doigt une goutte de sueur qui roulait sur son front. Elle le ramena à sa bouche d'un air boudeur. Un enfant privé de son jouet.

– Oh. Oh ? Inattendu. Inattendu.

Elle le balaya du regard avec un intérêt renouvelé.

– Tu es sûr de ne pas vouloir me donner ton nom ?

Il secoua frénétiquement la tête.

– Lucas, mon Lucas, tu as le sang de Lucas en toi. Il te protège. Pour l'instant.

Elle sembla réfléchir, les sourcils froncés.

– Ancienne. Très ancienne malédiction. Et pleine de colère, de colère. Je préfère la peur. Comme la tienne. Elle rend la viande plus tendre. Elle te cherche.

– Ce n'est pas ce que j'ai cherché à savoir, intervint Lucas.

Il continuait de tenir fermement son arme, au cas où. L'Antiquaire fit claquer sa langue d'agacement.

– Je vais chercher. Chercher. C'est trop vieux. Trop ancien. Presque de mon temps.

– J'ai payé ton prix.

– Et tu auras ta réponse. Toujours. Toujours pour toi.

Elle s'approcha de nouveau de Lucas et il sursauta en sentant sa main passer dans son dos, le long du pansement. Elle mima une expression de tristesse, mais aucune émotion ne se peignait sur ses traits.

– Blessé ?

– Non, mentit-il.

Elle rit.

– Oui. Oui. Elles traquent. Elles cherchent. Elles ne sont plus là. Et toujours là. Tu le sais, Lucas. Mon beau Lucas.

– Les choses qui nous attaquent sont déjà mortes, confirma-t-il à haute voix.

– Déjà mortes. Mortes. Mais toujours là. Xolot. Guide des morts, devenu chien du vivant. Manipulé.

– Manipulé, répéta Lucas dans un murmure.

– Oui, oui. Contrôle. Un vieux contrôle. Une vieille magie. Elles traquent, mais elles n'ont pas de conscience. Plus de conscience. Plus d'existence. Elles ne sont plus là. Et toujours là.

Elle se dirigea vers son comptoir et le chat noir se leva en s'étirant paresseusement. Songeuse, la créature passa la main dans sa fourrure et le gratouilla derrière les oreilles.

– Mon Lucas, tu te frottes au danger. Mais je vais trouver ta réponse. Pour toi. Je te contacterai quand je l'aurai.

L'Antiquaire redevint silencieuse et se pencha pour plonger ses yeux dans ceux du chat qu'elle maintenait fermement. Des murmures incompréhensibles résonnèrent dans le magasin alors même qu'elle n'ouvrait plus la bouche.

Lucas tira sur le bras d'Axel. C'était maintenant ou jamais. Ils reculèrent lentement dans l'allée principale, mais la voix de l'Antiquaire s'éleva à nouveau.

– Ne retiens pas ce qui est déjà brisé, Lucas. Il est déjà brisé.

Il ne voyait pas où elle voulait en venir, mais décida qu'il chercherait le sens de cette énigme plus tard. Sa plus grande préoccupation était d'atteindre la sortie. Lorsqu'ils arrivèrent enfin à la porte, la créature et son chat avaient disparu.

– Fais attention à toi aussi, Axel, reprit la voix de l'Antiquaire.

Les deux jeunes hommes se regardèrent avant de se précipiter sur la poignée et de s'engager à l'extérieur.

Immédiatement, Axel sentit ses jambes fléchir et il tituba jusqu'au mur pour se soutenir. Lucas, lui, se raccrochait à un horodateur, le souffle saccadé.

– Je n'ai pas dit mon nom. Je n'ai pas dit mon nom, répétait Axel en se rongeant les ongles.

– Non et heureusement. Elle aurait eu toute emprise sur toi et tu serais devenu son pantin. Au mieux.

– Au mieux ?

– Ce n'est pas sa véritable apparence, mais celle de sa victime. Je crois qu'elle copie ce à quoi elles ressemblaient, après les avoir tuées.

– Mais quelle horreur ! Ça veut dire que cette ado…

Au-delà de l'épouvante, Lucas perçut de l'empathie dans la voix d'Axel. Ce n'était pas son cas. Il avait appris à se dissocier des autres, pour que leur sort ne le touche plus autant qu'avant. L'adolescente avait sans doute fourré son nez là où elle n'aurait pas dû. L'idiotie avait un coût. Généralement, il se payait avec son sang. Mais c'était différent pour Axel.

Celui-ci s'éloigna de la porte en chancelant, inquiet qu'elle surgisse à cet instant.

– Elle ne nous pourchassera jamais dehors. Elle ne peut pas sortir de sa boutique, c'est pour ça qu'elle se déplace avec. Regarde autour de toi.

Axel leva la tête et scruta son environnement, la peur au ventre. Au début, rien ne lui paraissait particulièrement étrange ou dangereux, mais il remarqua que le panneau qui indiquait la maison de retraite avait disparu. D'ailleurs, le bâtiment entier s'était modifié. Un complexe d'appartements y avait pris place. Éberlué, il regarda de l'autre côté, là où aurait dû se trouver la laverie, maintenant remplacée par une banque. En face, il découvrit une rue complètement différente de celle qu'ils avaient empruntée pour venir. Sous le choc, Axel ouvrait la bouche comme un poisson hors de l'eau.

Quant à Lucas, il prit une grande inspiration pour faire passer son envie de vomir.

– On est certainement à l'autre bout de Paris, lâcha-t-il.

– Quoi ? Comment ça se fait ?

– Si ce n'était que ça. Vise l'heure.

Axel baissa les yeux sur sa montre de luxe qui indiquait désormais la fin d'après-midi.

– C'est impossible.

Il croisa le regard de Lucas et son rictus blasé.

– C'est un mot que tu apprends à oublier quand tu vis dans mon monde.

– Lucas !

– Ne m'appelle pas par mon prénom maintenant, tu veux ? Ça me fout la gerbe, dit-il en repensant à la voix enfantine.

– Tu as dit que les monstres qui sont après moi ne sortent pas le jour, mais le soleil se couche dans à peine une heure. Qu'est-ce qu'on fait ?

– Merde.

Il n'avait pas envisagé cette situation.

Lucas dégaina son téléphone et vérifia aussi bien l'heure que l'emplacement où ils avaient atterri. Au vu de la distance, ils n'arriveraient pas à rejoindre l'appartement avant la tombée de la nuit, quel que soit le moyen de transport. Avec du temps, et les bons ingrédients, il aurait peut-être pu concevoir un sort, certes moins efficace que les protections de sa chambre, mais assez pour désorienter des Xolots. Maintenant qu'il était sûr du type de créature à leurs trousses, la méthode serait plus facile. Seulement, il ne disposait ni de l'un ni de l'autre.

Axel s'arrachait les cheveux. L'amulette l'empêchait de perdre les pédales, mais la triste réalité se chargeait très bien de le mener à un résultat similaire.

– Je sais où aller, annonça soudain Lucas. Avec un peu de chance, tu auras même droit à ton repas équilibré.

Il commença à descendre la rue. Finalement, ils n'étaient pas si mal lotis.

– Attends, lui ordonna Axel.

Il lui attrapa le bras et le força à pivoter pour se retrouver dans son dos.

– Qu'est-ce que tu fais ?

Il souleva délicatement les cheveux blancs qui s'étaient teintés de rouge à la base de la nuque. L'Antiquaire avait laissé dix petites marques ensanglantées là où elle avait enfoncé ses ongles, mais les blessures n'étaient pas graves.

– C'est bon, ne touche pas, s'agaça Lucas.

Il le repoussa d'un coup de coude, le visage empourpré, avant de reprendre sa marche. Sentir la main d'Axel dans ses cheveux lui avait envoyé une décharge de frissons. Agréables, ceux-là.

– Il faudra quand même désinfecter !

– Tu es chiant.

– On me le dit souvent, oui.

Mais l'étudiant n'arriva pas à rire. Ni même à sourire. Il revoyait sans cesse le rictus difforme de la créature. Il avait la sensation qu'elle avait encore les yeux posés sur lui.

– Qu'est-ce qu'elle t'a fait au juste ?

Lucas soupira.

– Elle est accro aux souvenirs de mes anciennes vies. C'est comme ça que je lui paye ses infos.

– Elle t'a volé un souvenir ?

– Non, répondit-il, mal à l'aise. Elle en a fait remonter un et l'a partagé avec moi. Un vieux. Plus la vision est éloignée de ma vie actuelle, plus c'est difficile et douloureux. Je ne sais pas vraiment ce qu'elle y gagne, mais c'est comme ça depuis la première fois que je l'ai rencontrée.

– Il se passait quoi dans ton souvenir ?

Cette fois, il ne répondit pas.

Axel pouvait voir que, quelle que soit la vision qu'elle avait choisie, cela l'avait perturbé. Il était curieux, mais pousser Lucas à raconter une expérience dont il n'avait pas envie de parler ne lui plaisait pas. Il essaya plutôt de changer de sujet.

– Je ne sais pas ce qui était le pire, ce sourire ignoble ou le chat que ça n'avait pas l'air de déranger le moins du monde !

– Parce que ce n'en est pas un. C'est un Matagot.

Axel soupira. Évidemment, il aurait dû se douter qu'il n'y avait rien de normal dans cette boutique.

Pour une fois, il avait déjà entendu parler de cette créature typique du folklore français. Un chat noir, supposément un démon familier, le subordonné des sorcières. Voilà qui expliquait comment l'Antiquaire pouvait récolter des informations sans sortir de son antre.

Après quelques minutes de silence, Lucas remarqua qu'Axel ne cessait de lever les yeux au ciel pour vérifier que le soleil ne s'était pas encore couché. Ils avaient eu de la chance d'être aussi près de ce qu'il considérait comme l'endroit le plus sûr de Paris, sans compter sa propre chambre. Il n'avait jamais emmené personne là-bas. Pas même Chani.

En passant devant un petit supermarché, Lucas s'arrêta pour faire des courses sous la houlette angoissée d'Axel qui ne cessait de lui rappeler que le temps continuait d'avancer. Il choisit quelques légumes, de la viande et un bouquet de fleurs, qu'Axel se proposa de payer.

Arrivé dans un quartier résidentiel plutôt modeste, Lucas se dirigea vers un immeuble à la façade défraîchie et regarda la longue liste de noms avant d'appuyer sur l'interphone.

– Oui ?

– Bonjour madame Guillot. Excusez-moi, je suis votre voisin du dessous, M. Rizzoli. J'ai laissé mes clés sur la porte, comme un idiot. Vous pouvez m'ouvrir ?

– Oh… heu… oui, bien sûr.

La porte magnétique bipa. Son jeu d'acteur était épouvantable, et pourtant ils étaient entrés sans aucun problème.

– Les gens sont rassurés d'entendre un nom qu'ils ont l'habitude de voir, expliqua-t-il en pointant la liste de l'interphone. Et ils sont persuadés que de toute façon, rien ne peut leur arriver tant que ce n'est pas la porte de chez eux qu'ils ouvrent.

Axel le suivit à l'intérieur, un peu embarrassé d'avoir lui aussi offert ce service à ses voisins de nombreuses fois sans jamais se poser la moindre question. L'ascenseur était étroit et la lente montée des quatre étages se fit dans un silence gêné. Une fois le palier atteint, Lucas s'arrêta devant le troisième logement et tourna la poignée pour entrer, comme s'il était chez lui. La porte n'était pas verrouillée et une odeur de pain d'épices attaqua immédiatement les narines d'Axel.

L'appartement était vieillot. Entre le papier peint à fleurs et les lourds meubles en bois, il avait l'impression d'avoir fait un bond dans le temps. En arrière, cette fois. Le vestibule était minuscule et ne leur proposait que deux options : une porte vitrée et une autre en bois. Lucas se dirigea vers celle avec des carreaux déformants et entra dans une cuisine typique des années 1960.

Affairée devant un plan de travail, une femme leur tournait le dos et ne semblait pas les avoir entendus. Lucas posa son sac de courses sur une table, mais elle ne réagit pas.

– Je te présente Myriam. Et ça…

Lucas pointa du doigt un petit garçon d'environ six ans qui les observait, caché derrière une chaise.

– C'est Philippe.

Celui-ci leur offrit un adorable sourire où une dent manquait à l'appel et, avec un rire amusé, se mit à courir vers eux. Il traversa les jambes de Lucas avant de continuer vers le mur et de disparaître à l'intérieur.

– Je suppose que c'est la première fois que tu rencontres des fantômes.

CHAPITRE 11
Comme un écho

Assis devant la table à manger du salon, Axel avait encore du mal à prendre la mesure de ce qu'il venait de découvrir. Il regardait son assiette de soupe avec un mélange de stupéfaction et de fatigue extrême. Les fantômes existaient bel et bien et, apparemment, ils faisaient d'excellents cuisiniers.

C'était complètement surréaliste. S'il n'avait pas enchaîné les situations aussi terrifiantes que surprenantes, il n'aurait sans doute pas accepté ce qui se déroulait sous ses yeux. Coincés dans leur monde à eux, revivant continuellement le même jour, Myriam et Philippe effectuaient les mêmes actions, les mêmes gestes, encore et encore. Dans l'indifférence du monde réel. Du moins, pour les gens normaux.

– Donc ils peuvent agir sur le monde des vivants ? demanda-t-il en goûtant la soupe du bout des lèvres.

– Plus ou moins. Si je lui fournis des ingrédients, elle les utilisera parce que ça fait partie de sa routine.

C'est comme s'ils avaient toujours été là. Mais si je lui donne mon téléphone, elle ne le verra pas.

Axel soupira. Tout ça lui semblait à la fois compliqué et absurde. Comment des esprits pouvaient-ils agir dans la réalité et traverser les murs ?

– Regarde ça.

L'air autour de Lucas ondula et son aura s'activa. Beaucoup plus pâle que chez l'Antiquaire, elle était fragile et tremblotante. Il s'apprêtait à lui demander ce qu'il voulait lui montrer, mais Myriam sortit de la cuisine.

Avec son brushing bouffant, sa robe à pois ceinturée à la taille et ses petites chaussures plates, elle n'aurait pas détonné dans une vieille série télé. Son doux visage se tourna vers Lucas et elle lui accorda un sourire. Il lui répondit de la même façon, une pointe de tristesse dans son expression. Il relâcha son aura et le visage de Myriam se détendit. Elle retourna dans la cuisine.

– Frimeur, se moqua Axel.

Lucas gloussa.

– Ils peuvent plus ou moins me voir, expliqua-t-il. Comme pour la nourriture, j'apparais comme si j'avais toujours été là. Mais aucun d'eux ne m'a jamais parlé. Je ne pense pas qu'ils en soient capables.

– Mais le petit garçon a rigolé, non ?

– Oui, c'est le seul son qu'il fait. C'est d'ailleurs pour cette raison-là que je les ai découverts. Un voisin se plaignait d'un enfant riant et jouant au ballon dans le couloir, mais personne ne l'avait jamais vu. Quand on lui a dit que l'appartement en face était vide, il a flippé.

– Pas surprenant.

– Le plus étrange, c'est que leur simple présence écrase complètement la mienne.

– C'est pour ça que la lumière autour de toi était plus faible ?

– Je ne savais pas que tu pouvais voir ça, répondit Lucas, sincèrement étonné.

– Je suis un peu spécial, il paraît.

– J'aurais plutôt utilisé le mot « limité », mais si tu veux.

Axel secoua la tête en soupirant. Il avait tendu le bâton pour se faire battre.

– Tant qu'on reste avec eux, personne ne sera capable de nous trouver. Quel que soit le flair de la créature ou la puissance de la malédiction. C'est l'endroit le plus sûr que je connaisse, en dehors de chez moi. La mort a ce pouvoir-là.

Axel avala une nouvelle gorgée, déjà beaucoup plus serein. Myriam était peut-être morte depuis soixante ans, mais elle n'avait rien perdu de ses talents de cuisinière. La soupe était délicieuse.

– C'est toi qui leur as donné un nom ?

– Non, je me suis renseigné. J'ai fini par les trouver dans des archives.

– Qu'est-ce qui leur est arrivé ?

Le regard de Lucas se fit plus dur, plus froid.

– Rien d'agréable.

Axel préféra ne pas insister. Il n'avait pas envie d'en apprendre plus. Le sourire joyeux de l'enfant lui permettait d'oublier celui de l'Antiquaire et savoir qu'ils étaient en sécurité était tout ce dont il avait besoin à cet instant.

– C'est étrange que l'électricité fonctionne encore, dit-il plus pour lui-même que pour avoir une réponse.

– C'est moi qui paie le loyer et les factures.

Il n'était pas surpris de l'apprendre. Sous sa carapace de dur à cuire, Lucas se souciait des autres. Peut-être percevait-il sa gentillesse comme une faiblesse ? Axel le trouvait pourtant bien plus attirant quand il laissait sa douceur craqueler la surface de son masque. Il avait beau le chambrer, le traiter d'idiot et pester à tout va, il n'avait jamais hésité une seule seconde à se placer entre lui et le danger.

Axel profita de son fond de soupe pour cacher son sourire. Quelle tête ferait Lucas s'il lui disait qu'au-delà de ses tarifs exorbitants, son métier était littéralement d'aider les autres ?

– Il paraît que les fantômes existent parce qu'ils ont encore quelque chose à faire, qu'ils n'ont pas pu accomplir de leur vivant, reprit-il.

– Aucune idée. Ce sont les seuls fantômes que je connaisse. Et je n'ai jamais trouvé le moyen de les faire partir d'ici ou de déranger leur routine.

Ou tu n'avais pas envie qu'ils disparaissent ? se demanda Axel.

Lucas bâilla avant de passer une main sur sa nuque raide.

– D'autres questions ?

– Des milliers ! Mais je me contenterais de savoir si les vampires existent vraiment eux aussi, et s'ils brillent au soleil ?

Lucas le scruta d'un air dubitatif.

– Quoi ? Briller au soleil ?

– Tu n'as jamais vu ce film ?

– Pourquoi est-ce que je regarderais des films qui parlent de choses que je vois tous les jours ?

– Tu marques un point, effectivement. Donc il existe bien des vampires ?

– Tu me saoules. Des créatures qui se nourrissent de sang, il y en a à chaque coin de rue. Tu peux retourner demander à l'Antiquaire si tu veux plus de détails ! Je ne suis pas une encyclopédie du surnaturel.

Son coup de colère fit éclater de rire Axel et Lucas lui envoya un morceau de pain à la figure sans parvenir à réprimer son propre sourire. L'étudiant jovial avait le don rare de réussir à le détendre, et sa jolie fossette n'était pas étrangère à ce phénomène.

Après avoir fini de manger, Axel effectua un tour de l'appartement, curieux. Il évitait de poser les yeux sur les fenêtres et la nuit au-dehors. Il aurait aimé que cela soit suffisant pour apaiser ses angoisses. Lucas lui avait répété une dizaine de fois qu'ils étaient en sécurité, mais c'était quand même difficile à croire. Il se sentait agité et n'avoir rien à faire de ses mains lui mettait les nerfs en pelote.

Il fut inarrêtable lorsqu'il trouva le kit de secours dans la salle de bains et, après avoir plaidé pendant un quart d'heure, Lucas le laissa désinfecter les petites blessures sur sa nuque. Ils s'étaient installés sur le gros canapé du salon, Axel dans son dos, son matériel posé sur une table basse. D'abord gêné, Lucas avait fini par fermer les yeux ; la fatigue le faisait somnoler.

– Est-ce qu'on a tous des anciennes vies ?

Axel se posait la question depuis déjà un bon moment, mais n'avait jamais vraiment trouvé le bon timing pour en parler. Il était curieux de beaucoup de sujets, mais c'était peut-être la seule question dont il ne craignait pas la réponse.

– Je ne sais pas. Peut-être ? Il y a des gens qui le prétendent en tout cas. Mais bon, il y a aussi des médiums qui disent parler avec les fantômes, alors…

– J'imagine que la première fois que ça t'est arrivé, ç'a dû te faire un choc.

Les épaules de Lucas se crispèrent quelque peu et il remua, inconfortable. Mais les mains d'Axel dans ses cheveux et la sensation d'apaisement qu'il faisait naître en lui le mettaient en confiance.

– J'avais huit ans quand j'ai eu ma première vision, révéla-t-il. Elle était beaucoup plus puissante que toutes celles que j'ai eues depuis. Je suis resté à l'hôpital pendant quelques jours parce que l'école a cru que je faisais une attaque ou un truc dans le genre.

– Tu vois que ça peut être dangereux, maugréa Axel.

Un sourire fleurit sur les lèvres de Lucas. C'était la première fois depuis Chani qu'il racontait sa première vision, et la réaction d'Axel était adorable. À tel point qu'il effaçait la colère et l'amertume liées à ce souvenir de son enfance qu'il était désormais capable de raconter avec calme.

– Pour être honnête, je me souviens peu de la vision en elle-même. J'étais en plein cours et je me suis retrouvé comme aspiré ailleurs. Tous mes sens étaient décuplés et un torrent de souvenirs et de sensations étranges m'est tombé dessus. Il m'a fallu plusieurs mois pour faire le tri entre les sensations qui m'appartenaient et celles qui venaient d'ailleurs. Tout a changé ce jour-là. Y compris la couleur de l'un de mes yeux et celle de mes cheveux.

– Et moi qui me demandais quelle coloration tu utilisais pour obtenir un tel résultat !

Ils pouffèrent tous les deux dans une atmosphère sereine.

– J'imagine que ç'a dû être un choc pour tes parents, reprit Axel.

Le corps de Lucas se raidit à nouveau.

– On peut dire ça, oui, éluda-t-il. J'ai commencé à percevoir ce que les autres ne voient pas. Le monde au-delà du monde. Pour les créatures comme l'Antiquaire, j'étais devenu une source de curiosité. Un vrai aimant à monstres. Pour les humains, j'étais plutôt devenu l'enfant étrange au cœur de choses inexplicables. Étrange, bizarre. Différent. Plus encore pour ceux qui partageaient ma vie au quotidien.

Il y avait tant d'amertume dans sa voix qu'Axel regretta son commentaire insensible. Avec tout ce qui lui était arrivé, il en avait oublié la réaction viscérale de Lucas à la mention de sa famille quelques jours plus tôt. Il se racla la gorge et changea de sujet.

– Qu'est-ce qu'il y avait dans le souvenir qu'a fait remonter l'Antiquaire ?

Lucas soupira.

– Tu n'es pas obligé de répondre, si tu n'en as pas envie, continua Axel. Je suis trop curieux pour mon propre bien-être.

Il finissait de désinfecter les blessures mais avait ralenti la cadence de ses mains pour jouer avec les cheveux fins entre ses doigts. Lucas avait l'air d'apprécier. Lorsqu'il commença à parler, sa voix était pleine d'émotion.

– J'étais dans le désert, en Égypte. Je peux encore sentir la chaleur sur ma peau, sous mes pieds.

Il cherchait comment expliquer sa perception. Il était certain que ce qu'il avait vu se déroulait avant la construction des premières pyramides, sans pouvoir le prouver. Il le savait, tout simplement. Il avait le goût de la sécheresse de l'air dans la bouche, la douceur du vent sur sa peau et la sensation du sable qui s'enfonçait sous ses pieds. Il se trouvait dans l'ombre de quelque chose.

– Je t'ai dit que mes visions étaient fragmentées, que c'était confus, comme s'il s'agissait d'un souvenir qui ne m'appartenait pas vraiment ?

Axel acquiesça.

– Pas cette fois. Tout était vif et pénétrant. Comme si je vivais l'instant au présent, comme si j'avais été transporté là-bas. Je ne l'ai pas vécu de l'extérieur comme d'habitude, mais de l'intérieur. J'ai ressenti ma propre peur, de la douleur. Et une immense tristesse.

Sa voix était si frêle. Axel hésita, mais encouragé par la sincérité de leur échange, il brava sa timidité pour entourer Lucas de ses bras. Il attira son dos contre son torse dans une étreinte protectrice et celui-ci ne se dégagea pas. Au contraire, il reposa son poids sur lui pour poursuivre son récit.

– Il y avait du sang partout à mes pieds, continua-t-il. Le mien, je crois. Je n'étais pas seul. Il y avait quelque chose derrière moi, quelque chose de si puissant que j'en ai encore des frissons. Je n'ai pas réussi à me retourner, mais je n'étais pas effrayé par sa présence. J'avais juste la certitude que ce n'était pas bien.

– Qu'est-ce qui n'était pas bien ?

– Je ne sais pas.

Lucas resta silencieux un long moment, mais ne bougea pas de sa position. Il se sentait plus calme. En sécurité.

– Je ne sais pas ce qu'il s'est passé dans cette vie-là, mais je n'avais jamais rien ressenti d'aussi fort. Je n'ai pas non plus l'impression d'avoir récupéré des connaissances de cette période.

– Tu crois que c'est la faute de l'Antiquaire ? Elle t'aurait volé tes connaissances ? proposa Axel.

– C'est possible, mais je n'ai pas eu cette sensation. C'était comme un fragment, un écho. Qu'est-ce que ça lui apporte et pourquoi l'Antiquaire a choisi ce souvenir, je n'en ai aucune idée.

– Peut-être juste le plaisir de t'obliger à voir ce qu'elle veut ? Elle m'a l'air plutôt sadique.

Le rire de Lucas vibra contre sa poitrine et l'attirance qu'Axel ressentait pour lui se cristallisa. Sa vie, tout comme sa santé mentale, était en danger, mais les sentiments qui naissaient dans son cœur étaient aussi puissants qu'enivrants. Lucas s'ouvrait peu à peu à lui et la complicité qui se créait lui plaisait beaucoup. Ce nouveau monde surnaturel était nettement moins terrifiant à ses côtés.

– Ce serait bien son genre, oui.

– Tu penses que ça va prendre du temps avant qu'elle nous contacte ?

Lucas se dégagea de sa position et Axel le laissa quitter ses bras à contrecœur.

– Je ne sais pas. Quelques jours, peut-être. Dans tous les cas, ce ne sera pas ce soir et je suis fatigué. Je vais dormir sur le canapé. J'ai installé un matelas dans la pièce d'à-côté la dernière fois que je suis venu. Tu peux l'utiliser.

– Oh, oui, d'accord.

Axel se leva et observa Lucas s'installer. Avait-il dit quelque chose qu'il ne fallait pas ? Se faisait-il des films ? Ses réactions étaient déconcertantes. Il acceptait ses gestes et ses avances avant de les repousser et d'agir comme si l'attirance entre eux n'existait pas.

Le lendemain matin, Lucas se réveilla au son cristallin du rire de Philippe. Il remarqua que son manteau avait été posé sur lui en guise de couverture. Les taches de sang avaient été nettoyées et il dégageait un agréable parfum de lessive. Myriam était passée par là.

Il se redressa et se frotta les yeux. Il avait très mal dormi. De vieux cauchemars avaient refait surface. Il se faisait entraîner dans un tourbillon de vies passées, incapable de retrouver la sortie, de reprendre conscience. Englué dans un marais de ténèbres qui l'étouffait petit à petit. Jusqu'à ce qu'il entende la voix de sa mère lui susurrer des horreurs et qu'il se réveille en sursaut.

Jusqu'au prochain cauchemar.

L'odeur de pain grillé l'obligea à se lever. Axel était déjà dans la cuisine à observer avec un air attendri Myriam et son fils.

– Ce devait être une bonne mère, lança-t-il en le voyant arriver.

– Hum.

Lucas était incapable de formuler une réponse adéquate. Il n'avait connu que le mépris et le dégoût de sa propre mère, et si elle avait un jour eu de la tendresse pour lui quand il était petit, il n'en gardait aucun souvenir à l'âge adulte.

– J'aurais bien aimé en avoir une comme ça, continua Axel, pensif.

Lucas l'observa d'un air étonné, mais remarqua son malaise. Il avait trop parlé et n'avait visiblement pas envie de poursuivre sur cette lancée.

Lucas était lui-même passé maître dans l'art d'échapper aux conversations désagréables, et décida d'ignorer la remarque pour ne pas embarrasser davantage Axel.

– On va retourner chez moi, annonça-t-il pour changer de sujet. Il faut que j'approfondisse mes recherches. On devra peut-être passer par une boutique ésotérique que je connais pour acheter quelques ingrédients. Maintenant que j'ai connaissance de ce qui te poursuit, je serai à même de créer une protection efficace pour les repousser.

– Et au pire, je pourrais toujours me glisser dans ton lit.

Axel lui adressa un clin d'œil et Lucas se demanda si son visage n'allait pas s'enflammer sous la chaleur de ses joues. Pour le bien de son rythme cardiaque, il préféra faire semblant de n'avoir rien entendu.

– J'espère que tu es prêt pour le grand ménage parce qu'il est hors de question de laisser mon appartement en chantier. Faire remplacer les vitres va être un beau bordel. Je te préviens…

– Je paierai, je sais, je sais, le coupa Axel en levant les yeux au ciel.

Il faillit éclater de rire devant l'air renfrogné de Lucas. Sa petite taquinerie avait eu un effet satisfaisant. Puisque son compagnon avait décidé de souffler le chaud et le froid, Axel avait pris le parti de tenter sa chance. Quel que soit le résultat, il n'était pas du genre à abandonner sans essayer. Même si cela voulait dire rester en contact avec le fascinant, mais terrifiant, monde surnaturel.

Ils déjeunèrent rapidement avant de prendre congé des occupants silencieux avec une pointe de regret. Le calme et la sérénité étaient plutôt rares dans la vie de Lucas et il avait une affection toute particulière pour les deux fantômes. Savoir qu'Axel partageait son ressenti lui donnait le sourire.

Ils optèrent pour le métro et s'engagèrent pour plus d'une heure dans les transports en commun, mais l'effervescence de la foule était une bonne distraction pour Lucas. La manière dont Axel l'observait faisait naître de doux frissons dans le creux de ses reins et il avait du mal à soutenir son regard. Perturbé par sa propre réaction, il ne comprenait pas pourquoi le masque d'indifférence qu'il perfectionnait depuis des années s'effritait si facilement en sa présence. Après tout, une fois qu'il aurait résolu son problème en trouvant la créature à l'origine de la malédiction, Axel disparaîtrait de sa vie.

À nouveau agacé, Lucas passa le reste du chemin à se plaindre de l'ampleur des travaux pour nettoyer son appartement, mais rien ne pouvait endommager la bonne humeur d'Axel, qui ne lui offrit que des sourires en retour.

Lorsqu'ils empruntèrent enfin le couloir menant à l'appartement, Lucas se figea. La porte était entrouverte. Il échangea un regard tendu avec Axel et lui chuchota de rester en arrière. Il poussa du bout des doigts sur le battant qui s'ouvrit sans mal.

Au milieu du salon, les mains sur les hanches, un homme leur tournait le dos.

Imposant, avec de longs cheveux noirs qui lui tombaient sur les épaules, il dégageait une impression de puissance majestueuse, une force tranquille. Les morceaux de verre crissèrent sous ses chaussures lorsqu'il se retourna.

– Eh bien, tu as joué avec le feu on dirait, s'exclama-t-il, un sourire serein sur les lèvres.

– Chani ?

Le choc dans la voix de Lucas ne dura qu'une seconde et fut immédiatement remplacé par une rage sourde.

– Qu'est-ce que tu fais ici ?

CHAPITRE 12

Au risque de se brûler les ailes

– Bonjour, mon chat.

Complètement imperturbable face à la brûlante colère de Lucas, Chani le couva d'un regard tendre aux yeux dorés. Large d'épaules, il le dépassait d'une bonne dizaine de centimètres et respirait l'assurance et le calme. Il portait un t-shirt blanc sous une veste noire, un pantalon de cuir sombre et quelques colliers longs qui lui tombaient sur le torse. Une barbe courte, parfaitement entretenue, venait sublimer son look de motard et le rendait particulièrement séduisant. Sa mâchoire carrée se fendit d'un sourire à l'attention de Lucas et Axel eut l'impression de recevoir un coup de poing dans l'estomac.

Il n'y avait aucun doute, ils se ressemblaient. À ceci près qu'il était la version bon marché et Chani, celle de luxe.

– Qu'est-ce que tu fais ici ? Dégage !

Les tremblements dans la voix de Lucas reflétaient ceux de son corps.

– Je ne sais pas qui tu as énervé à ce point, mais ç'a laissé des traces, lança son ex en ignorant ses paroles. J'ai pris rendez-vous avec un artisan pour cet après-midi, ça ne devrait pas être long de remplacer les fenêtres.

– Chani !

Cette fois, Lucas avait crié. Il irradiait de colère, à tel point qu'il luttait pour forcer les mots à sortir douloureusement de sa gorge.

– Je te connais par cœur, voir le salon dans cet état doit te rendre dingue. Ça ne te ressemble pas de laisser un chaos pareil. Je me suis inquiété, c'est aussi chez moi.

– Chez toi ? Alors que tu t'es barré sans explication il y a deux ans ?

Chani soupira comme s'ils avaient déjà eu cette conversation des milliers de fois. Il s'approcha de Lucas et replaça une mèche de cheveux derrière son oreille.

– Tu as coupé tes cheveux. C'est dommage, même si ça te va bien, éluda-t-il. Tu es toujours magnifique.

Lucas était incapable de bouger.

Il aurait voulu le frapper, lui casser le nez et lui faire ravaler son sourire charmeur. Il aurait voulu lui hurler dessus, faire pleuvoir une salve d'insultes, lui cracher toute sa rancœur et sa colère. Mais le son grave et apaisant de sa voix, la force magnétique et singulière qu'il dégageait était la même qu'à l'époque. Lucas avait l'impression que son cœur allait lâcher, ses mains tremblaient et il n'était pas certain que ses jambes continueraient de le supporter encore longtemps.

L'homme à qui il avait donné sa confiance, et qui l'avait piétinée sans vergogne, se tenait devant lui comme si rien ne s'était jamais passé. Il était partagé entre sa rage et une part plus primale de lui-même, soulagée de le revoir.

– Et tu es toujours un sale enfoiré, finit-il par répondre, les dents serrées.

L'insulte fit sourire Chani, ce qui alimenta plus encore le feu de sa colère.

– Tu crois que tu peux disparaître pendant aussi longtemps et revenir comme ça te chante ? Que ça n'aurait aucune conséquence et que j'allais t'accueillir les bras ouverts et le sourire aux lèvres ? Tu ne m'as jamais donné de signes de vie et tu te pointes la fleur au fusil ? Et moi je devrais te pardonner et te dire que tout est oublié ? Ce n'est plus chez toi ici. Alors dégage, c'est quelque chose que tu sais très bien faire, non ?

– Ce n'est pas important.

Même Axel, qui se contentait de rester silencieux, fut choqué par la réponse. Le visage de Lucas se déforma en une grimace d'incrédulité et d'humiliation.

– Pas… important ?

Il avait l'impression que ses poumons n'acceptaient plus de laisser passer d'oxygène. Sa colère était si intense qu'elle écrasait presque la douleur atroce qui lui déchirait la poitrine. Chani fit glisser sa main sur sa joue, mais le contact de sa peau eut l'effet d'une décharge électrique et Lucas repoussa violemment son geste.

– Non, ça n'a pas d'importance. Je n'ai pas cessé de penser à toi, pas une seule seconde. J'en suis incapable. Mon amour pour toi n'est pas éphémère. Tu le sais, n'est-ce pas ? Il ne changera jamais. C'est la même chose pour toi. Ça l'a toujours été.

– Tu délires.

Chani s'esclaffa doucement. Il regardait Lucas comme l'aurait fait une mère attendrie par les caprices de son enfant.

– Tu n'as pas déménagé. Tu as protégé la chambre contre ma présence, mais pas le reste de l'appartement et j'ai trouvé mes affaires bien emballées dans la cave. Tu attendais que je revienne, mon amour. Je suis là, maintenant. Le temps qui passe ne change rien.

Lucas ne pouvait pas répondre. Les larmes au bord des yeux, les mots ne voulaient plus sortir de sa bouche. Il avait tant de fois envisagé de donner ses affaires aux plus démunis, voire de les jeter, afin de s'en débarrasser une fois pour toutes. Pourtant, il les avait gardées.

Chani avait raison, une part de lui avait espéré qu'il reviendrait. Mais il ne pouvait pas supporter sa nonchalance. Comme si toute la souffrance qu'il avait endurée pendant les deux années passées à se demander s'il le reverrait un jour, ou s'il n'était pas mort quelque part dans un fossé, pouvait être effacée d'un claquement de doigts. Il refusait que sa simple présence réduise à néant ses efforts pour tourner la page, se reconstruire. Il avait trop espéré, trop attendu. C'était trop tard. Alors pourquoi hésitait-il ?

Lucas n'arrivait pas à détacher son regard de lui. Rien n'avait changé. Sa voix sensuelle, sa tranquillité presque désabusée, l'alchimie phénoménale qu'il y avait entre eux. Cette façon qu'il avait d'ignorer sa colère et de vouloir contrôler le flot de la conversation.

– Va-t'en, trouva-t-il la force de formuler du ton le plus calme qu'il pouvait produire. Je n'ai pas envie de te voir.

Chani ne lui répondit que d'un nouveau sourire patient, mais Lucas s'arracha à sa contemplation. Il devait garder son sang-froid, rester ferme. Il avait d'autres choses à penser, d'autres problèmes à régler. Oui, se concentrer sur la prochaine tâche à effectuer pour se sortir de sa torpeur avait été sa manière de combattre la dépression.

– Tu m'as manqué, mon amour. Je te promets que je ne vais plus nulle part.

Ses mots lui faisaient mal. Chani amorça un nouveau geste pour caresser sa joue, mais Axel intervint.

– Vous devriez partir quand on vous le demande.

Il n'en revenait pas lui-même de sa propre initiative et sentit ses mains devenir moites d'un seul coup. Il n'était pas du genre à s'immiscer dans les histoires des autres, mais l'arrogance dont faisait preuve Chani le mettait hors de lui. Axel ne pouvait plus supporter sa manière condescendante d'ignorer les paroles de Lucas. Il était pourtant évident qu'il souffrait. Qu'attendait-il de lui, à jouer ainsi avec ses sentiments ?

Chani ne lui accorda même pas un regard.

– Je reviendrai demain. Tu es trop instable pour l'instant, je comprends.

Il attrapa le menton de Lucas pour le forcer à lui faire face et l'embrassa passionnément, l'attirant contre lui par la taille. Instinctivement, Axel s'était presque lancé en avant, mais il se figea devant l'intensité des yeux d'or que Chani posa sur lui. Une menace à peine voilée, une mise en garde afin qu'il n'empiète pas sur son territoire. Lucas, pris au dépourvu par le geste, mit quelques secondes à comprendre ce qui se passait et le repoussa d'un bras tremblant.

Chani s'écarta et se dirigea vers la sortie. Lorsqu'il passa à côté d'Axel, il s'arrêta pour le détailler de la tête aux pieds. Le coin de sa bouche se souleva en un rictus moqueur.

– Tu devrais fermer ta porte à clé. N'importe qui peut entrer ici, même de pâles imitations, dit-il avant de se retirer.

Abasourdi par un tel culot, Axel se retrouvait comme un acteur maladroit sur la scène de sa propre vie, cherchant désespérément son texte, incapable de trouver les mots justes. Il se contenta d'ouvrir la bouche… pour la refermer de frustration. Mais pour qui se prenait-il celui-là ? C'était quoi son problème ? De quel droit se permettait-il d'émettre un jugement sans rien connaître de leur situation ?

Il serra les poings en tentant de retrouver son calme. Il devait remettre à plus tard ses états d'âme, il n'était pas la priorité. La discussion avait tourné court, mais il se souvenait avec précision de l'intensité de la douleur qu'il avait vue sur le visage de Lucas lorsqu'il avait évoqué son ex pour la première fois.

En s'approchant, il remarqua ses yeux fermés. Lucas se forçait à respirer calmement, à reprendre la maîtrise de lui-même, reprendre le contrôle de ses pensées qui ne cessaient de lui échapper pour se tourner vers Chani. Il devait l'admettre, le trouver dans son salon l'avait profondément choqué.

La présence d'Axel à ses côtés l'obligea à se ressaisir rapidement. D'un mouvement brusque, il se dirigea vers sa chambre.

– Prends tes affaires, ordonna-t-il.

Déboussolé, Axel récupéra les sacs de vêtements dans la salle de bains et son téléphone qu'il avait oublié la veille.

– Il est hors de question qu'on reste ici, expliqua Lucas, qui se raccrochait désespérément à sa colère. Plutôt crever que de le laisser faire ce qu'il veut ! On retourne chez Myriam le temps que l'Antiquaire nous contacte. Je n'ai pas ce qu'il faut sous la main pour l'empêcher de se pointer demain, et il se fourre le doigt dans l'œil s'il croit que je lui dois quoi que ce soit.

Tout en parlant, il avait ouvert son dressing et s'affairait à remplir, avec des gestes rageurs, un gros sac de vêtements, d'accessoires, d'armes et amulettes en vrac. Il trouva rapidement les clés de l'appartement qu'il glissa dans sa poche. Chani ne pourrait pas le retrouver là-bas. Du moins, il l'espérait.

En marmonnant des insultes à voix basse, il hésita à garder avec lui la lame aux hiéroglyphes, réminiscence d'un passé commun devenu douloureux. Il décida malgré tout que la puissance de l'objet balayait sa portée émotionnelle. Mais malgré ces réflexions d'ordre pratique, un flot de questions continuait de se déverser dans son esprit. Comment osait-il se pointer chez lui comme ça ? Où était-il passé pendant tout ce temps ? Pourquoi ne l'avait-il jamais contacté alors qu'il se targuait d'un amour éternel ? Pourquoi revenir maintenant, après deux ans de silence ? Et pourquoi diable est-ce que son cœur était désorienté ? Pourquoi sa colère vacillait comme une bougie soumise aux caprices du vent ?

Il n'y avait plus rien à sauver entre eux, n'est-ce pas ?

Axel se contenta de le suivre sans broncher. Il voyait bien que Lucas était déstabilisé. Il faisait des allers-retours incessants entre sa salle de bains et sa chambre à la recherche d'affaires qu'il avait déjà mises dans son sac et ses gestes s'étaient faits plus durs, plus violents. Il ne l'avait même pas regardé en face depuis le départ de Chani. Axel n'avait pas non plus tenté de lui parler. La moindre réflexion maladroite aurait suffi à déclencher un maelström d'irritabilité dont il n'avait pas envie d'être la cible.

D'autant qu'il avait du mal à gérer ses propres émotions. Sa ressemblance physique avec Chani pesait sur son moral. Axel ne savait plus comment se comporter. Il refusait de croire que l'étincelle qui existait entre Lucas et lui était simplement le fruit de cette étrange similitude. Mais le doute corrodait sa confiance en lui. Il se demandait pourquoi Lucas, qui n'avait pas sa langue dans sa poche, n'avait que si peu réagi. Lui qui bouillonnait tant de colère.

Ils finirent par quitter l'appartement, sans même prendre le temps de fermer la porte. Une dernière bravade à l'intention de Chani. Une fois dans la rue, ils marchèrent à grandes foulées dans un silence pesant.

Lucas essayait de concentrer ses pensées sur le sol et sur ses pieds. La mer agitée de son esprit lui donnait envie de vomir aussi fort qu'il avait besoin de hurler. S'il s'arrêtait, il craignait de constater que ses mains tremblaient, que son souffle s'était fait saccadé. Il voulait cesser de penser. Échapper à ses sentiments et à son cœur en miettes. Mais aussi à la culpabilité de s'être senti apaisé lorsqu'il avait reconnu Chani. D'avoir été, pendant une fraction de seconde, heureux de le retrouver.

Il ne se rendit compte que quelque chose clochait que lorsque des points noirs commencèrent à danser devant ses yeux. Le souffle court, Lucas s'arrêta. Il abandonna son sac au sol et s'appuya contre le mur le plus proche pour endiguer la douleur qui irradiait de toute part.

– Lucas !

Axel l'avait pris par le bras, mais il le repoussa avec beaucoup plus de force que nécessaire.

– Ne me touche pas. Laisse-moi. Juste… laisse-moi.

Il avait besoin qu'on le laisse seul. De se recroqueviller, de ne plus penser à rien et de s'oublier. Le temps de reconstruire sa carapace, de prendre du recul.

Mais Axel l'attira dans ses bras. La colère bouillonna une fois de plus et Lucas se débattit avec ténacité, voulant le frapper dans le dos pour essayer de le déloger, malgré ses forces qui l'avaient abandonné. D'abord un baiser non consenti et maintenant une étreinte ? Il n'était pas un objet que l'on manipule à sa guise !

– Qu'est-ce que tu fais ? Lâche-moi !

– Quel sale connard ! Il ne s'est même pas excusé une seule fois.

Ce ne fut pas le juron, mais le ton dans la voix d'Axel qui le choqua et l'empêcha de continuer à s'agiter. Il pouvait y entendre toute sa colère et sa frustration. Un miroir à ses pensées.

Ce dont il avait besoin.

Lucas ferma les yeux et cala sa tête dans le creux de son épaule. Le barrage qu'il avait désespérément tenté de maintenir si longtemps se brisa sans qu'il ne cherche à le retenir. Ses larmes étaient une délivrance. Mais, contrairement aux crises d'angoisse qui l'avaient submergé par le passé, il était encore maître de lui-même. Il ne luttait plus pour respirer une gorgée d'air, ses mains tremblaient, mais il tenait debout sur ses jambes. Son cœur le brûlait atrocement et pourtant, son esprit était clair, limpide. Les bras d'Axel autour de lui agissaient comme une barrière protectrice, un cocon de douceur et d'acceptation. De validation.

Son cœur blessé s'y sentait en sécurité.

Le silence était une agréable musique. Axel ne cherchait pas à lui dire quoi ressentir, à le pousser à s'exprimer. Il était simplement là. Ils restèrent enlacés quelques minutes, le temps nécessaire pour que Lucas prenne conscience que ses émotions s'étaient tempérées. Avec tendresse cette fois, il se dégagea de la prise. Il inspira longuement et essuya ses joues du revers de sa manche.

– C'est vrai que je lui ressemble pas mal, annonça Axel d'une voix mal assurée.

Il avait tenté de mettre un peu d'humour dans son ton. Ce n'était pas le moment idéal pour évoquer ses propres insécurités, mais c'était plus fort que lui. Lucas le contempla d'un air soucieux, ses prunelles ancrées dans les siennes. Il entoura son visage de ses deux mains avec douceur.

– Non, affirma-t-il. Je te garantis que tu ne lui ressembles pas du tout.

Axel se demanda si sourire à sa réponse était adéquat et préféra hocher simplement la tête. Le nœud dans son ventre se détendit.

Lucas ramassa son sac et reprit son chemin. Il devait faire un effort notable pour se concentrer et repousser un flot continu de pensées sens dessus dessous. Un pan de sa conscience lui rappelait qu'il devait passer chercher de quoi protéger Axel des Xolots à ses trousses et il se dirigea vers la boutique ésotérique la plus proche. Il n'osait pas regarder en direction de l'étudiant et pouvait sentir qu'il était tout aussi embarrassé.

En effet, Axel marchait un demi-pas derrière lui, en maintenant une distance respectueuse. Beaucoup trop gêné par le silence qui se prolongeait, il opta pour la solution de facilité :

– Alors comme ça, tu as eu les cheveux longs ?

CHAPITRE 13

Dans la bouche de Charon

En arrivant devant la petite boutique ésotérique, Axel avait cessé tout bavardage. Son expérience avec l'Antiquaire avait laissé des traces.

Les crânes exposés en vitrine n'avaient pourtant rien à voir avec ce qu'il avait aperçu dans les catacombes et des statuettes d'anges et de fées côtoyaient tout un tas de breloques en plastique sur les étagères. Il était difficile d'imaginer qu'une personne liée au monde surnaturel comme Lucas puisse acheter quoi que ce soit d'utile dans ce genre d'endroit. Même les livres occultes alignés sur les étagères paraissaient tout droit sortis d'une série à petit budget.

Ce décor plutôt rassurant n'empêcha pas Axel de sursauter au bonjour enjoué de la vendeuse.

Mais, loin de ressembler à une pâle imitation d'humain, la femme derrière un minuscule comptoir arborait un sourire doux et charmant. Elle cilla à la vue de Lucas mais resta détendue et professionnelle. Ils échangèrent quelques mots avant que le jeune homme n'indique à Axel de ressortir, la mine visiblement contrariée.

– Qu'est-ce qu'il y a ? demanda-t-il une fois dehors.

– Elle ne s'est pas approvisionnée en herbe spirituelle depuis un moment et elle n'aura pas ce qu'il me faut.

– Qu'est-ce qu'on fait alors ?

Lucas soupira de frustration. Il passa la main dans sa chevelure, les yeux fermés afin de mieux réfléchir. Sa peau de porcelaine était irritée autour des yeux et il avait les traits tirés par la fatigue, mais Axel se forçait à ne pas trop le dévisager. Une furieuse envie de caresser sa joue et de sentir à nouveau la douceur de ses cheveux entre ses doigts le démangeait. Il détourna la tête avec un pincement au cœur. Chani aussi l'avait regardé de cette façon.

– On va se fournir ailleurs, reprit Lucas.

Il ne restait qu'un seul et unique endroit à Paris où il pouvait encore se procurer tout ce dont il avait besoin pour tenir les Xolots à distance. Mais se rendre au Marché comportait son lot de contraintes.

Dont celle de devoir passer pour un idiot en demandant une faveur à Pif après les menaces de morts créatives qu'il lui avait envoyées quelques jours plus tôt. Mais la sécurité d'Axel passait avant sa gêne et Lucas opta pour un SMS, en ignorant complètement les excuses désespérées du cataphile qui avaient inondé sa messagerie.

– On va voir une autre boutique ?

– Non. On va sur le Marché.

Ils allaient se fournir en herbe spirituelle sur les étals d'un maraîcher ? Mais Axel se retint de lui demander de répéter. Entre l'Antiquaire qui ne collectionnait pas que des meubles, les squatteurs fantômes et les vieilles mamies mangeuses de cadavres, rien n'était plus ce qu'il semblait paraître. Sa confusion n'échappa pas à Lucas.

– C'est un endroit où s'échangent toutes sortes de produits difficilement vendables dans une boutique comme celle-là, expliqua-t-il avec un mouvement de tête vers la vitrine aux nombreux symboles ésotériques.

Le visage d'Axel se décomposa et Lucas se mordit la lèvre pour éviter d'arborer un sourire moqueur.

– Ce n'est surtout pas très légal, finit-il par préciser. Ne t'inquiète pas, on ira de jour. Il n'y aura que des humains.

L'information supplémentaire n'eut pas beaucoup d'effet sur la bouffée d'angoisse qui s'abattait sur Axel.

– C'est loin d'ici ?

– Un peu, mais on ne peut pas y aller aujourd'hui.

– Pourquoi ?

Lucas fit claquer sa langue d'agacement, mais la démonstration de colère ne le visait pas.

– Il faut une clé pour y accéder. Je n'ai pas la mienne avec moi. Je n'y ai pas pensé en faisant mon sac.

Il eut un mouvement d'épaules penaud et l'étudiant comprit qu'il l'avait laissée chez lui. Retourner à l'appartement, c'était courir le risque de croiser à nouveau Chani et aucun d'eux n'avait envie de s'y essayer.

– On fait comment alors ?

– J'ai demandé à Pif de me fournir la sienne.

– Pif ? Oh ! L'ami de Vincent avec les cheveux roses.

– Celui qui t'a donné mon adresse sans mon consentement et m'a fourré dans tout ce pétrin, oui.

Axel ne savait plus où se mettre et se contenta d'un sourire d'excuse.

– Je l'ai contacté, il ne reste plus qu'à attendre sa réponse.

Ils repartirent vers l'appartement de Myriam et de Philippe, Axel faisant son maximum pour meubler une conversation à sens unique. Lucas n'était pas très réceptif, écrasé de fatigue.

Le son de la voix d'Axel lui faisait cependant du bien, alors que celle de Chani l'avait écorché vif. La douleur dans sa poitrine ne l'empêchait plus de respirer, mais elle était toujours aussi pesante. Il avait beau essayer de se concentrer sur les paroles de son compagnon de route, l'image de Chani continuait à tourner en boucle dans son esprit.

Son assurance et sa manière de le regarder, comme s'il connaissait tout de lui, l'avaient toujours électrisé. Mais le voir sourire face à sa détresse ne lui avait laissé qu'un arrière-goût amer dans la bouche. Celui de la fin.

Une fois à l'abri chez Myriam, Lucas avait fui dans la cuisine, préférant passer son temps à réorganiser les étagères. La ressemblance physique entre Chani et Axel ne l'aidait pas à calmer ses nerfs et il n'était pas certain de pouvoir retenir un éclat de colère à la moindre étincelle. Alors, lorsqu'il reçut la réponse de Pif lui confirmant qu'il était disponible dès le lendemain, il respira un peu mieux.

Axel eut la brillante idée de ne pas rester dans ses pattes de la soirée et il s'éclipsa dans sa chambre pour donner tout loisir à Lucas de broyer du noir. Au matin, l'étudiant se demanda si l'avoir laissé seul avait été le bon choix lorsqu'il constata les cernes bleutés sous des yeux légèrement bouffis. Il semblait encore plus grincheux que d'ordinaire et Axel accueillit leur nouvelle escapade avec soulagement. Il espérait que sa bonne humeur naturelle serait communicative et que Lucas reprendrait vite du poil de la bête. Il ne pouvait rien faire de plus pour lui qu'être à ses côtés.

Ils s'aventurèrent dans le métro bondé et quand ils purent en sortir, Axel reconnut le quartier du Marais avec ses nombreux hôtels particuliers et ses terrasses constamment occupées. Il était étrange de se dire que le quartier historique si fréquenté dissimulait de sombres secrets aux yeux de tous.

Son regard fut très vite attiré par le jeune homme aux cheveux roses qui attendait nerveusement sous une arche en fer indiquant en lettres rouges : « Marché des Enfants Rouges ».

Pif ne manquait pas d'attirer l'attention avec son style punk et ses tatouages visibles, mais le regard des autres glissait sur lui sans qu'il s'en préoccupe. Lorsqu'il les repéra, il se contenta d'un petit signe de tête, la mine embarrassée. Il tendit la main, mais Lucas l'ignora ostensiblement. Mal à l'aise, Axel retourna la politesse et sauva le jeune homme de l'humiliation.

Ils ne s'étaient rencontrés qu'une seule fois, lors de la soirée clandestine qui avait bouleversé le cours de sa vie, mais ne s'étaient jamais vraiment parlé. Vincent avait un tas d'amis, tous plus hauts en couleur les uns que les autres.

– Tu as l'air super en forme pour quelqu'un de maudit ! lança Pif après avoir relâché la poignée de main.

– La ferme, Pif ! l'invectiva Lucas en voyant la stupeur d'Axel.

La situation ne le faisait pas rire.

– Non, mais je veux dire que Vincent était super paniqué quand il m'a réclamé de l'aide alors…

– Alors tu t'es permis de lui donner mon adresse.

Toutes couleurs quittèrent immédiatement son visage et Pif bafouilla.

– Je suis vraiment désolé ! Je sais que j'aurais dû te demander avant ! Je n'ai pas réfléchi ! Tu sais bien que ce n'est pas mon fort. Et puis dans la panique…

– C’est bon, laisse tomber, soupira Lucas.

Il n’avait pas envie de passer pour vindicatif devant Axel, alors qu’il venait solliciter une faveur. Ils restèrent quelques embarrassantes secondes à se regarder sans savoir comment enchaîner avant que Lucas n’indique le marché d’un mouvement de la main.

– On y va, oui ou non ?

Trop heureux d’échapper à ce moment de malaise, Pif pris les devants.

Les étals des poissonniers et fromagers se disputaient la zone avec des bars et espaces de restaurations de différentes cuisines du monde dans une cacophonie animée. L’atmosphère qui se dégageait du lieu était chaleureuse et les habitués étaient trop occupés à obtenir une quelconque réduction pour faire attention à eux. Le petit groupe se faufila à travers foule, avant d’atteindre un restaurant antillais, visiblement prisé. Mais même si l’odeur alléchante des acras et des bananes grillées flottait abondamment dans l’air, Axel avait l’estomac noué d’appréhension.

Pif attira la vigilance du gérant avec un mouvement de bras et l’homme essuya la sueur de son front tout en indiquant la porte verte derrière lui avec un discret signe de la main. Ils passèrent sur le côté du présentoir des spécialités épicées et se dirigèrent vers l’arrière du restaurant.

– Ça va ? s’inquiéta Axel en apercevant l’expression peinée de Lucas.

Il avait lui aussi fourni des efforts conséquents pour cacher la nausée qui l'avait assailli en pénétrant le petit restaurant, mais l'étudiant en médecine avait l'œil.

– Ce n'est rien, grogna-t-il les dents serrées.

Il sentit la main d'Axel saisir son bras en douceur, mais avec fermeté.

– Ils ont accroché des protections puissantes aux murs, mais elles ne vont pas ensemble et les interférences me rendent malade, se résolut-il à expliquer.

Pas très convaincu, Axel se sentit cependant impuissant et il laissa glisser ses doigts le long de son bras. Pif les observait et il perdit rapidement son petit sourire en coin lorsque les yeux vairons se posèrent sur lui. Il se racla la gorge et les guida en quelques pas vers un mur en béton.

Là, détonnant avec les élégantes poutres de métal qui maintenaient le toit couvrant du marché, une gargouille avait été placée à même le mur. À y regarder de plus près, ce n'était pas la représentation classique d'un animal, mais bien la sculpture d'un vieil homme. Ses traits étonnamment détaillés n'avaient pas réussi à capter l'attention d'Axel qui fixait avec appréhension la bouche ouverte de la statue. Une bouche un peu trop réaliste à son goût.

Lucas, qui avait repris consistance, fit signe à Pif de montrer sa clé et le jeune homme sortit une obole en argent de sa poche. La pièce, ronde et inégale, avait l'air extrêmement ancienne et était marquée à l'effigie d'un personnage anonyme, debout sur un bateau.

– C'est une pièce de Charon, expliqua Pif lorsqu'il comprit que Lucas n'avait pas l'intention d'éclairer la lanterne d'Axel. Tu sais, le passeur des Enfers.

Il éclata de rire devant l'air terrifié de l'étudiant avant de couiner de douleur en recevant un violent coup de coude dans les côtes de la part de Lucas.

– On n'est pas là pour s'amuser, gronda-t-il.

– Désolé, désolé. Mais il n'a pas l'air de savoir où il met les pieds, le pauvre. Il devrait attendre là.

– Il vient avec moi.

– Tu es sûr de vouloir l'emmener ? Ce n'est pas un endroit pour lui.

– Je ne te demande pas ton avis.

Pif grommela.

– Il y a des choses dangereuses qui s'échangent ici, continua-t-il de ronchonner.

– On a simplement besoin de voir l'herboriste. On ne restera pas longtemps. Pourquoi est-ce que je dois me justifier au juste ? Il en sait déjà plus qu'assez sur cette partie du monde. Maintenant, grouille-toi ou je t'assomme.

Pif dévisagea Axel d'un regard empreint d'un nouvel intérêt, avant de se retourner vers la statue. Il plaça lentement la pièce dans la bouche ouverte et Axel n'eut même pas conscience qu'il était en train de retenir sa respiration. Pourtant, les dents ne se refermèrent pas sur les doigts tatoués et Pif retira sa main sans encombre. Un déclic retentit avant qu'une fissure dans le mur ne se révèle et qu'un espace se dégage.

– Tu as cru qu'il allait me bouffer les doigts, n'est-ce pas ?

Avec un clin d'œil amusé à l'attention d'Axel qui tremblait légèrement, Pif s'engouffra dans la brèche en ricanant tout en retirant la pièce laissée dans la bouche de la statue, sans aucune autre forme de précaution.

– Reste avec moi et tout ira bien, susurra Lucas à l'oreille d'Axel, qui retint tout juste un cri de surprise.

La chair de poule s'était levée depuis son cou jusque dans le creux de ses reins. Il aurait pu le suivre jusqu'au bout du monde avec une sensualité pareille.

Ils suivirent Pif dans le petit espace sombre et, au grand soulagement d'Axel, se retrouvèrent rapidement dans une ruelle étroite. Le long des façades d'immeubles aux fenêtres fermées ou barricadées s'étendaient des étals montés sur tréteaux et couverts de quelques tentures sombres. La rue piétonne était sinueuse et les clients déambulaient paresseusement dans l'allée principale. L'atmosphère du marché clandestin était cependant diamétralement opposée à celle de son homonyme légal. Une musique dissonante venait plonger les lieux dans une ambiance anxiogène et mystérieuse à la fois ; les marchandages se faisaient dans le secret d'un murmure.

– Je m'attendais à quelque chose d'un peu plus impressionnant.

– C'est une réaction typique de *moldu*, ça ! répliqua Pif en riant.

Lucas soupira. Être entouré d'idiots était son lot quotidien. Il tira doucement sur la manche d'Axel et pointa le ciel. Lorsqu'il leva les yeux, l'étudiant se figea.

Une nuit étoilée était tombée sur le marché clandestin.

– C'est une illusion, le rassura Lucas. J'imagine que c'est pour donner un peu plus de cachet.

L'expression d'Axel passa de l'angoisse à l'émerveillement. Ses grands yeux noisette détaillaient avec intérêt les étoiles scintillantes et les aurores boréales qui flottaient paisiblement dans le ciel nocturne. S'il inclinait assez la tête, il pouvait apercevoir les fluctuations lumineuses qui créaient cet effet.

– C'est un sort de camouflage, expliqua Lucas en pointant les talismans accrochés partout sur la toiture des bâtiments. Celui qui l'a posé est un véritable artiste.

– C'est magnifique, souffla Axel.

Lucas sourit tendrement. Cette franchise désarmante le rendait attachant. Il remarqua que Pif l'observait à la dérobée et poussa les deux hommes à avancer le long de l'allée principale en se raclant la gorge.

Très vite, Axel ne sut plus où donner de la tête. Les vendeurs expérimentés repéraient une proie facile en quelques secondes à peine, et l'étudiant représentait le dindon parfait. Curieux, son regard était attiré partout et il n'était pas sur ses gardes, bien plus intéressé de découvrir cette partie du monde qui lui était jusque-là complètement inconnue que de faire attention à son portefeuille. Entre les pierres de toutes les couleurs, les gris-gris à plumes, les talismans aux écritures étranges, les amulettes en or plaqué, les statuettes tutélaires et les ossements vendus en sachets plastiques, il avait du mal à garder ses mains dans les poches.

Par deux fois Lucas dû intervenir pour empêcher qu'Axel n'accepte de prendre les objets que les marchands essayaient de lui faire attraper par réflexe. C'était assurément la porte ouverte à une nouvelle malédiction qui obligerait l'insouciant client à ressentir le besoin de dépenser jusqu'à son moindre centime. Mais la présence intimidante de Lucas rivalisait difficilement avec la férocité des marchandages qui s'effectuaient dans la ruelle. Après tout, ils étaient venus au Marché de jour et la fréquentation était pauvre. Tout était bon pour faire acheter n'importe quoi à n'importe qui.

Si certains se contentaient des techniques de ventes courantes en promettant toutes sortes d'effets farfelus aux objets vaguement ésotériques qu'ils agitaient sous le nez des passants, d'autres usaient d'artifices plus sournois.

Différents chants lancinants provenaient d'enceintes posées à même les étals, diffusant une musique hypnotique aux fréquences bien particulières qui attiraient les insouciants comme des papillons dans des filets. Cette musique avait un effet anesthésiant sur la sensation de danger de ceux qui l'entendaient pour la première fois et les vendeurs récoltaient leurs proies sans efforts. Cependant, chacun essayant de surpasser son voisin en volume sonore, le bruit sur le marché était constant. Un désagréable tourbillon de fréquences et de rythmes dissonants.

Axel y aurait succombé lui aussi sans la présence ferme et rassurante de la poigne de Lucas sur son bras, qui l'obligeait à continuer d'avancer sans pouvoir satisfaire sa curiosité. Ou l'envie presque irrépressible d'ouvrir son portefeuille malgré la flagrante mauvaise qualité des produits qui lui rappelait fortement les bibelots de la boutique ésotérique de la veille.

Mais plus ils s'enfonçaient dans le marché clandestin, plus les marchandises devenaient dangereuses et leurs propriétaires, beaucoup moins avenants. Autour d'eux, les étals étaient plus ordonnés, moins fréquentés et plus silencieux. On commençait à y trouver de la qualité, non de la quantité. Les vendeurs ne cherchaient plus à attirer le chaland avec des techniques plus ou moins scandaleuses. Ils étaient sûrs de leurs produits et de leurs réputations.

Les gris-gris et statuettes avaient laissé place à d'élégants bijoux aux ornements en pierres brutes dont l'éclat faisait vibrer l'air. Les faux crânes et ossements crasseux s'étaient changés en osselets d'ivoire finement ouvragés de symboles anciens, présentés sur des coussins de velours. En passant près d'un marchand de vieux livres, Axel aurait pu jurer entendre quelques murmures s'élever des couvertures de cuir abîmées. Il avait également senti une odeur très particulière provenant d'une ruelle adjacente. Des effluves sucrés qui avaient réveillé son appétit, mais Lucas l'avait poussé en avant pour l'empêcher de déambuler inconsciemment loin de lui. Le Marché savait capturer ses proies en jouant avec leurs sens.

Pif menait le groupe. Il semblait être parfaitement à sa place et connaissait visiblement beaucoup de monde. Il saluait à tout va, promettant de repasser une prochaine fois ou d'échanger des contacts. Contrairement aux sourires avides et aux mines enjouées qui étaient de mise au début du Marché, la plupart des vendeurs cachaient maintenant leurs visages sous de lourdes capuches et des masques aux expressions figées. Pourtant, leur comportement en sa présence était détendu et accueillant. Comme avec un ami de longue date.

– Ça fait longtemps que tu le connais, Pif ?

Lucas jeta un coup d'œil au jeune homme aux cheveux roses qui comparait la taille de ses tatouages avec ceux d'un vendeur d'armes antiques.

– Un peu plus de trois ans. Mais je ne le connais pas si bien que ça.

– Même après autant de temps ? s'étonna Axel.

Ils échangèrent un regard, mais Lucas détourna la tête, mal à l'aise.

– C'est compliqué. Disons que faire confiance n'est pas dans ma nature. Il est arrivé qu'il m'aide sur des traductions dont j'avais besoin pour un boulot, mais je n'irais pas jusqu'à risquer ma vie pour lui.

Axel en doutait. Il avait beau prétendre le contraire, Lucas n'était pas de ceux qui restaient les bras croisés face à une situation dangereuse.

Une pensée saugrenue lui vint.

– Est-ce qu'il est… humain ?

– Hé Lucas ! La vieille peau est là ! intervint Pif, ce qui empêcha Axel d'obtenir une réponse.

La femme assise derrière son tréteau grimaça de colère et montra des dents jaunies à l'insolent. Elle tritura un sachet de toile avec un symbole ésotérique qu'elle gardait autour du cou et Pif s'écarta vivement d'elle, l'air pas très rassuré. Lucas leva les yeux au ciel et s'approcha, non sans avoir donné l'ordre à Axel de ne toucher à rien. Celui-ci l'observa négocier les prix et pointer du doigt les herbes qu'il souhaitait, présentées dans une mallette à compartiments comme l'auraient été des thés bon marché. Il se doutait cependant que le mélange qu'il achetait ne servirait pas à concocter un remède contre la toux.

Pour une fois, Lucas n'accepta pas qu'il mette la main au portefeuille et régla lui-même la note. Après tout, c'était sa faute s'ils avaient dû faire un détour par le Marché.

– On va pouvoir rentrer, annonça-t-il en confiant le sac en papier contenant ses achats à Axel.

– Tu comptes faire quoi avec ça ? demanda Pif avec un mouvement du menton vers le sac.

– Des petits gâteaux.

Le visage de Pif se déforma en une grimace de dégoût.

– Sérieusement ?

– Non, crétin.

Axel pouffa de rire et essaya de cacher son hilarité derrière une main plaquée sur sa bouche. Sans grand succès.

– Ça ne te regarde pas, reprit Lucas. Tu as payé ta dette en nous accompagnant, maintenant tu peux partir.

– Tu n'es vraiment pas cool comme mec. Moi qui m'inquiétais !

Lucas le dévisagea et remarqua sa manière de danser d'un pied sur l'autre et de tirer sur son collier ras du cou, gêné. Il resta silencieux, sachant pertinemment que cela mettait le jeune homme encore plus mal à l'aise et qu'il finirait par avouer ce qu'il avait sur le bout de la langue.

– On m'a dit que Chani était de retour à Paris, alors je me demandais si c'était vrai.

Immédiatement, Lucas et Axel se figèrent, pas franchement ravis d'entendre ce nom.

– Ne me dis pas qu'il est vraiment revenu ? insista Pif, qui mourait d'envie de connaître le fin mot de cette histoire.

Le visage de Lucas se ferma et tout son corps se raidit. Il n'était plus qu'un bloc de glace. Impénétrable.

Axel ne savait pas comment intervenir pour faire prendre une autre direction à la conversation.

– Disons qu'on s'est croisés, déclara-t-il, peu sûr de lui.

Il se mordit la lèvre lorsque les yeux vairons tombèrent sur lui avec colère. Ceux de Pif s'agrandirent comme des soucoupes.

– Vous l'avez vu ? Vraiment ? Ça veut dire qu'il est venu à l'appartement ?

Son teint avait viré au blanc et son agitation confirma à Axel que Chani avait le don irritant de bouleverser son monde.

– Oui, répondit Lucas à contrecœur. On a dû partir en vitesse.

Pif le dévisagea, la bouche ouverte, l'air complètement éberlué.

– « On » ? Tous les deux ? Ensemble ?

Les deux jeunes hommes rougirent de concert.

– C'est à cause de ma malédic…

– Ça ne te regarde pas, coupa Lucas alors qu'Axel passait une main sur l'emplacement de l'amulette, sous sa clavicule.

– Vous logez où alors ? Je doute qu'il y ait un seul endroit assez protégé dans la capitale pour tenir à distance ce type-là.

La touche de mépris dans la voix de Pif le rendit tout de suite beaucoup plus sympathique aux yeux d'Axel.

– J'ai mes contacts, siffla Lucas, que cette conversation rendait de plus en plus irritable.

Pif jeta un regard en coin à Axel, qui ne savait pas comment réagir. Il haussa simplement les épaules. Ce n'était certainement pas son rôle de dévoiler l'adresse que Lucas considérait comme un rempart à l'influence de Chani.

– Tu sais que je connais du monde. Je suis certain de pouvoir te trouver un endroit qui…

– Ça suffit.

La voix de Lucas avait grondé, même s'il n'avait pas eu besoin de crier. Autour d'eux, les clients s'étaient éparpillés comme des oiseaux affolés. Les vendeurs à la sauvette, en revanche, avaient tous dardé leur intérêt sur eux. Se faire remarquer sur le Marché était dangereux.

Pif leva les mains en signe de défaite et recula même d'un pas pour faire bonne mesure.

– Désolé.

– Rentre chez toi, Pif, reprit Lucas, cette fois d'une voix plus douce. Merci pour la clé.

Le jeune homme gratta les côtés rasés de son crâne et soupira, vaincu.

– D'accord, mais appelle-moi au besoin. Être pardonné juste pour t'avoir prêté ma clé, ça me met mal à l'aise.

Pour une fois, Lucas n'avait rien à répondre. La sollicitude de Pif le surprenait. Avait-il l'air si ébranlé par le retour de Chani pour qu'il lui propose son aide, même après la façon dont il lui avait parlé aujourd'hui ? Il l'observa serrer la main d'Axel une seconde fois avant de disparaître rapidement dans les recoins les plus sombres du Marché.

Lentement, ils prirent la direction opposée pour rejoindre l'entrée. L'affluence dans la petite ruelle clandestine commençait déjà à croître et Lucas préférait rentrer au plus vite à l'appartement. Plongé dans ses pensées, il faillit heurter de plein fouet une silhouette masquée.

Avec un petit couinement de surprise, une jeune femme à la flamboyante chevelure rousse fit basculer sa capuche en arrière et recula. Elle leva la tête vers Lucas et attrapa ses mains sans qu'il ne puisse réagir.

– Vous devriez faire attention, quelqu'un de votre entourage est susceptible de vous trahir.

Il toisa la jeune femme et son visage couvert de taches de rousseur sur un nez en trompette. Elle était bien plus petite que lui et pas très impressionnante. Il y avait, dans ses yeux verts, une excitation pétillante qui la rendait sympathique. Elle lui offrit un sourire aux dents parfaites, mais lorsqu'elle aperçut Axel dans son dos, son visage vira à l'écarlate. Elle se mordit la lèvre et lui adressa un battement de cils enamouré qui agaça profondément Lucas. Il retira prestement ses mains de son emprise. La jeune femme en profita pour chercher dans le pli de ses poches une carte de visite d'un bleu profond qu'elle agita sous le nez de l'étudiant.

– Si vous voulez en savoir plus, je peux vous tirer les cartes ! lança-t-elle à l'attention du brun d'une voix suave. Je travaille au Blue Dvils. Venez me voir. Je peux même vous donner mon numéro personnel. Normalement, je ne fais pas de tirage à domicile, mais je peux faire une exception pour vous. Je lis les cartes et les lignes de la main aussi. Vous savez, on peut lire sur n'importe quelle partie du corps…

Elle agrémenta sa proposition d'un clin d'œil et Axel rougit malgré lui. Il n'était pas habitué à ce qu'on lui montre ouvertement qu'il plaisait. Il lança un regard paniqué vers Lucas, qui ressemblait à s'y méprendre à une statue.

Toujours hésitant, il se décida à attraper la carte de visite par politesse, ce qui fit glousser la jeune femme. Lucas roula des yeux dans un râle exaspéré. La cartomancienne se leva sur la pointe des pieds avec l'intention de coller un baiser sur la joue d'Axel, mais Lucas le tira par le bras d'un geste sec et la rouquine rata sa cible. Elle éclata d'un rire qui sonnait faux, puis agita la main en battant des cils pour leur dire au revoir.

À peine quelques mètres plus loin, la silhouette encapuchonnée butait à nouveau contre un passant dans un couinement de surprise, avant d'attraper les mains de son nouveau pigeon.

– Vous devriez faire attention, quelqu'un dans votre entourage…

Lucas reprit son chemin dans un silence agacé. Il arracha la carte de visite des mains d'Axel pour l'étudier. Il y découvrit une plume de paon irisée sur un fond bleu nuit, mais ce logo ne lui évoquait rien. Au verso, le nom et l'adresse du club privé étaient écrits en élégantes lettres blanches.

– Elle arrive un peu tard avec son avertissement, annonça Axel. C'était il y a deux ans qu'il aurait fallu te prévenir des intentions de Chani. Les diseuses de bonne aventure, c'est plus ce que c'était.

Le petit sourire satisfait de Lucas ne lui échappa pas. Sa réplique avait fait mouche.

CHAPITRE 14

Ce qu'apporte la nuit

De retour dans l'appartement, Lucas s'était concentré sur la confection de petites fioles censées désorienter les Xolots s'ils venaient à croiser de nouveau leur chemin. Cela ne les arrêterait pas, mais pourrait au moins les ralentir. Il avait confié à Axel d'une voix grave, être plus inquiet par la provenance des créatures que par leur attaque groupée.

Le Xoloitzcuintle était originaire du Mexique et l'Alicanto du Chili. Ils se trouvaient bien trop loin de chez eux. Lucas s'était demandé à haute voix si ce qu'ils avaient découvert durant leur expédition écourtée dans les catacombes pouvait être un autel voué à les contrôler. Mais cela n'expliquait pas comment ils avaient pu voyager jusqu'en France. Ni qui ou quoi les avait lancés à leur poursuite. Et pourquoi.

Anxieux à l'idée que la créature responsable déniche d'autres subalternes capables de se mouvoir pendant la journée pour mener sa chasse à bien, Lucas avait restreint leurs déplacements pour se faire le plus discret possible. Axel s'était demandé si cela n'avait pas aussi un rapport avec le retour de Chani et la peur de le croiser, mais le blond n'avait plus abordé le sujet et il avait respecté son silence.

Pour s'empêcher de tourner en rond, Axel s'était connecté avec son téléphone sur le portail de son université et passait son temps à relire les cours en ligne, les annexes et les liens vers des articles associés. Il évitait de consulter les SMS de ses amis, qui commençaient à s'accumuler. Il n'avait pas franchement envie de réfléchir à une excuse plus ou moins valable pour justifier son absence prolongée.

Lorsqu'il était stressé d'habitude, il partait marcher le long de la Seine ou allait se vider la tête à la salle de sport, mais il s'imaginait mal demander à Lucas de faire une sortie musculation. Même si la perspective de jeter un nouveau coup d'œil à son corps lui plaisait bien.

Pour tromper son ennui, il s'était donné pour mission de réussir à être aperçu ou ressenti par Philippe. Le petit bonhomme était adorable à jouer inlassablement avec son ballon, même s'il était parfaitement effrayant de le voir traverser les murs sans crier gare.

D'abord attentif à ne pas se trouver sur son chemin, Axel avait été surpris d'apprendre qu'être traversé par un fantôme ne produisait aucune sensation de froid intense contrairement à ce qu'il avait pu voir dans les films. On ne pouvait décidément plus croire l'industrie du cinéma !

Il avait essayé de lui parler à différents endroits du logement, sans aucun succès. Déçu, mais pas vaincu, Axel avait fouillé de fond en comble l'appartement pour tester diverses théories. Modifier la température ambiante et bouger les meubles lui avait valu une claque sur la tête de la part de Lucas et aucun autre résultat. Il avait même fabriqué une cocotte en papier, que l'enfant n'avait jamais remarquée. Démoralisé, il avait hésité à demander de l'aide à Lucas, mais ne pouvait s'empêcher de considérer cela comme de la triche.

L'espoir avait de nouveau été à portée lorsqu'il avait trouvé une bille, coincée derrière une étagère. Avec appréhension, il l'avait posée sur le sol dans le couloir, là où Philippe passait toujours avant d'aller jouer au ballon.

Le petit garçon traversa le mur comme à son habitude, mais s'arrêta subitement. Axel retint son souffle lorsque Philippe se baissa pour ramasser la bille avant de partir dans un grand éclat de rire. Il la fit rouler dans le corridor et reprit son chemin routinier.

– Je n'y crois pas ! s'émerveilla Axel.

Il était si content de lui qu'il avait levé ses deux bras en signe de victoire. Il entendit Lucas pouffer dans son dos et constata qu'il avait suivi de loin sa petite aventure.

– Tu as vu ça ? Je suis trop fort !

– Tu t'es abaissé au niveau d'un enfant de six ans, je vois ça, oui, se moqua-t-il gentiment.

– Quelle mauvaise langue ! Je suis capable d'interagir avec un fantôme. Techniquement, ça fait de moi un médium.

Axel observa avec délectation la surprise de Lucas se transformer en un rire sincère.

– En effet, on peut dire ça, concéda-t-il.

Axel réitéra son exploit à plusieurs reprises et dans différentes pièces. Alors qu'il s'apprêtait à se coucher le soir même, il se demanda si la bille fonctionnerait sur Myriam. Après tout, si l'enfant avait réagi, il lui paraissait plausible que la mère en fasse autant. Un frisson d'excitation le maintenant éveillé, il décida de se lever sur la pointe des pieds pour poser la bille dans la cuisine. Il était aussi un peu curieux de ce que pouvaient bien faire les fantômes la nuit.

Mais avant d'entrer dans le salon, il se figea.

Lucas était assis sur le canapé, la tête baissée, son aura tremblotante déployée autour de lui. À ses côtés, Myriam le regardait avec une expression triste. Elle avait posé sa main sur son épaule dans un geste réconfortant. En entendant Lucas renifler, Axel en déduisit qu'il avait pleuré. Il essaya de reculer dans le couloir, mais le parquet décida de révéler sa présence en un très audible craquement.

Myriam reprit son expression naturelle et regagna la cuisine alors que l'aura autour du jeune homme avait disparu, confirmant qu'il l'avait entendu.

– Je ne savais pas que tu étais encore éveillé. Si j'avais su, je serais venu te rejoindre plus tôt, plaisanta l'étudiant maladroit.

Lucas se leva avant de se tourner vers lui. Il y avait une telle lassitude dans son regard qu'Axel sentit sa gorge se serrer et des frissons lui remonter le dos. Les cernes sur son visage confirmaient qu'il dormait très mal, mais son expression pleine de tristesse était bien plus alarmante. Il le fixait droit dans les yeux, sans essayer de cacher sa douleur.

– Qu'est-ce que tu attends de moi, Axel ?

Son ton était presque suppliant, mais sa manière de se tenir prouvait qu'il était très sérieux. Axel redressa les épaules et approcha. Il entendait son cœur battre à ses oreilles.

– Je n'attends rien de particulier. Mis à part être débarrassé de cette foutue malédiction bien sûr ! lança-t-il joyeusement.

L'expression sur le visage de Lucas s'assombrit et il détourna la tête. Ce n'était pas la bonne tactique. Axel s'avança encore plus près et fit le tour du canapé pour se tenir en face de lui.

– Je peux te prendre les mains ?

– Pour quoi faire ? répondit Lucas sur la défensive.

Il n'avait même plus la force de s'agacer.

– S'il te plaît ?

Axel lui tendait ses paumes ouvertes et le regardait avec un mélange d'appréhension et de douceur. Lucas hésita, las de ce petit jeu, mais plaça tout de même ses mains dans les siennes. Axel s'assit sur la table basse, le forçant à suivre le mouvement et à s'installer sur le canapé.

Il passait ses pouces sur sa peau avec une lenteur délibérée, réfléchissant à ses paroles.

– Tu me plais, commença Axel, sûr de lui. Vraiment beaucoup. Je te trouve absolument incroyable. Et sexy ! Ce qui est un plus.

Lucas s'esclaffa, mais il n'y avait aucune joie dans sa voix.

– Non.

– Comment ça « non » ?

– Tu te trompes, Axel. Ce que tu ressens, ce n'est pas de l'attirance.

Conscient qu'il n'avait pas terminé d'exprimer sa réflexion, l'étudiant le laissa poursuivre.

– Je t'ai sauvé la vie. Deux fois. Tu confonds la gratitude et l'attirance. C'est parce que tu es lié à moi et que ta survie dépend de la mienne que tu crois penser ça. Mais ce n'est pas réel. Ta vie a changé du tout au tout en très peu de temps, tu es déboussolé et c'est normal. Tout ce que tu vois en moi, c'est la solution à ton problème et ça affecte ta perception des choses. Tu ne me connais pas vraiment. Il y a des tas de choses sur moi que tu ignores. Je ne suis pas celui qu'il te faut.

Il essaya de retirer ses mains, mais le brun resserra sa prise. Un silence s'installa et Axel choisit soigneusement ses mots pour lui répondre.

– Je n'ai pas la prétention de savoir ce que tu endures en ce moment. Ce n'est pas mon rôle de te dicter quoi éprouver. Je ne suis pas dans ta tête. Alors, Lucas, ne me dis pas ce que je dois ressentir.

La remontrance était justifiée. Honteux et mal à l'aise, Lucas s'agita, mais Axel le tenait toujours fermement.

– Je te trouve formidable. Tu es intelligent et super badass, capable de maîtriser la magie et tout un tas de choses dont je n'aurais jamais soupçonné l'existence. Tu es mystérieux, intrigant et plein de piquant, drôle et sarcastique. Tu te soucies des autres à ta façon et tu fais de ton mieux pour leur venir en aide, qu'ils soient perdus au fin fond des catacombes ou victimes d'une terrible malédiction. Tu es quelqu'un de profondément bon. Je n'ai aucun doute là-dessus.

Axel laissa le temps à son discours de faire effet.

– Mais tu as raison, ma vie a complètement changé, reprit-il. Et je mentirais si je te disais que je ne suis pas mort de trouille à chaque seconde qui passe. J'ai l'impression de n'être qu'un pantin trimballé dans tous les sens et mes certitudes ont volé en éclats. Mais je suis aussi subjugué par tout ce que je découvre. Même si j'aurais préféré éviter certaines rencontres. Tu m'as ouvert un monde nouveau et excitant, bien au-delà de tout ce que j'aurais pu imaginer.

– Tu n'as pas vraiment eu le choix.

– Mais toi, oui. Tu aurais pu te laver les mains de ma situation, mais tu ne l'as pas fait. Tu aurais pu ne répondre à aucune de mes questions, mais tu prends toujours le temps de m'expliquer, de me montrer. Tu aurais pu me laisser derrière toi quand je suis tombé, mais tu as pris la décision de me sauver.

Lucas voulait rétorquer qu'il lui ferait payer le coût de ses interrogations, mais il n'avait plus le cœur à plaisanter sur ce sujet. Il n'avait jamais vraiment eu l'intention de monnayer ses connaissances dans une situation aussi dangereuse. Mais l'admettre s'avérait plus difficile qu'il l'aurait cru.

– Je ne sais pas exactement ce que je ressens pour toi, poursuivit Axel. Et j'imagine que ma ressemblance physique avec Chani ne pèse pas forcément du bon côté de la balance.

Il sentit les doigts de Lucas se refermer sur ses mains dans un spasme et réajusta sa prise. La tension qu'il y avait entre eux était palpable. Lucas l'écoutait très attentivement et Axel ne laissait pas ses craintes prendre le dessus. L'attraction qu'il ressentait était plus forte que sa peur d'être rejeté.

– Mais ce dont je suis sûr, c'est que tu me plais. J'ai envie de t'asticoter, de te toucher et de voir naître de nouveaux sourires sur ton visage. J'aime entendre ta voix et écouter tes explications. Je suis sidéré par ton sens de la repartie, même si j'en fais souvent les frais. Tu es l'homme le plus séduisant que j'aie jamais rencontré, et le plus mystérieux aussi. J'ai envie de découvrir tous les aspects de ta personnalité. Et de continuer à entendre ton rire.

Lucas remercia la pénombre du salon, car son visage était en feu, ses yeux au bord des larmes et ses lèvres, tremblantes.

– Alors, quand toute cette histoire sera terminée, quand tu auras sauvé mes fesses de ma propre bêtise, tout ce que je te demande, c'est de me laisser une chance d'apprendre à te connaître mieux. Une chance de voir où ça nous mène, parce que je suis persuadé que cette affinité entre nous, je ne suis pas le seul à la ressentir.

La déclaration d'Axel était spontanée, sincère. Lucas pouvait lire dans son regard qu'il en pensait chaque parole. Il ne cherchait pas à le pousser dans ses retranchements ni à le manipuler pour obtenir ce qu'il voulait de lui. Il lui exprimait clairement ses pensées, sans faux-semblants. Et Lucas était bien en peine de savoir quoi lui répondre.

Il détourna la tête, soudain vulnérable. Les mots d'Axel l'avaient touché de manière inattendue. Il avait réussi à transpercer sa carapace.

Axel lui lâcha doucement les mains et caressa sa joue sans l'obliger à le regarder.

– Moi, je ne vais nulle part, murmura-t-il.

Il pouvait voir à quel point Lucas était perturbé. Il tremblait et ses émotions étaient si brutes que son aura fluctuait autour de lui. Contrairement à ce qu'il avait craint, le halo doré n'avait rien de désagréable sur sa peau.

Axel l'observa encore quelques secondes avant de se lever. Il s'était mis à nu et se sentait fébrile de s'être complètement révélé. Mais il ne le regrettait pas.

Il se dirigeait vers le couloir d'un pas lourd lorsqu'il entendit :

– Je vais essayer.

Il se retourna vers Lucas.

– Je vais essayer, répéta celui-ci, ému.

Axel se serait bien jeté sur lui pour le prendre dans ses bras, mais il se contenta de sourire et de faire abstraction de la chaleur qui enflait dans sa poitrine. Il n'était pas certain de pouvoir dormir cette nuit.

Au lendemain, Lucas avait retrouvé son assurance. Plus calme et serein après leur conversation de la veille, il avait décidé de laisser le temps mettre de l'ordre dans ses sentiments. À défaut de les comprendre.

Un poil embarrassé lorsqu'ils avaient échangé leur premier regard de la journée, il avait été rassuré de voir qu'Axel n'avait pas changé d'attitude. Il était cependant bien plus conscient des œillades que l'étudiant posait sur lui.

Alors qu'il finissait de déjeuner, Axel entra en trombe dans la cuisine, ses cheveux encore mouillés de sa douche.

– Lucas !

Sa voix paniquée le mit immédiatement en alerte.

– Qu'est-ce qu'il y a ?

– J'ai besoin d'une faveur.

– Mais encore ?

– Je sais qu'on a dit qu'il fallait qu'on fasse profil bas, mais je dois aller à la fac.

L'absurdité de cette affirmation laissa Lucas stupéfait. Axel s'assit en face de lui, très sérieux.

– Je me suis décidé à consulter mes e-mails et je viens de découvrir que j'ai un examen obligatoire prévu aujourd'hui ! Je ne peux pas le rater.

– Tu rigoles, j'espère. Je te signale qu'on n'est pas là juste pour jouer à cache-cache. L'Antiquaire ne va plus tarder à nous contacter !

– Je sais, répondit Axel qui ne se laissait pas désarçonner par l'agressivité montante de Lucas. Mais je ne peux pas me permettre de le louper. Comprends-moi, il y va de mon avenir et de ma carrière.

– Oh tu veux dire, ces choses vachement plus importantes que sauver ta peau ?

– Oui ! cria pour la première fois Axel. Je sais que ç'a l'air débile comme plan, mais…

– Ça n'en a pas que l'air !

Axel respira un grand coup pour retrouver son calme.

– Je ne peux pas rater cet examen. J'ai fourni trop d'efforts pour abandonner mon cursus maintenant. Même si ça met ma vie en danger.

La sévérité dans ses yeux noisette dissuada Lucas de lui rappeler qu'il ne serait pas le seul à prendre des risques s'ils étaient attaqués par des créatures en pleine rue.

Comprenant que ce silence signifiait qu'il était prêt à l'écouter, Axel le remercia d'un hochement de tête.

– Mes études, c'est ma porte de sortie, mon ultime chance d'échapper à l'influence néfaste de ma famille. Tu vois, aider les autres n'a jamais fait partie du vocabulaire de mes parents. Les écraser, les humilier et les manipuler, oui. Alors tu imagines bien que leur annoncer que je voulais devenir médecin pour sauver la vie des gens, ç'a été aussi bien reçu que les Xolots dans ton salon !

Axel reprit son souffle. Il parlait vite, comme s'il risquait de se brûler les lèvres.

– Ils m'ont inscrit dans un cursus de sciences politiques sans mon accord et ont même osé payer mes amis pour qu'ils m'incitent à suivre la voie qu'ils avaient choisie. Mais moi, j'étais déterminé à sortir de leur emprise. Seulement, je n'avais ni soutien ni argent. À chaque job étudiant que je réussissais à décrocher, je me faisais virer pour un motif bidon. J'ai bien compris qu'ils n'allaient pas s'arrêter avant d'obtenir ce qu'ils voulaient. Alors, j'ai utilisé les mêmes tactiques.

Axel chercha l'approbation dans le regard de Lucas, et le voir à l'écoute le rassura.

– J'ai trouvé le point faible de ma mère en découvrant les preuves de ses infidélités. Je l'ai fait chanter en la menaçant de tout révéler si elle ne daignait pas écouter sérieusement mes arguments. Je lui ai dit qu'avoir un chirurgien réputé dans la famille lui ouvrirait de nouvelles portes et des connexions prestigieuses avec les meilleurs hôpitaux et instituts de recherche.

– Ça va les chevilles ! Encore faut-il arriver à un tel niveau, commenta Lucas avec plus de douceur qu'il ne comptait en mettre dans sa voix.

– Exactement, encore faut-il arriver jusque-là. Ils finiront bien par se rendre compte qu'ils n'auront plus de moyens de pression une fois mon diplôme obtenu, mais pour l'instant, je dois obtenir des notes exemplaires et faire bonne impression. Rater un examen obligatoire est inenvisageable. Ça entacherait le sérieux de mon dossier et donnerait une excuse à mes parents pour me couper les vivres et me forcer à rejoindre l'entreprise de ma mère.

Axel souffla de frustration, les poings serrés. Il lui était difficile d'évoquer ce sujet sensible à voix haute. Il comprenait la réticence de Lucas, mais il ne pouvait pas faire autrement. Son avenir professionnel en dépendait.

– Je sais que c'est stupide et insensé. Mais j'ai besoin de ton aide, Lucas. S'il te plaît.

Celui-ci s'affaissa sur sa chaise, vaincu par l'adorable moue suppliante d'Axel.

– C'est loin ?

– Non. Enfin, disons qu'il y a une petite quarantaine de minutes en métro, mais mon épreuve a lieu en début d'après-midi alors je t'offre le déjeuner.

Lucas était loin d'être emballé par cette sortie, qui lui semblait comporter un trop grand nombre de risques, mais il pouvait voir à quel point Axel était déterminé à réussir cet examen. Et il n'avait pas le cœur à écraser ses espoirs. Surtout quand son avenir était aussi incertain.

Vaincu, il se traîna jusqu'à la porte d'entrée en soupirant.

– Heu… tu comptes y aller habillé comme ça ?

Lucas inspecta immédiatement sa chemise bleu foncé aux broderies irisées, inquiet à l'idée d'y trouver une tache malencontreuse, mais il fut soulagé de constater qu'elle était toujours immaculée. Avec son jean serré et son long manteau noir ourlé de blanc, sa tenue était parfaite. Il lança un regard interrogateur à Axel, qui se mordit la lèvre.

– Tu vas faire sensation à la fac avec ça.

– Je fais sensation partout où je vais, répliqua Lucas, sûr de lui.

Axel lui accorda ce point : quelle que soit sa manière de s'habiller, il était clair qu'il ne passait pas inaperçu. Il dégageait une aura si spéciale qu'il ne laissait personne indifférent.

– Je pensais que tu voulais qu'on soit discrets, le taquina-t-il.

Lucas poussa un soupir agacé, avant de retourner dans le salon en pestant que le style se perdait.

– Je peux te prêter l'un de mes t-shirts si tu préfères ? lui lança Axel.

Le regard de dégoût qu'il lui renvoya faillit le faire éclater de rire, mais il se retint. Se moquer de lui alors qu'il coopérait n'était pas une bonne idée.

Il observa Lucas enlever son haut et se mettre torse nu, ce qui lui donna l'impression que la pièce venait de se réchauffer de plusieurs degrés. Il remarqua que la blessure dans son dos s'était refermée et qu'elle ressemblait déjà à une cicatrice vieille de plusieurs semaines.

Lucas passa une chemise blanche et une veste en cuir. C'étaient les vêtements les plus simples qu'il avait emportés. Lorsqu'il se retourna pour demander l'approbation d'Axel, son expression émoustillée lui apporta la meilleure des confirmations.

CHAPITRE 15

Ou l'art d'attraper sa proie avec du miel

Une fois dans le métro, Axel s'empressa de relire le cours sur lequel porterait l'examen et Lucas, assis à ses côtés, s'ennuyait ferme. Il préférait passer son temps en intérieur plutôt que de frayer avec la population parisienne. L'atmosphère énergique de la Ville Lumière lui mettait les nerfs en pelote et la surabondance d'usagers dans les transports en commun l'épuisait. Quant aux odeurs, c'était un véritable calvaire.

Rien ne valait les après-midis passés sur son canapé, blotti sous un plaid, une tasse de thé fumant à la main et un bon livre sur les genoux. Être serré comme une sardine dans un wagon, soumis à l'hygiène douteuse d'autrui, lui donnait la nausée. Il avait cependant à son avantage l'assurance qu'un simple coup d'œil agacé de sa part suffisait à faire fuir les autres passagers, et il pouvait alors jouir d'un peu plus d'espace.

Une jeune femme de son âge attira son attention. Elle tirait sur la jupe inconfortable de son tailleur et essayait de se tenir tant bien que mal à la barre de métal, sans y poser tous les doigts. Il ne pouvait que compatir, la sensation de toucher le support rendu tiède par la pression d'une main étrangère était infecte. Elle portait un petit sac fermement écrasé sous son bras, habituée aux pickpockets, de jolies petites lunettes rondes et un gros dossier dans une chemise en carton. Comme tous les Parisiens, elle vérifiait l'heure à sa montre puis comptait les stations qui lui restaient pour atteindre sa destination avant de se renfrogner.

Pendant une seconde, Lucas se demanda à quoi il aurait ressemblé si sa vie n'avait pas été liée au surnaturel. Peut-être aurait-il été lui aussi engoncé dans un costume, une mallette à la main, nerveux à l'idée d'être en retard à son rendez-vous d'affaires ? Peut-être aurait-il eu un patron imbuvable, des clients pressés et des collègues avec qui décompresser en rentrant tard le soir avant de recommencer le lendemain ? Ou, à l'instar d'Axel, peut-être aurait-il trouvé sa voie sur les bancs de l'université ?

C'était stupide. Il ne pouvait pas échapper à sa destinée, ni changer qui il était. Cette idée en amena une autre et il se tourna vers Axel, soudain anxieux.

– Ils vérifient les pièces d'identité à l'entrée de ton campus ?

– Heu… non. Il n'y a personne pour surveiller les allées et venues, pourquoi ?

Le soulagement sur le visage de Lucas le rendit curieux.

– Tu pensais qu'ils te demanderaient de prouver ton âge ? On est plus au lycée.

– Je n'en sais rien, je ne suis pas allé au lycée, répondit Lucas en haussant les épaules.

– Ah bon ? Tu n'as pas de diplômes ?

– Mes parents m'ont jeté à la rue quand j'avais treize ans, donc non.

Choqué, Axel mis de côté ses révisions pour se tourner vers lui. Lucas ne semblait pas gêné d'en parler.

– À treize ans ?

– Hum. Vu que je n'avais rien sur moi, je n'ai pas de carte d'identité. Je pourrais faire les démarches pour en obtenir une, bien sûr, mais je ne suis pas très intéressé par la paperasse.

– Tu veux dire que tu n'as pas de papiers ? chuchota Axel, de plus en plus ébranlé par ces nouvelles informations.

– Je n'en ai pas besoin.

– Mais comment as-tu fait pour louer un appartement alors ? Tu as bien un compte en banque ? Aujourd'hui, c'est impossible de rester dans l'anonymat.

Un sourire carnassier trouva le chemin des lèvres de Lucas.

– Il y a beaucoup de gens qui me doivent des faveurs, tu n'imagines même pas.

Il laissa planer le mystère sur ce que cela voulait dire et retourna à sa contemplation des autres passagers.

Axel ne savait pas comment réagir. Qui abandonnait son fils dans la rue, si jeune ? Et sans rien sur lui ? Il avait du mal à ravaler les prémices d'une colère disproportionnée. Imaginer un Lucas enfant, seul et terrifié à la merci de toutes sortes de créatures ignobles, lui retournait l'estomac. Comment avait-il survécu ? Quelqu'un l'avait-il aidé ou était-il simplement passé inaperçu parmi les sans-abri ? Quel genre d'enfance avait-il eu ? Cet abandon était-il lié à ses visions et aux changements qu'elles avaient entraînés ? Cette information jetait une nouvelle lumière sur son irritabilité coutumière et sur cet attachement obsessionnel à l'argent.

Le brun se racla la gorge, mal à l'aise de s'être plaint de sa famille manipulatrice.

– Ce n'est pas un concours à qui aura la famille la plus merdique, reprit Lucas qui n'était pas dupe de son cheminement de pensée. La maltraitance prend beaucoup de formes.

Axel cacha ses mains tremblantes dans ses poches.

C'était la première fois qu'on lui répondait quelque chose comme ça. Sans moquerie pour sa situation, sans dédaigner les négligences et les pressions dont il avait été victime. Sans entendre que quand on a été élevé avec une cuillère en argent dans la bouche, on n'a pas à se plaindre.

Il sentit son cœur enfler dans sa poitrine. Il avait une envie irrésistible de mêler ses doigts à ceux de Lucas, mais il s'abstint, de peur de l'incommoder ou que le geste soit pris pour une expression de pitié.

Si l'idée que leur attirance soit due à l'amulette enfoncée dans son épaule lui avait effleuré l'esprit plus d'une fois, il était maintenant certain que son cœur était libre de toute influence extérieure. Et qu'il désirait Lucas.

Bouleversé par ces révélations, Axel ne réussit pas à se concentrer de tout le reste du trajet.

Lorsqu'ils arrivèrent devant l'entrée du campus, Axel se promit de faire découvrir à Lucas tout ce que pouvait offrir la vie étudiante. Il l'entraîna à la bibliothèque pour lui montrer l'architecture moderne des lieux et les étagères interminables remplies de bouquins. Il l'emmena ensuite sur la grande esplanade bondée pour lui payer un déjeuner plutôt moyen à la cantine et lui expliqua qu'en plus des cours, il existait de nombreuses associations d'élèves qui organisaient soirées et sorties. La fac était un microcosme à elle seule avec ses espaces de vie communs, ses locaux informatiques, sa cafétéria.

Lucas observait les lieux avec une curiosité réservée. Il posait peu de questions, mais Axel le matraquait d'informations, depuis l'augmentation du coût des repas jusqu'aux annulations de cours de dernière minute qui mettaient tous les étudiants dans l'embarras. C'était un monde qui lui était inconnu, mais qui, sous la houlette joyeuse d'Axel, lui paraissait sympathique.

Ils arrivèrent devant l'amphithéâtre où se déroulait l'examen avec une trentaine de minutes d'avance. Ainsi, Axel pourrait récupérer le siège de son choix et s'asseoir au premier rang pour que la distance avec Lucas, qui l'attendrait de l'autre côté du mur, ne gêne pas les effets de l'amulette.

Même si la perspective de passer une heure à se tourner les pouces dans un large corridor ne l'enchantait pas, Lucas s'assit par terre, dos à la cloison. Sa présence lui valut de nombreux regards étonnés et indiscrets de la part des élèves pressés qui s'engouffraient dans l'amphithéâtre, mais personne ne lui fit de remontrance. Toutefois, le silence qui tomba sur le couloir dès que la porte se referma le rassura.

Pour rien au monde, Lucas n'aurait avoué que, confronté à cet environnement, il se sentait complexé. Comme s'il se baladait avec une étiquette collée dans le dos indiquant son pauvre niveau académique, soumis aux jugements et moqueries invisibles des autres étudiants. Il se jura de passer l'arme à gauche sans jamais dévoiler ce sentiment à personne. Encore moins à Axel, qui n'avait pas l'air le moins du monde stressé à l'idée de passer un examen important.

Lucas avait remarqué à quel point le brun était à l'aise sur le campus. Il avait souri plus que d'habitude, ce qui n'était pas pour lui déplaire. L'ambiance universitaire, bouillonnante d'activités, lui allait bien.

Laissé seul avec ses réflexions, il repensa à leur discussion de la veille. En fermant les yeux, il pouvait se souvenir de son odeur, des expressions tendres de son visage, de la chaleur de son corps près de lui et de la sensation agréable de ses doigts sur ses mains. Mais la peur que tout s'arrête du jour au lendemain s'accrochait fermement à son cœur. Cette crainte tenace d'être abandonné à nouveau, largué comme on se débarrasse d'un bagage encombrant. La douleur causée par la disparition de Chani était toujours vive. Tout comme la confusion qu'il ressentait depuis son retour fracassant.

Lucas luttait pour empêcher les images de défiler derrière ses paupières closes, mais son esprit ne cessait de le ramener au regard magnétique de cet homme, aux sourires qu'il n'offrait qu'à lui et à la douceur de ses mains sur son corps. Il l'avait couvert de tendresse et d'une attention constante. Dès leur rencontre, Chani s'était comporté avec lui comme s'ils étaient faits l'un pour l'autre, comme si leur relation était une évidence. Son assurance l'avait déstabilisé et rendu curieux. L'alchimie entre eux était électrique, presque primale. Il était possessif et parfois brutal, mais jamais violent avec lui. De toutes les créatures que Lucas attirait, seule l'Antiquaire avait osé tenir tête à Chani, les autres disparaissaient dès qu'il entrait dans une pièce. Même les humains normaux pouvaient sentir sa puissance étrange. Et, il devait l'admettre, cela lui avait plu.

Lucas avait mis longtemps avant de comprendre qu'il suffoquait dans cette relation.

Malgré ses sourires, malgré ses caresses, Chani n'évoquait jamais ce qu'il ressentait et ne répondait pas non plus à ses questions. Les tentatives de Lucas pour approfondir leur communication s'étaient toutes soldées par un silence frustrant, ce qui le faisait même douter des sentiments de Chani à son égard. Lucas sentait bien que l'homme qui partageait sa vie était lui aussi doté de capacités surnaturelles mais dès qu'il cherchait à en apprendre davantage, Chani détournait la conversation, allant même jusqu'à se murer dans le silence pour le punir d'évoquer ce sujet. *A contrario*, lorsque c'était Lucas qui était confronté à ses visions, devenues de plus en plus fréquentes, il ne se gênait pas pour le forcer à en parler immédiatement.

Le contrôle qu'il exerçait sur lui et sa façon de manipuler les discussions avaient fracturé la confiance de Lucas, qui s'était réfugié dans la colère et le ressentiment.

– Tu es parfaitement insupportable quand tu t'y mets ! avait craché Chani après une énième dispute. Tu ne veux pas entendre raison. Tu ne m'aimes pas assez pour m'écouter. C'est si frustrant d'être avec toi. Tu ne te rends même plus compte que tu me fais du mal à réagir comme ça. Je sors prendre l'air, parce que je ne sais pas encore combien de temps je peux tenir avec ton sale caractère, Lucas.

Mais Chani n'était jamais revenu. Il l'avait quitté sur ces mots. Et Lucas s'était écroulé sous le poids de la culpabilité et des remords.

Le dos toujours collé au mur, Lucas força sa respiration à se calmer et son esprit à se séparer de la douleur. Sa reconstruction avait été lente et pénible, mais il avait réussi à se relever. Il avait repris le contrôle de sa vie et même si le retour de son ex l'avait bouleversé, il était désormais capable d'aller de l'avant. Les mots d'Axel pénétraient à leur tour dans sa conscience et ses lèvres s'étirèrent en un sourire.

La sincérité et la vulnérabilité de l'étudiant avaient fait écho à sa propre résilience. Réussir à exprimer ses sentiments sans faux-semblants était peut-être la plus belle qualité d'Axel. Il faisait preuve d'un respect et d'une bienveillance dont Lucas avait cruellement manqué dans sa vie. Pour la première fois, il se sentait sincèrement apprécié pour qui il était, dans son entièreté.

– Excuse-moi ?

Lucas sursauta. Il n'avait pas entendu la jeune femme approcher et sa main s'était refermée par réflexe sur le manche de son couteau, dissimulé sous sa chemise. L'étudiante lui offrit un sourire timide pour s'excuser de l'avoir surpris.

– C'est la première fois que je te vois ici, tu es en médecine ?

– J'attends juste quelqu'un, répondit maladroitement Lucas.

– Ta… petite amie ?

Oh. Voilà où elle voulait en venir. Contrairement à ce que laissait supposer son apparence tout en douceur, l'étudiante était plutôt audacieuse. Elle paraissait si candide avec sa barrette à fleurs dans les cheveux et son chandail à grosses mailles que Lucas lui retourna un sourire amusé. Elle rougit immédiatement.

– Non.

Sa réponse sembla satisfaire la jeune femme qui se mordit légèrement la lèvre. Elle hésita sur la suite de sa démarche et Lucas laissa traîner le silence. Il n'avait pas envie de la rembarrer, mais il n'était pas non plus emballé à l'idée de discuter avec une inconnue juste pour tuer le temps.

Il avait assez à faire de son propre monologue mental.

– D'accord. Bon courage pour l'attente, alors.

– Merci.

Son manque d'intérêt avait eu l'effet escompté. La jeune femme le dévora des yeux une dernière fois avant de lui faire un petit signe de tête et de s'éloigner.

De nombreux étudiants empruntaient le couloir pendant les heures de cours et Lucas trouva les regards incessants plutôt amusants. Certaines filles lui souriaient et s'empourpraient en ricanant entre elles lorsqu'il leur renvoyait le sien. D'autres étaient plus entreprenantes et venaient l'aborder pour lui demander son nom et pourquoi il était là. La plus téméraire lui lança carrément un clin d'œil sulfureux et il eut beaucoup de mal à ne pas éclater de rire. Aucune d'entre elles n'avait dans l'idée qu'ils puissent chasser sur le même terrain.

L'étudiante à la barrette était repassée le voir pour lui offrir un café avant de s'en retourner, le pas un peu trop rapide pour être naturel. Lucas découvrit qu'elle avait écrit son numéro sur la serviette en papier, et il trouva son attitude adorable. Comme si son comportement avait constitué le top départ d'une course dont il était le prix, on lui offrit généreusement des barres protéinées, quelques sucreries, deux autres cafés et une pâtisserie. Pas du genre à refuser les attentions gratuites, il déclina cependant les avances et demandes d'informations, bien que cela n'ait eu que peu d'impact sur le nombre de cadeaux qui continuaient à s'empiler. Certaines se contentaient de l'observer de loin, d'autres échangeaient quelques paroles sous les regards jaloux ou médusés de leurs amis masculins. Il récolta quatre autres numéros de téléphone écrits sur des serviettes, qu'il rangea dans sa poche avec l'intention de les jeter plus tard pour ne froisser personne.

Lorsqu'Axel sortit enfin de l'amphithéâtre et découvrit Lucas, assis en tailleur devant une montagne d'offrandes à sa sensualité, il fut pris d'un fou rire. Il n'arrivait pas à décider ce qui était le plus drôle entre le nombre incroyable d'attentions dont il avait fait l'objet et son expression qui mêlait à la gêne un petit air supérieur. Il se laissa traîner par le bras en dehors du bâtiment par un Lucas cramoisi.

L'empressement du blond à quitter les lieux arrangeait bien Axel. Il s'était débrouillé pour finir son épreuve en avance afin d'éviter Valentin, qui avait essayé de lui tirer les vers du nez sitôt installé dans l'amphithéâtre. Il avait résisté de son mieux à l'interrogatoire surexcité de son ami jusqu'au début de l'épreuve, dont le silence obligatoire avais mis fin au matraquage de questions. Il n'avait pas bâclé son travail pour autant, mais était parti sans un regard en arrière, ce qui n'était pas dans ses habitudes.

– Je vois que tu ne t'es pas ennuyé, se moqua-t-il.

Lucas leva les yeux au ciel et soupira d'agacement, mais il ne parvenait pas non plus à effacer le sourire de son visage.

– Cela dit, ça ne m'étonne pas qu'on veuille présenter des offrandes à ta beauté.

Axel accepta le coup de poing dans l'épaule et pouffa encore un peu.

– Tu as fini ? On peut y aller ?

– Oui, c'est bon.

Il lui attrapa doucement la main et Lucas se laissa faire, malgré sa surprise. Quand Axel fit glisser ses doigts entre les siens, sa respiration se figea. Il trouva ce contact très agréable. Sa tête lui criait d'être cohérent avec sa position de la veille, de rester sur la réserve, mais son corps avait visiblement une autre opinion sur le sujet et refusait de lâcher la main du brun.

– Juste au cas où te laisser seul augmenterait encore le nombre de mes compétiteurs, expliqua Axel en se penchant à son oreille.

Son sourire se fit plus éclatant en constatant que si Lucas évitait de le regarder, il ne s'était pas dégagé. Ils marchèrent tranquillement sur le campus, en appréciant la sérénité du moment. Malgré son geste préventif, Axel remarqua que les têtes continuaient de se tourner au passage de Lucas, mais il refoula la pointe de jalousie qui lui donnait envie de crier haut et fort qu'il était déjà courtisé.

– Tu es un vrai appât, ma parole ! s'exclama-t-il après qu'un groupe de filles les eut dévorés du regard.

Lucas se figea.

– Quoi ?

Son ton soudain sérieux prit Axel au dépourvu.

– Je veux dire que tu plais beaucoup.

– Non, c'est le mot que tu as employé qui me perturbe. Un appât ? Un appât… répéta Lucas, plongé dans ses pensées.

Lorsqu'il leva des yeux écarquillés vers lui et qu'Axel constata que son visage était devenu blême, il fut tout de suite en alerte.

– Qu'est-ce qu'il y a ?

– C'est toi, Axel. C'est toi, l'appât.

– Qu'est-ce que tu veux dire ?

Le tour que prenait cette discussion ne lui disait rien qui vaille.

– La créature qui t'a maudit se sert de toi comme d'un appât ! Celui qu'elle désire vraiment, c'est moi.

Lucas lui lâcha la main pour la passer dans ses cheveux, la prise de conscience venant bousculer son esprit. Il continua, effaré :

– L'Antiquaire a dit « elle te cherche ». Mais elle ne s'adressait pas à toi ! C'est moi qu'elle cherche.

– Attends. Comment en es-tu arrivé à cette conclusion ? Pourquoi la créature des catacombes serait intéressée par toi ?

– Parce que je suis un humain tout en étant différent. Tu as vu à quel point l'Antiquaire est obsédée par moi ? Et tu as passé deux jours dans les souterrains sans problème. Je veux bien croire en ta bonne étoile, mais il ne faut pas pousser. Tu penses vraiment que c'est une coïncidence si les Xolots nous ont pris pour cible dès l'instant où on s'est retrouvés ensemble ?

– Mais comment aurait-elle su que, toi spécifiquement, tu partirais à mon secours ?

Lucas ferma les yeux en fronçant les sourcils, comme si ce qu'il s'apprêtait à prononcer lui faisait du mal. Axel avala sa salive de travers.

– Parce que je lui ressemble, comprit-il de lui-même. Je ressemble à Chani. C'est pour ça que tu as pris la décision de me sauver. C'est pour ça qu'elle était sûre que tu enquêterais.

Le silence de Lucas fut une réponse douloureuse. Il était toujours dans l'ombre de son ex.

– Mais pourquoi ? Dans quel but ?

Lucas n'avait pas d'explication à lui offrir. Axel recula d'un pas, comme si prendre de la distance lui permettait de mieux réfléchir. Pourquoi la créature chercherait-elle Lucas ? Sa ressemblance avec Chani avait-elle vraiment joué dans son envie de l'aider ?

– Je ne sais pas. Mais je sais à qui le demander, gronda Lucas.

La colère avait remplacé sa stupéfaction. Les mâchoires serrées, il leva la tête vers Axel.

– Le seul qui te connaît et qui sait aussi à quoi ressemble Chani, c'est Pif, annonça-t-il, la voix tremblante de rage. Il est déjà venu chez moi et c'est même lui qui a dit à tes amis de m'appeler.

Cette fois, ce fut au tour d'Axel d'ouvrir les yeux grands comme des soucoupes. Pourquoi n'avait-il pas fait le lien avant ?

– C'est lui qui a proposé cette soirée dans les catacombes et qui nous y a guidés. Il était présent !

– Je vais lui faire la peau !

Lucas s'agitait, les mains tremblantes et le souffle court. Quant à Axel, le monde tanguait sous ses pieds. Il avait du mal à accepter les faits, pourtant si simples.

– C'est lui qui est derrière tout ça ?

– Non. Il n'a pas le pouvoir de te maudire, expliqua Lucas. Ça veut dire qu'il travaille pour quelqu'un.

– Qui se cache potentiellement dans les souterrains.

Lucas acquiesça. Il ne cessait de secouer la tête, irrité de s'être fait piéger si facilement. Il allait l’étriper dès l’instant où il lui aurait mis la main dessus.

Axel attrapa son bras.

– Valentin doit savoir où on peut le trouver ! Viens !

Le cœur au bord des lèvres, ils se lancèrent dans une course effrénée vers le bâtiment qu’ils avaient quitté à peine quelques minutes plus tôt. Bousculant et scannant la foule épuisée par l’examen qui avait commencé à sortir, Axel repéra son ami qui attendait sur le côté, son téléphone à la main, et fonça vers lui.

– Valentin !

– Axel ! Pourquoi tu es parti avant la fin ? Et qu’est-ce qui se…

L’étudiant à lunettes perdit son sourire en constatant la présence de Lucas et se recroquevilla quelque peu sur lui-même.

– Valentin, tu sais où je peux trouver Pif ?

– Quoi ? Pif ?

Il avait du mal à se concentrer sur la conversation et regardait alternativement les deux hommes avec une expression apeurée.

– Oui. Tu sais où il traîne ? le pressa Axel.

– Heu… non ?

La détresse sur le visage de son ami l’inquiétait.

– Mais je pense qu’Aurore doit le savoir, dit-il en tremblotant.

– On parle de moi ? l’interrompit joyeusement une jeune femme à la flamboyante chevelure rousse.

Oh, Axel ! Ça fait un bail ! Eh, il paraît qu'il y a un beau gosse incroyable qui se promène dans les couloirs !

Avec son air enjoué, la gothique à la panoplie complète de collants noirs, résilles, jupons et chaussures à clous s'était jetée dans les bras de Valentin en rigolant. Ses yeux aux lentilles colorées se tournèrent vers Lucas et elle ouvrit grand la bouche avant de se reprendre et de minauder.

– Oh ! Quand on parle du loup, susurra-t-elle en affichant un large sourire.

– Aurore, tu sais où vit Pif ? exigea Axel, que ce petit numéro n'amusait guère.

– Non, je ne suis jamais allée chez lui.

Il jura tout bas et tapa du pied, agacé.

– Mais je peux demander à ma mère ! reprit-elle. Bon, je ne suis pas sûre qu'elle soit d'accord parce que ce n'est pas légal de donner les infos personnelles des employés.

– Pif travaille avec ta mère ? s'alarma Axel.

– Ouais, il voulait un job à mi-temps au musée d'Histoire naturelle où bosse ma daronne, alors je l'ai branché avec elle.

Lucas grimaça, de plus en plus énervé, ce qui ne manqua pas d'effrayer Valentin qui recula d'un pas. Il prit une grande inspiration pour faire redescendre la tension dans sa voix.

– Laisse-moi deviner, dit-il en s'adressant à la jeune femme. Il y a une exposition sur l'Amérique du Sud en ce moment ?

Aurore fronça les sourcils, visiblement perturbée.

– Eh bien oui, mais je ne savais pas que le musée en avait déjà fait la pub vu qu'il y a des soucis avec l'expo. Il paraît qu'il y a eu des vols d'ossements. Qui volerait des os, franchement ?

– Quel sale enfoiré ! éructa Axel au grand étonnement de ses deux amis qui se dévisagèrent, médusés de l'entendre jurer.

Voilà qui expliquait la provenance si lointaine des créatures qui les avaient attaqués. Lucas avait beaucoup de mal à garder son calme et Valentin et Aurore commençaient à se sentir très mal à l'aise à ses côtés.

Sa relation avec Pif était peut-être ce qu'il considérait comme étant ce qui ressemblait le plus à une amitié. Certes, ils ne sortaient pas le soir pour boire un verre et se raconter leurs mésaventures, mais il avait été assez en confiance pour le laisser venir chez lui. La trahison avait un goût de cendres dans sa bouche.

– Je vais demander l'adresse à ma mère, mais je pense qu'il doit encore être à la fac, annonça Aurore en scrutant sa montre. Je crois qu'il a un cours qui finit tout juste.

– Où ? s'écrièrent Axel et Lucas à l'unisson.

– Ba… Bâtiment B.

À peine avait-elle eu le temps de bafouiller sa réponse que les deux garçons avaient échangé un regard entendu avant de partir en trombe. Axel connaissant bien les lieux, il courait devant, Lucas sur ses talons. La lueur meurtrière dans les yeux vairons faisait naître des frissons dans son dos et Axel ne se retourna pas pour s'assurer qu'il le suivait. Ils s'arrêtèrent près du bâtiment pris d'assaut par une marée d'étudiants qui s'éparpillait dans tous les sens. Lucas scanna la masse le plus rapidement possible en espérant que leur proie ne se soit pas déjà échappée.

Ce fut Axel qui repéra les cheveux roses en premier. Pif s'était arrêté devant l'entrée pour discuter joyeusement avec deux étudiantes. Se sentant observé, il cessa immédiatement tout bavardage, dardant sur la foule compacte des yeux anxieux aux reflets rouges, les sens en alerte.

Il aperçut Lucas.

Et s'enfuit en courant.

CHAPITRE 16
À s'informer de tout, on ne sait jamais rien

Pif sauta par-dessus les marches de l'entrée du bâtiment sous les cris surpris d'autres étudiants, avant de sprinter dans le sens opposé des deux hommes lancés à ses trousses. Il zigzaguait dans la foule avec aisance, mais son visage reflétait la peur intense que lui inspirait un Lucas en colère dès qu'il jetait des regards en arrière.

– Arrête-toi ! Pif ! hurlait Axel qui commençait déjà à s'essouffler.

Ils avaient quitté les grandes allées dégagées de la fac et se dirigeaient vers la ville et toutes ses possibilités de fuite. Lucas ne prit pas le temps de dire à Axel de se taire. Ordonner de s'arrêter à quelqu'un qui s'enfuit n'avait jamais été une méthode efficace !

Pif était aussi habile que rapide. Il sautait par-dessus les barrières et les bancs qui surgissaient sur son chemin et se glissait dans la marée humaine comme un poisson dans le courant d'une rivière. Il coupa au travers d'un parc et bouscula si violemment un vieux monsieur sur son passage que l'homme partit à la renverse dans un grand cri. Lucas ne lui jeta même pas un regard et continua sa chasse sur la pelouse. Axel avait hésité, mais l'amulette l'empêchant de s'éloigner, il fut obligé d'abandonner l'idée de secourir la victime collatérale.

De nombreux promeneurs les observèrent avec curiosité tandis qu'ils dérapaient sur les graviers, sautaient les parterres de fleurs et contournaient les fontaines. Lucas entendit des enfants hurler joyeusement sur leur passage. Ils attiraient trop l'attention et il n'avait pas de sort adéquat sur lui pour viser Pif ou le faire ralentir. Les muscles de ses jambes brûlaient sous l'effort et ses poumons étaient déjà en feu. Il fut rassuré d'entendre le souffle d'Axel derrière lui. Complètement absorbé par la course-poursuite, il n'avait même pas vérifié s'il parvenait à suivre le rythme. La colère, mais aussi l'envie de comprendre ce qui se tramait et de faire la lumière sur cette affaire, leur donnait la force de courir plus vite.

Ils devaient mettre la main sur Pif à tout prix.

Celui-ci sauta par-dessus le portillon du parc et s'engagea dans la rue. Avec un grognement frustré, Lucas puis Axel firent de même. Ils traversèrent tous les trois la route dans un concert de klaxons et de cris. L'écart commençait à se creuser, mais une opportunité se présenta à Lucas.

Quand Pif passa devant un kiosque à journaux, il déploya son aura avant de jeter au vent quelques mots dans une langue incompréhensible pour le commun des mortels. Les magazines s'envolèrent violemment dans tous les sens sous la force d'une bourrasque qui n'avait rien de naturelle. Les papiers et revues se plaquèrent contre les jambes de Pif qui s'étrangla dans un cri de surprise. Les feuilles s'aggloméraient autour de lui et entravaient sa course. Paniqués, les passants s'agitaient et se bousculaient les uns les autres dans le tourbillon de papier. Le jeune homme aux tatouages bascula soudain vers l'avant et roula sur le sol. Pas désarçonné par sa chute, il se propulsa dans une ruelle sur sa droite pour échapper à la tempête collante déclenchée par Lucas.

Celui-ci sourit avec hargne. Il l'avait forcé à foncer dans une impasse.

Axel le suivit à l'intérieur du passage qui s'enfonçait en ligne droite vers la haute façade d'un bâtiment qui fermait la voie. Pris au piège, Pif chercha en vain une issue sur les côtés avant de s'arrêter. Une main posée contre le mur et l'autre sur sa taille pour retrouver sa respiration, il ne se retourna pas vers les deux hommes dans son dos.

Axel était couvert de sueur et se tenait la poitrine pour forcer son cœur à ralentir et l'air à rentrer à nouveau correctement dans ses poumons.

– Je suis désolé, Lucas ! s'écria Pif entre deux halètements saccadés.

– Tu crois que c'est suffisant, sale connard ?

Lucas avait l'insulte facile dès que sa patience avait atteint ses limites. Il calma rapidement son souffle et s'avança vers la cible de sa colère bouillonnante, les poings serrés. Pif avait mis en danger la vie d'Axel et il n'était pas prêt à simplement l'écouter sans se défouler un peu. Il comptait bien assener quelques coups pour lui faire passer l'envie de leur raconter des bobards.

Pif se redressa en tremblant et pivota enfin vers eux, les mains tendues devant lui pour essayer de garder Lucas à distance.

– Attends ! Attends ! Je t'assure, je suis vraiment désolé !

Pif s'efforçait de paraître plus petit qu'il ne l'était. Son expression paniquée était sublimée par les gouttes de sueur qui dégringolaient de son front. Il avait beau avoir un look de rebelle avec sa panoplie de colliers, bracelets à piques et autre tours du cou en cuir, il n'en menait pas large.

– Qui t'a ordonné de me piéger ? demanda Lucas sans détour.

– Qu… Quoi ? Je ne comprends pas, plaida Pif sur un ton bien trop aigu.

Il lançait des œillades désespérées vers Axel en guise de soutien et celui-ci cilla, pas très sûr de lui.

– Ça suffit ! cria Lucas.

Sa voix résonna comme un coup de tonnerre et se répercuta contre les murs de l'impasse. Pif se recroquevilla comme s'il avait reçu une gifle et Axel recula d'un pas. La force de sa colère était presque palpable.

– Laisse tomber ton jeu d'acteur minable et crache le morceau, reprit-il, le regard noir. Tu as emmené Axel dans les catacombes en sachant parfaitement ce qui lui arriverait. Tu as donné mon numéro à ses amis, en sachant qu'en le voyant, je serais troublé par sa ressemblance avec Chani. C'est toi qui as envoyé des Xoloitzcuintles défoncer mon appartement ? Depuis quand tu fricotes avec ce genre de magie taboue ? Non. Tu n'es pas assez puissant pour agir seul, alors qui t'a demandé de me piéger ? Qui cherche à m'atteindre ?

Pif soupira. Il se redressa, la tête bien droite, son expression terrifiée remplacée par un sourire affligé. Il n'y avait plus aucune trace de peur dans sa manière de se tenir et ses yeux gris brillaient d'une lueur rouge. Il passa la main sur le côté rasé de son crâne et se massa le cou.

– Je suis désolé.

Pif évita prestement un crochet du gauche. Lucas avait craqué. L'entendre s'obstiner à répéter la même litanie d'excuses bidon lui avait fait perdre son sang-froid. Il enchaîna quelques coups qui ratèrent leur cible à chaque fois. Pif était trop rapide, mais Axel, qui restait en retrait, bloquait toujours son accès à la rue.

– Stop ! Stop ! Attends ! cria-t-il sans aucun succès. Je n'ai pas eu le choix ! Je suis désolé !

Il se mordit la langue d'avoir trop parlé en voyant la lueur d'intérêt s'éveiller dans les yeux vairons.

Alors qu'il s'avançait une nouvelle fois au contact, Lucas se rejeta en arrière juste à temps pour éviter un coup de griffe. Les doigts de Pif s'étaient allongés subitement et ses ongles s'étaient transformés en armes tranchantes. Les tatouages sur sa peau s'étaient mis à bouger tout seuls, ondulants et tournoyants de façon hypnotique. Il grogna comme un animal tandis que ses yeux s'étiraient bizarrement. Il profita de la distance entre eux pour se propulser sur plusieurs mètres de haut et ses griffes se plantèrent dans le mur sans difficulté.

Accroché à même la paroi, le dos arqué et ses cheveux roses s'allongeant à une vitesse alarmante, Pif toisa Lucas et Axel depuis son perchoir.

– Je suis vraiment désolé.

La peine était brute et profonde dans son regard. Sans plus attendre, il escalada rapidement la façade à l'aide de ses griffes.

– Merde ! s'écria Lucas tout en s'emparant du couteau à sa ceinture. J'avais oublié qu'il pouvait faire ça !

Il lança son arme avec précision et entailla la cuisse de Pif qui siffla de douleur, mais l'attaque ne fut pas suffisante pour l'arrêter ou même le ralentir. Il atteignit le toit de l'immeuble et disparut.

Abasourdi, Axel regarda la scène se jouer devant lui sans parvenir à faire coïncider ses notions de physique avec ce à quoi il venait d'assister.

– Qu'est-ce que c'est que ça ? réussit-il à formuler.

– Nos réponses qui s'envolent, ironisa Lucas qui ramassa son couteau furieusement.

– Il a dit qu'il n'avait pas le choix. De quoi ? De nous piéger l'un comme l'autre ? D'envoyer des monstres à nos trousses ? Il peut se les coller où je pense ses excuses !

Lucas dévisagea Axel, étonné par son éclat de colère. Il était pourtant celui des deux qui perdait le plus rapidement son calme. Peut-être qu'il avait déteint sur lui ? Lucas grogna d'agacement. Rater une occasion pareille de trouver des réponses à une affaire qui commençait sérieusement à devenir plus complexe était rageant. Cependant, ils avaient au moins confirmé leurs soupçons.

– Je me demande encore pourquoi je n'ai pas vu venir qu'il n'était pas humain ! se lamenta Axel. Qu'est-ce qu'il est ?

– Un sale clébard. Pour l'instant. Quand je lui aurai mis la main dessus, j'en ferai de la pâtée.

– C'est un loup-garou ? Mais ce n'est pas la pleine lune !

– Tu parles, il aurait aimé en être un, je parie. Et puis la lune est pleine tout le temps, Axel. Il n'y a que dans les films que ce truc fonctionne.

Ils échangèrent un regard mi-amusé, mi-inquiet.

– Qu'est-ce qu'on fait maintenant ?

– On retourne à mon appartement, annonça Lucas.

Il fit jouer son couteau dans sa main et lui montra la partie de la lame tachée de sang. Axel frémit, non pas à cause de l'arme, mais du rictus malveillant de Lucas.

– Avec son sang, le localiser ne sera pas un problème. Mais il nous faut de quoi l'immobiliser. Il est trop rapide, même pour moi. J'ai un sort d'emprisonnement quelque part dans mes tiroirs.

Il lui accorda un clin d'œil et Axel se détendit quelque peu.

– Ça va être quelque chose d'expliquer à mes potes pourquoi je suis parti en courant en plein milieu de la conversation, maugréa le jeune homme.

De son côté, Lucas repensait aux paroles de Pif. « Il n'avait pas le choix », cela sous-entendait que quelqu'un de plus puissant avait la mainmise sur lui. Mais ce qu'il n'avait pas dit comptait tout autant. Il n'avait pas démenti qu'il était bien la cible de cette histoire et qu'Axel était un simple dégât collatéral. Cette pensée lui laissa un goût amer dans la bouche.

Il était responsable de la situation. Axel avait été manipulé et maudit par sa faute. Lucas lui fit signe de le suivre et ils descendirent dans la première station de métro qu'ils trouvèrent.

– Quelque chose cloche dans tout ça, affirma Axel alors qu'ils s'asseyaient dans la rame. Pif a obtenu ce qu'il voulait, non ? Si l'idée, c'était de t'attirer dans les catacombes pour venir me chercher, c'est exactement ce que tu as fait la première fois.

– Peut-être que tout ne s'est pas passé comme prévu ? proposa Lucas après un instant de réflexion. Je n'ai pas relevé sur le moment, mais il m'a demandé si tu étais encore vivant quand je t'ai ramené. Comme s'il ne s'y attendait pas.

Axel bougea ses épaules pour évacuer une tension soudaine, un frémissement désagréable le long de sa colonne vertébrale.

– Rassurant, marmonna-t-il.

– Je pense qu'il y a autre chose. N'oublions pas que Pif sait où j'habite. Pourquoi avoir recours à un stratagème pareil ? Il suffisait de débarquer en force ou de trouver une autre excuse pour m'emmener là où il le voulait.

Axel n'avait rien à répondre à ça. À peine commençaient-ils à obtenir quelques éclaircissements que de nouvelles questions pleuvaient sur eux.

– Une fois qu'on aura mis la main sur lui, il a intérêt à s'expliquer, gronda Lucas.

– Je dois avouer que j'ai du mal à comprendre comment Pif et toi pouvez être amis.

Le regard offensé de Lucas ramena un sourire sur le visage d'Axel.

– On n'est pas amis ! C'est tout au plus une connaissance. Un type avec qui je travaille. Parfois.

Plus il tentait d'asseoir son discours, plus il sonnait creux.

Axel observa l'inconfort dans la posture de Lucas. Il fronçait les sourcils et cherchait à poser son regard quelque part. Autre part.

– On n'est pas amis, assura-t-il une seconde fois.

– Moi qui pensais que tu étais d'un naturel hyper avenant et ouvert ! Quelle surprise !

Axel lui souriait de toutes ses dents, fier de sa réplique. Lucas cacha son amusement derrière sa main. Il appréciait qu'il ne cherche pas à lui faire la morale ou à l'exhorter à plus de sociabilité. Il l'acceptait comme il était, mauvaise foi incluse.

La réaction de Lucas face à la trahison de Pif était trop vive pour que leur relation se cantonne qu'aux affaires. Mais Axel décida de ne pas plus insister et colla son épaule contre la sienne. Juste pour lui faire comprendre qu'il était là pour lui.

Quelques minutes plus tard, il étaient de retour au domicile de Lucas.

– Quoi qu'il en soit, Pif est quand même un homme mort, déclara le blond en ouvrant la porte.

Il se tut, soufflé. Le salon qui l'attendait n'avait plus rien à voir avec le chaos plein de débris qu'il avait laissé. Les fenêtres avaient été changées et des rideaux d'un rouge sombre embellissaient l'espace. Un canapé en cuir faisait face à une télévision flambant neuve, d'une taille incroyable, montée au mur. De nouvelles bibliothèques noires, certes un peu vides, accueillaient les quelques livres qui n'avaient pas fini déchiquetés et une table basse en verre, où trônait fièrement un bouquet de roses jaunes, agrémentait le tout. L'atmosphère était au calme et à la sérénité. La pièce embaumait même d'une délicieuse odeur d'oignon caramélisé qui ne lui était pas familière.

– Waouh, s'écria Axel.

– Lucas ?

Chani était dans la cuisine, une poêle à la main. Effaré par les changements survenus dans son propre appartement, Lucas darda un regard brûlant sur son ex dont le visage s'illumina de bonheur. Il ouvrit la bouche et la referma, avant de soupirer d'agacement devant le toupet de Chani.

– Je n'ai pas le temps pour ces conneries.

Lucas ne lui accorda pas plus d'attention et s'engagea dans le couloir et sa chambre. Chani laissa en plan ses ustensiles et courut derrière lui.

– Lucas, attends !

Il tenta de pénétrer dans la pièce, mais les protections s'illuminèrent intensément et il fut contraint de rester devant la porte.

– Lucas, je suis désolé, appela-t-il. Vraiment désolé. C'est la première chose que j'aurais dû te dire. Pardonne-moi de m'être éloigné si longtemps.

Le dos tourné, la tête plongée dans son armoire à la recherche de son carnet de sorts, Lucas se figea une seconde avant de continuer à l'ignorer.

Il s'excusait d'être parti trop longtemps. Pas d'être parti tout court.

– Mon amour, écoute-moi. Je suis là pour toi. Tu sais que j'ai besoin de toi, comme tu as besoin de moi.

Axel renifla bruyamment.

– Voilà qui ne manque pas d'air, dit-il, beaucoup plus fort qu'il ne l'avait envisagé.

Il remarqua les épaules de Chani se tendre et un sourire narquois, inhabituel sur le visage d'Axel, fleurit sur ses lèvres. Ce type l'énervait profondément.

Lucas enfourna le petit carnet enfin déniché dans la poche arrière de son jean et fit face à son ex. Il maintint une expression neutre en le regardant, faisant son possible pour étouffer sa colère et son sentiment d'abandon. Ce n'était pas le moment. Il avait des affaires plus urgentes à régler et il était impératif qu'il garde son sang-froid. Lucas le bouscula pour revenir dans le salon, mais Chani lui attrapa le poignet. Il n'y mit pas de force, cela ressemblait presque à une caresse, qui le fit simplement frémir.

– Lâche-moi.

Les mots de Lucas avaient tremblé d'émotion. Son odeur douce et sucrée, familière, la température anormalement chaude de son corps près du sien. Le timbre de velours de sa voix. Chani avait tant d'impact sur lui qu'il ne s'était pas dégagé de sa prise.

– Je t'en prie, on peut régler ça tous les deux. Je peux t'expliquer…

– Il vous a dit de le lâcher, c'est assez clair ! s'agaça Axel.

Les iris dorés se tournèrent vers lui avec agressivité.

– Qui es-tu, toi ? Pourquoi tu le suis partout ?

– Axel, laisse tomber, intervint Lucas.

Il posa sa main libre sur le torse de Chani qui s'était penché en avant.

– Lâche-moi maintenant, je dois me concentrer sur une affaire urgente. Puisque tu tiens tellement à me montrer que tu n'iras nulle part, ça peut attendre, non ?

Chani continua de dévisager Axel avec animosité et, par défi, celui-ci se rapprocha de Lucas. Il avait parfaitement conscience qu'il ne faisait pas le poids. Son ex avait tout d'un prédateur, sûr de sa force et de sa puissance. S'il ouvrait la bouche, Axel n'aurait pas été surpris d'y voir apparaître des crocs. Mais il refusait de flancher, malgré les sueurs froides qui roulaient dans son dos.

– Ça suffit ! C'est quoi votre problème à tous les deux ? gronda Lucas.

Chani fixa à nouveau son attention sur lui et la tension baissa quelque peu. Lucas dégagea doucement son poignet et recula d'un pas.

– Je suis occupé, reprit-il. Et je ne t'ai pas donné l'autorisation de faire des travaux chez moi, que je sache.

– Je n'allais pas laisser le salon dans cet état. Je savais que tu reviendrais à moi. C'est à cause de cette affaire dont tu parles que la moitié de l'appartement a été détruite ? Qu'est-ce qui se passe ? Tu n'es pas en danger au moins ?

Lucas entendit l'autorité sous-jacente dans sa voix et les efforts qu'il faisait pour maintenir sa colère sous contrôle s'effritèrent.

– La ferme ! Je ne t'ai ni demandé ton avis ni ton aide. Ça ne te concerne pas. Tu n'as qu'à rester dans ton nouveau canapé à la con et m'attendre bien sagement jusqu'à la fin des temps si ça te chante !

Axel serra les poings à s'en faire blanchir les jointures en voyant le sourire amusé de Chani. Il était visiblement habitué à ces répliques aussi assassines qu'agressives.

Les tempes de Lucas commençaient déjà à lui signaler que sa pression artérielle avait fortement grimpé et il reprit son chemin vers la porte d'entrée. Il fit signe à Axel de le suivre. Celui-ci passa assez près de Chani pour effleurer son épaule, un rictus satisfait sur les lèvres. Voir l'ex de Lucas laissé sur le carreau sans explication était enivrant.

Mais il sentit aussitôt une poigne de fer se refermer sur son bras et le forcer à se retourner alors que Chani le saisissait. La douleur fut si puissante qu'Axel cria. L'expression du visage de son agresseur reflétait aussi bien la férocité que l'étonnement. De son autre main, il arracha presque son t-shirt pour dévoiler la rune sur sa peau.

– Chani ! hurla Lucas qui avait immédiatement sauté au secours d'Axel.

Mais avant même qu'il ne puisse intervenir, Chani avait rejeté l'étudiant vers l'arrière avec assez de force pour l'envoyer au sol.

– Tu as utilisé ton sang pour créer une amulette ? Tu es dingue ?

Lucas voulut se précipiter vers Axel, mais Chani le saisit fermement par les deux bras.

– Lâche-moi…

– Lucas ! Explique-moi ce qui se passe, maintenant !

Il irradiait d'une énergie flamboyante, mais ses yeux ne reflétaient qu'une inquiétude extrême.

– Il n'y a rien qui justifie que tu donnes un tel pouvoir à un sort de protection. Tu sais à quel point tu es différent des autres !

– Tu me fais mal, lâche-moi ! Je ne te dois aucune explication.

– Quelque chose m'a maudit dans les catacombes, intervint Axel qui s'était remis debout. C'était le seul moyen de m'aider !

Lucas ferma les yeux et se mordit les lèvres pour ne pas laisser échapper une flopée de jurons. Axel essayait de temporiser, mais ce n'était pas la bonne méthode. C'était la porte ouverte à plus de questions.

– Il n'y a rien qui vit dans les catacombes, rétorqua Chani.

– Apparemment si ! Et c'est assez puissant pour envoyer des Xolots à nos trousses.

Chani se retourna vers Lucas qui préférait rester silencieux. Il détendit quelque peu la prise sur ses bras, mais ne le lâcha pas. Il colla son front au sien.

– Lucas, murmura-t-il. Dis-moi que tu n'es pas en danger ?

La gorge serrée, il s'apprêtait à lui mentir lorsqu'une clochette résonna dans l'appartement. Les trois hommes tournèrent leur attention vers la fenêtre, dans le dos d'Axel.

Un chat noir muni d'un collier à grelots d'argent était assis sur le rebord, à l'intérieur du salon.

– Tu es allé voir l'Antiquaire ?! s'écria Chani, cette fois hors de lui.

CHAPITRE 17

Un temps pour mourir

L'air ondulait autour d'eux comme si Chani irradiait d'une chaleur invisible. Lucas ouvrit la bouche pour tenter de le calmer, mais son ex l'attrapa par les cheveux et le força à exposer sa nuque.

– Stop !

Lucas se mordit la langue dans une exclamation de douleur. Dans son empressement, le geste de Chani avait été violent et pénible. Il passa ses doigts sur les petites entailles qui cicatrisaient à la base de son crâne.

– C'est pas vrai ! le sermonna-t-il.

En entendant le cri de Lucas, Axel se précipita pour les séparer. Mais l'air se fit plus lourd et une soudaine pression lui comprima les poumons. L'étudiant s'était figé, incapable du moindre mouvement. Alors qu'il serrait Lucas contre lui d'une main, Chani attrapa Axel par le col et le jeta au travers de la pièce comme s'il avait été aussi léger qu'un torchon. Le jeune homme s'écrasa contre les placards de la cuisine dans un grognement douloureux.

– Axel !

Sur la fenêtre, le chat cracha et feula dans leur direction. Chani tourna son regard vers lui. Ses yeux ne ressemblaient plus qu'à deux fentes dorées plongées dans une mer d'obscurité. Un grondement bestial jaillit de sa gorge. Sombre et dominant. Le Matagot se hérissa, comme pris en faute, et s'enfuit sur les balcons.

– Arrête ! cria Lucas, maintenant apeuré par la démesure des réactions de Chani.

Quand ce dernier s'en rendit compte, il adoucit sa prise et fit glisser sa main sur sa joue. Insensible aux efforts de Lucas pour se dégager.

– Je t'interdis de t'approcher de l'Antiquaire, décréta-t-il à la manière d'un roi annonçant une loi martiale. Elle est bien trop dangereuse pour toi !

– Mais qu'est-ce que tu racontes ? Laisse-moi, je te dis !

– Non ! Tu ne sais pas de quoi elle est capable. Tu ne sais rien, Lucas ! Tu es peut-être plus puissant que dans toutes tes autres vies, mais ça ne suffira pas.

Il cessa de se débattre, bouche bée.

Comprenant qu'il en avait trop dit, Chani passa son pouce sur les lèvres de Lucas comme pour l'empêcher de poser ses questions à voix haute.

– Comment peux-tu savoir que je suis plus puissant que dans le passé ?

– Ce n'est pas important, éluda-t-il.

La colère de Lucas enfla comme le magma d'un volcan sur le point d'exploser. Son ex lui cachait bien plus de choses que ce qu'il pensait.

– Répète ça encore une fois et je t'arrache le pouce avec les dents ! Réponds-moi !

– Non.

Chani était encore plus têtu que lui, mais il eut la présence d'esprit de ne pas approcher ses doigts de sa bouche. Lucas essaya de le frapper pour se dégager, mais ils étaient trop proches et ses coups n'avaient pas d'effet. Il était aussi inquiet de l'état d'Axel, visiblement sonné.

– Alors, aide-moi, dit-il, préférant changer de tactique. Si j'ai dû faire appel à l'Antiquaire, c'est parce que la chose qui en a après Axel est trop puissante. Utiliser une amulette était mon dernier recours.

– Tu aurais dû le laisser se débrouiller.

– Chani !

– Ce n'est qu'un humain parmi tant d'autres.

– Moi aussi, je suis humain.

– Tu es bien plus que ça.

Il y avait une fierté dans sa voix qui mit Lucas très mal à l'aise.

– Si tu ne veux pas m'aider, je serais bien obligé de trouver mes informations autre part, rétorqua-t-il. Je ne laisserai pas Axel devenir la proie de cette chose. C'est ma faute s'il a été pris pour cible.

Cette fois, une ride inquiète s'afficha sur le front de Chani.

– Qu'est-ce que tu veux dire ?

Lucas gronda de frustration. Il avait recommencé. C'était pourtant lui qui lui devait des explications, pas l'inverse.

– C'est moi que la créature des catacombes cherche à atteindre. Je pense qu'Axel n'est qu'un pion malchanceux dont elle s'est servie pour s'assurer que je sois obligé d'intervenir.

Le teint de Chani vira au blanc.

– Elle t'a trouvé, chuchota-t-il.

– Quoi ?

– Lucas, il faut impérativement que tu abandonnes cette enquête.

– Je t'ai dit que je ne laisserai pas tomber Axel…

– On s'en fiche ! Tu es en danger. Bien plus que tu ne le crois ! Il est hors de question que ça recommence ! Je ne me suis pas éloigné de toi si longtemps pour te perdre maintenant. On doit partir.

La peur qui traversait le regard de Chani était viscérale. Lucas ne l'avait jamais vu aussi agité. Il n'avait connu de lui que son assurance à toute épreuve et cette arrogance de celui qui se sait le plus fort.

– Je n'irai nulle part avec toi, annonça-t-il, très sérieux. Et si tu penses que tu peux m'obliger à te suivre, tu te trompes.

Lucas déploya son aura dans une secousse violente qui repoussa Chani de quelques pas et le contraignit à le lâcher. L'atmosphère s'était mise à vibrer autour de lui. Il pouvait sentir son cœur s'accélérer, ses muscles se remplir d'une énergie nouvelle et ses sens s'aiguiser.

– Je ne suis pas sans défense, renchérit-il.

– Ce ne sera pas suffisant ! Crois-moi !

– Pourquoi je devrais te croire ? Tu t'es barré sans rien dire, tu reviens quand ça te chante et tu me sors que je dois tout quitter et partir avec toi ? Et pour quelle raison ? Aucune.

Chani grogna de frustration.

– Cette créature te traque depuis longtemps, Lucas. De vie en vie, elle te cherche constamment. Tu n'es pas prêt à l'affronter. Laisse tomber cet humain, ta survie est plus importante.

Ébranlé par ses mots, Lucas avait du mal à appréhender l'étendue de ce que cela signifiait. Pourquoi était-il la cible de cette chose capable de le pourchasser dans toutes ses réincarnations ? Et comment Chani pouvait-il le savoir ? Des frissons lui descendaient l'échine et il avait beau réfléchir à toute vitesse, son esprit demeurait vide.

– Je t'expliquerais tout ce que tu veux savoir si tu viens avec moi. Maintenant.

Lucas leva les yeux vers Chani. S'il était conscient qu'il détenait probablement les réponses aux questions qu'il se posait, son attitude le dégoûtait. Il n'y avait pas que sa propre vie en jeu, celle d'Axel comptait aussi.

– Pourquoi tu ne me dis pas ce que tu sais, tout simplement ? attaqua-t-il, sa voix pleine d'un fiel tranchant. Ah ! Mais oui. C'est évident. Si tu fais ça, tu n'auras plus le contrôle sur moi, n'est-ce pas ? Il faut toujours que tu aies la main sur la situation.

Chani tapa du pied, de plus en plus frustré.

– Tu es insupportable quand tu t'y mets ! Écoute-moi ! Ce n'est pas un jeu. Je n'ai pas le temps de t'expliquer, Lucas. Viens avec moi !

– Je ne suis plus le même qu'il y a deux ans. Je suis capable de me défendre. Je n'ai pas besoin de toi.

– Tu veux savoir ? Très bien. Tu l'auras voulu.

Chani franchit la distance qui les séparait en une seconde. Il le saisit par le cou et posa son autre main contre son front avant de fixer son regard doré dans le sien. Il put y lire sa colère teintée de tristesse. Lucas n'eut le temps que d'ouvrir la bouche, mais sa respiration se bloqua. Un froid intense lui engourdit l'esprit et ses yeux se voilèrent d'un filtre gris.

Une vision explosa dans sa tête. Il était allongé sur un sol carrelé et un sang chaud et poisseux engluait sa gorge. Il se noyait. Il étouffait dans une lenteur insupportable. Une douleur fulgurante lui transperçait l'abdomen là où un trou béant continuait de déverser des litres de sang.

Les images cessèrent et le visage de Chani apparut, avant que tout devienne noir à nouveau.

À genoux dans la terre brute, des hurlements incompréhensibles à ses oreilles, la tête lui tournait.

Autour de lui, il n'y avait que des ombres de couleurs et des mouvements sporadiques. Il avait si froid. La flèche qui lui transperçait le cœur et tachait son vêtement l'obligeait à trembler. L'image se troubla à nouveau. Il se trouvait désormais dans un quartier résidentiel. La nuit était claire et douce, mais la lame qui avait glissé contre sa gorge avait fait son office. La douleur avait été rapide, mais intense. Puis, un nouveau décor. Il était allongé sur le dos, des bras flous et inconnus le tenaient fermement. Mais la balle avait perforé un poumon et sa respiration était chaotique. Le bout d'un canon approcha de sa tête sans qu'il puisse apercevoir la personne qui le visait. Un bruit de détonation.

Un éclair lui arracha un cri étranglé. Lucas reprit ses esprits quelques secondes. Il s'était écroulé dans les bras de Chani qui le surplombait en l'observant d'un regard glacial.

– Stop, supplia Lucas.

L'expression de Chani ne s'adoucit pas et il avança une nouvelle fois sa main vers son front. La vision de Lucas vacilla et il rouvrit les yeux sur une forêt de bambous. La lame d'un katana lui transperça le torse tout en lui brisant les côtes dans un horrible craquement. Sa vue se brouilla de larmes. Puis il sentit le sel marin lui irriter les lèvres ; l'odeur de la poudre à canon le faisait tousser. Il pouvait sentir le bois sous ses pieds tanguer. On lui cria quelque chose et il leva la tête pile au moment où il fut poignardé dans le dos.

Les visions de ses morts s'enchaînaient et se mélangeaient dans son esprit avec une atroce vivacité. Il ressentait dans son corps, au plus profond de sa chair, toutes les attaques, toutes les blessures. Mais aussi sa peur, sa douleur, sa surprise et sa peine. Tous ses sens étaient décuplés et pourtant, il ne voyait pas grand-chose des scènes qu'il vivait. Les instants étaient à la fois trop courts et beaucoup trop longs, se succédant dans une terrible horreur.

– Chani, arrête. Je t'en prie, arrête, continua-t-il de supplier lorsqu'il reprit à nouveau conscience.

– Je te l'ai dit, tu n'es pas assez puissant pour la combattre. C'est toi qui as voulu savoir.

Lucas tenta désespérément de repousser son ex penché sur lui, mais il n'avait plus aucune force. Il le regarda approcher sa main avec terreur, mais un autre mouvement capta son attention.

Axel se tenait au-dessus d'eux. Dans un grand bruit métallique, il abattit de toutes ses forces la poêle à frire qu'il avait ramassée dans la cuisine sur la tempe de Chani. Le son sourd résonna un instant tandis que le poignet d'Axel tremblait sous la violence du choc. Pourtant, le coup ne semblait pas avoir eu beaucoup d'effet.

Chani tourna lentement la tête vers lui avec un regard meurtrier et le jeune homme sentit ses jambes flageoler. L'attaque laissa cependant le temps à Lucas de concentrer le peu d'énergie qui lui restait et il plaça trois doigts sur le front de son ex.

– Non ! protesta Chani.

– *Cadal*, prononça Lucas au même moment.

Le sort de sommeil agit immédiatement et Chani s'affaissa sur le sol.

Axel se précipita pour aider Lucas à se remettre debout. Il tremblait comme une feuille, son esprit encore désagréablement lié aux souvenirs effroyables qui avaient afflué en masse. Il n'en avait pas conscience, mais son visage était trempé de larmes.

– Est-ce que ça va ?

– Il faut qu'on parte. Le sort ne tiendra pas longtemps.

Soutenu par Axel, ils quittèrent l'appartement en titubant.

L'étudiant essayait de le cacher, mais il craignait d'avoir des côtes fêlées. Son dos le brûlait et chacune de ses respirations lui causait une douleur intense et aiguë. Mais Lucas avait besoin de lui. Il n'avait pas cessé de trembler une seconde et son teint avait viré au gris.

Une fois dans la rue, il lui demanda d'appeler un taxi.

– On doit aller voir l'Antiquaire.

– Lucas, peut-être qu'on devrait rentrer…

– S'il te plaît, fais-le.

Lucas repoussa le bras qui le soutenait et se traîna jusqu'au mur où il se mit à vomir. Axel pesta, et regretta immédiatement de l'avoir contrarié. Ce n'était pas le moment de tergiverser, il fallait agir. Il réserva le taxi le plus proche à l'aide d'une application.

– Il arrive d'ici quelques minutes. Comment tu te sens ?

Lucas respira longuement, les yeux fermés. Il avait du mal à retrouver la maîtrise de son corps et à calmer la panique qui l'avait secoué. Il jeta un bref coup d'œil à Axel, qui n'en menait pas large non plus.

– Et toi ? éluda-t-il.

– J'ai connu mieux. Tu as des placards un peu trop résistants, s'esclaffa Axel, avant de gémir en tenant ses côtes. J'ai le dos en vrac.

Ils restèrent silencieux le temps que le taxi arrive et Axel aida Lucas à monter avant de prendre place à ses côtés, non sans difficulté.

– Bonjour, je vous emmène où ? demanda le conducteur, pas spécialement intéressé par ses passagers.

– On voudrait aller… heu… merde.

Axel se tourna vers Lucas avec appréhension. Il n'avait aucune idée d'où se trouvait le nouvel emplacement de la boutique de l'Antiquaire. Lucas tapota sur son téléphone avant de montrer son écran au chauffeur qui lui répondit par un pouce levé.

– Comment est-ce que tu connais son adresse ? Elle n'est pas censée se déplacer régulièrement ? questionna Axel, impressionné.

– Référencement Google.

– Quoi ?

Lucas lui tendit son portable et reposa sa tête contre le siège. Sa migraine se calmait doucement.

Effaré, Axel avait du mal à croire ce qu'il voyait. Comme n'importe quel commerce, la boutique de l'Antiquaire apparaissait sur le moteur de recherche, adresse et horaires d'ouverture comprises. Une unique photo montrait la devanture noire et dorée, mais cette fois encore, les écritures sur l'enseigne n'étaient pas lisibles. Aucun avis n'avait été laissé.

– Son magasin s'appelle « Peau de mouton » ?

– Elle a un sens de l'humour déplorable, répondit Lucas en récupérant son téléphone.

Axel grimaça. Le sous-entendu était bien trop clair pour lui.

Il essaya de caler son dos sur la banquette, mais il avait moins mal en se mettant sur le côté. L'habitacle était rempli des sons discrets de la radio et des vibrations de la route, plutôt faibles en centre-ville. Le teint de Lucas avait repris un peu de couleur, mais il semblait toujours sur le point de vomir.

– Qu'est-ce qu'il t'a fait ? demanda-t-il avec douceur.

Lucas garda le silence quelques minutes. Axel observa sa bouche se tordre, s'ouvrir et se refermer tandis qu'il regardait ses mains devant lui, luttant pour trouver les mots.

– Il m'a montré des souvenirs.

– Comme l'Antiquaire ?

– Un peu, oui. C'était étrange. Très clair et vivace, et en même temps brouillé, comme s'ils ne m'appartenaient pas vraiment. Je ne savais même pas qu'il en était capable. Il m'a montré mes morts. Des dizaines et des dizaines de scènes où je me faisais tuer.

Sa respiration s'était accélérée et ses yeux, écarquillés, s'étaient fixés sur ses doigts qu'il ne voyait plus vraiment. Son teint cireux et ses lèvres tremblantes n'invitaient pas Axel à poursuivre ses questions, alors il le laissa s'exprimer sans interférer.

– Je pouvais sentir l'acier déchirer ma peau, l'odeur de mon propre sang, l'air dans mes poumons qui s'éteignait. Le froid qui pénétrait mon corps. Parfois j'étais allongé à même le sol, agonisant. D'autres visions étaient plus rapides. Mais la douleur. La douleur était la même. Si brutale. Si intense. J'étais comme aspiré dans un abysse de ténèbres qui m'engloutissait à mesure que je me débattais. Je me suis senti mourir, encore et encore.

Avec toute la tendresse dont il pouvait faire preuve, Axel attrapa les mains de Lucas. Sa peau était glacée, ses doigts, tremblants. Il tenta d'en dire plus, d'expliquer ce qu'il avait vu et ressenti, mais les mots ne voulaient plus sortir. Ils n'étaient pas assez forts pour exprimer les sensations que lui avaient procurées les visions.

D'abord hésitant, Axel attira Lucas à lui. Il passa ses bras autour de ses épaules pour lui offrir une étreinte rassurante. Lucas tremblait toujours, mais la chaleur d'Axel était agréable. L'étudiant lui caressait le dos et murmurait que tout allait bien. Qu'il était bien vivant, ici et maintenant. Que c'était fini.

Lucas ferma les yeux, sa tête posée sur la clavicule d'Axel, dont le souffle faisait jouer les mèches de cheveux blancs sur ses oreilles. Dans ses bras, il retrouvait doucement son sang-froid.

Il n'avait pas eu l'occasion de distinguer grand-chose dans ses visions, trop accablé par la force des sensations qui l'avait traversées, mais il avait senti une présence l'accompagner tout du long. Si Chani était capable d'affirmer que sa puissance avait augmenté dans cette vie comparativement à une autre, n'était-ce pas la preuve qu'il l'avait connu auparavant ? Avait-il été témoin de ses fins tragiques ? Ou lui avait-il délibérément menti ? Lucas lui avait parlé de ses visions, de ses anciennes vies. Était-ce là un nouveau stratagème pour le garder sous son contrôle ?

Cette pensée le fit frissonner et Axel resserra son étreinte.

– Ce n'est peut-être pas une bonne idée d'aller chez l'Antiquaire maintenant, annonça-t-il.

Lucas prit le temps de considérer l'inquiétude de son fidèle allié.

– J'ai besoin de réponses, dit-il finalement. Je ne suis pas du genre à m'enterrer la tête dans le sable. Je préfère être préparé si je dois affronter ce qui me poursuit. Quoi qu'en dise Chani.

– Je suis désolé.

Surpris, Lucas balbutia.

– De quoi ?

– Je suis complètement inutile. J'ai l'impression d'être un poids mort qu'on traîne partout. Je n'ai rien pu faire pour t'aider.

Lucas se rapprocha davantage, son front touchant sa peau. Ses tremblements avaient cessé et la peur qui s'était instillée en lui avait reflué. Il sourit.

– Je ne sais pas comment tu fais ça, Axel, répondit-il après avoir laissé le silence s'installer. Tu arrives à calmer tous mes doutes et mes angoisses quand tu me prends dans tes bras. Il n'y a qu'avec toi que je ressens ça.

Il se recula et observa avec tendresse le visage étonné et ému du jeune homme.

– Crois-moi, tu n'es pas inutile.

Axel avala difficilement sa salive. Le regard de Lucas sur lui était brûlant et doux à la fois. Intense et profondément franc. Son sourire avait une touche espiègle et sensuelle.

– Et puis, je devrais être celui qui s'excuse, reprit-il. C'est à cause de moi que tu as été entraîné là-dedans.

Axel haussa les épaules.

– J'ai toujours eu une malchance phénoménale.

Lucas pouffa de rire et Axel savoura cette image. Il ne savait pas quoi, mais quelque chose avait changé dans le comportement du blond. Dans sa manière de le regarder et de lui sourire. Plus libre. Plus direct.

Axel se sentait étrangement intimidé.

– Tu as vraiment essayé de l'assommer avec une poêle à frire ? continua Lucas sur un ton plus léger.

– Je suis un grand fan de Disney, même si j'imaginais ça plus efficace.

– Je ne vois pas le rapport ?

Axel éclata de rire, puis couina de douleur en se tenant les côtes.

– Quand ce mystère sera résolu, il faudra penser à refaire ta culture cinématographique, ça ne va pas du tout, dit-il alors que la voiture s'arrêtait devant leur destination.

CHAPITRE 18

La chasse est ouverte

Avant d'entrer dans la boutique de l'Antiquaire, Lucas posa la main sur le bras d'Axel.

– Tu te souviens des règles ?

– Ne pas parler. Et essayer de ne pas attirer l'attention.

Ils échangèrent un hochement de tête et Lucas tourna la poignée.

L'intérieur du magasin n'avait pas changé. Tout était à sa place, atmosphère sinistre comprise. Alors qu'ils avançaient dans l'allée menant au comptoir, une clochette retentit. Axel repéra le chat noir qui s'était invité dans l'appartement de Lucas un peu plus tôt, assis sur la caisse enregistreuse. À nouveau, le grelot sonna. Mais en tournant la tête pour suivre le bruit, il aperçut un nouveau félin trottiner près d'un miroir. Exacte réplique du premier. Puis un troisième, jusqu'à ce qu'une multitude d'yeux les fixent depuis chaque recoin de la pièce.

– Lucas, Lucas. Tu es enfin là, mon Lucas.

Axel frissonna au son de la voix enfantine de l'Antiquaire. Cette fois, la créature émergea de l'arrière-boutique, qui se trouvait derrière le comptoir. Beaucoup trop proche pour son bien-être. Elle n'avait plus rien de sa précédente apparence. Les cheveux gris retenus dans un chignon parfait, une paire de lunettes en demi-lune posée sur un délicat nez fin et le visage ridé par la vieillesse, une toute nouvelle femme se tenait face à eux. Elle portait un pantalon taille haute maintenu par un foulard en guise de ceinture et une chemise à motif désuet. Seuls ses yeux bleu électrique n'avaient pas changé.

L'Antiquaire braqua son regard sur Lucas et son gigantesque, mais sordide sourire fit craqueler son visage. De nombreuses ridules noires avaient fleuri sur sa peau.

– Ah, ah. Les vieux humains ont plus de goût, mais ils sont pénibles à digérer, lança-t-elle dans un petit rire pour excuser son apparence terrifiante. Lucas, mon beau Lucas. J'ai ta réponse.

– Tu as pris ton temps, gronda-t-il pour masquer son inconfort.

L'Antiquaire fit le tour de son comptoir et tournoya dans un pas de danse grotesque. Axel entraperçut une énorme tache de sang dans son dos et s'étrangla avec sa propre salive. Elle s'approcha de Lucas en reniflant bruyamment.

– Hum… Il y a une bonne odeur autour de toi, Lucas. Mon Lucas. Plus que d'habitude. Une odeur de mort. Oui, oui. Une bonne odeur de mort.

Elle l'inspecta de la tête aux pieds et en profita pour faire glisser ses doigts osseux sur ses épaules. Lucas faisait de son mieux pour rester calme, mais son souffle court le trahissait. Il résistait à l'appel de son instinct qui lui dictait de lui planter n'importe quelle arme à travers le corps et de s'enfuir à toutes jambes. Il se fit violence pour ne pas attraper la lame aux motifs égyptiens accrochée à sa ceinture. Il en aurait bientôt besoin pour retrouver la trace de Pif.

– Je suis pressé, finit-il par lancer, de plus en plus nerveux.

Elle rit si fort qu'Axel et lui eurent un mouvement de recul.

– Oui, oui. Pressé par le temps, Lucas. Mais le temps est relatif. C'est une drôle de chose. Le temps, mon beau Lucas.

À bout de patience, il tapa du poing sur le comptoir et un concert de clochettes répondit à sa démonstration d'exaspération. Lucas déploya son aura et l'Antiquaire sautilla sur elle-même dans une joie absolue. Sa langue anormalement longue vint lécher les contours de ses lèvres comme si elle s'apprêtait à déguster un festin de roi. Pourtant, son corps resta à bonne distance.

– Quelle colère ! Oui, la colère a un goût épicé. Tu es en colère, Lucas. Elle aussi.

Dans un réflexe, il ouvrit la bouche pour lui demander de préciser de qui elle parlait, mais il réussit à se maîtriser. Il n'avait payé que pour une seule question. L'Antiquaire lui fit un clin d'œil, pas dupe de ce petit écart.

– Neith, annonça-t-elle en faisant traîner le son sur sa langue. J'ai dû recourir à de nombreux familiers pour la trouver. Félicite-moi, mon Lucas, mon cher Lucas. J'ai réussi !

– J'ai payé pour obtenir cette information. Ça ne vaut pas de remerciements.

Lucas savait qu'elle n'attendait que sa provocation pour en dire plus. Elle fit la moue dans un craquèlement de fissures noires abominables.

– La tisseuse de destin est redoutable, mon Lucas. Lucas. Elle te veut. Elle te cherche. Elle te trouve. Elle a faim. C'est vrai que tu es très appétissant, mon beau Lucas. Elle est vieille, très vieille. Presque comme moi. Fais très attention, elle est puissante. Mes Matagots. Mes pauvres petits Matagots se sont fait dévorer.

L'Antiquaire se tourna vers le chat sur la caisse et le gratta entre les oreilles.

Lucas réfléchissait à toute vitesse. Connaître le nom de la créature qui le pourchassait ne l'aidait en rien. Il n'avait aucune idée de qui il pouvait bien s'agir et cela ne l'aidait pas non plus à déterminer le grief qu'elle semblait avoir contre lui pour le chercher de vie en vie. La mention « tisseuse de destin » pouvait peut-être l'aiguiller, mais il aurait besoin de se plonger dans ses livres pour trouver l'origine de cette appellation. Une chose était sûre, il était temps de quitter la boutique. Rester plus longtemps était dangereux, l'Antiquaire était imprévisible. De toute façon, il n'avait aucune raison de poursuivre cette discussion avec la créature. Maintenant qu'il avait le nom de son commanditaire, faire parler Pif serait plus facile.

– Très bien. Je considère que l'échange est terminé, annonça-t-il.

Lucas tourna le dos à l'Antiquaire et commanda d'un signe de tête à Axel de se diriger prudemment vers la sortie.

– Il ne t'a pas tout montré, mon Lucas.

Le jeune homme s'arrêta. Elle faisait référence à Chani, il en était certain.

– Tu veux savoir ? Tu veux ? Tu veux ? Il a ouvert une petite porte dans ton esprit. Je le sens. C'est délicieux. Délicieux. Lucas. Je peux l'agrandir. Oui. Ouiouiouiouioui. Je peux.

Son pouls s'accéléra. Une excitation et une curiosité dévorantes se déversèrent comme un torrent dans ses veines. La proposition était tentante. Chani ne lui avait pas tout dit, c'était une évidence. Mais pouvait-il vraiment croire l'Antiquaire ? Son hésitation dut se lire sur son visage car Axel lui attrapa la main. Son regard était furieux et il secoua la tête, pas du tout d'accord pour qu'il prenne ce risque.

– Mensonge. Mensonge par omission, mais mensonge quand même, continua la créature, son expression devenue indéchiffrable.

– Je n'ai pas de quoi payer une nouvelle information.

L'Antiquaire sourit à nouveau et ricana.

– Cadeau. C'est un cadeau pour toi, mon Lucas. Uniquement pour toi. Toi. Une compensation. Une compensation pour mon retard.

Lucas lâcha la main d'Axel. Il voulait savoir. Il avait besoin de savoir.

Chani avait-il vraiment partagé sa vie au cours de ses réincarnations ? Avait-il assisté à ses décès, à toutes ses morts ? Avait-il éprouvé la douleur de sa perte et le bonheur de le retrouver à nouveau ? Ou était-il capable de lui imposer une telle douleur juste pour avoir l'ascendant sur lui ?

Axel ne savait pas comment l'arrêter. Ce n'était pas du tout une bonne idée. S'il ne devait écouter son instinct qu'une seule et unique fois, il était certain que c'était celle-là. Ils devaient partir immédiatement. Mais il n'avait pas oublié qu'à la seconde où il ouvrirait la bouche dans la boutique, il serait à la merci de la maîtresse des lieux. Le stress et la peur que l'Antiquaire lui inspirait étaient suffisants pour faire peser une forte pression sur sa cage thoracique blessée et il peinait à se retenir de gémir à cause de la douleur. Si Lucas décidait de l'écouter, il ne pourrait pas l'empêcher.

Avec horreur, il le regarda revenir sur ses pas pour s'approcher de la créature.

Elle ne lui proposa pas de s'asseoir et se colla immédiatement à lui avec le plus grand et effrayant sourire qu'il ait jamais vu. Dans son excitation, son visage s'était étiré vers l'arrière comme un masque trop large, trop flasque. Elle ne cessait de ricaner et de minauder, ravie de le sentir si proche. Lucas luttait pour ne pas vomir une seconde fois. Sa terrifiante et ignoble aura lui piquait la peau comme des aiguilles.

Elle planta ses griffes dans un mouvement sec et il hurla de douleur. Ses yeux vairons se voilèrent et l'Antiquaire soupira d'aise avant de basculer la tête en arrière.

Axel, impuissant, regarda le visage de Lucas se tordre en spasmes déchirants alors qu'il revivait les scènes que lui avait montrées Chani, cette fois intégralement.

Il était pris de contractions incontrôlables et gémissait de souffrance, mais Axel ne pouvait pas l'aider. L'étudiant chercha désespérément un objet, une arme quelconque qu'il pourrait utiliser pour attaquer la créature au cas où les choses tourneraient vraiment mal, même s'il était conscient que les Matagots gravitaient autour de lui. Il doutait qu'il réussisse à quoi que ce soit d'autre qu'à les mettre encore plus en danger, mais la simple pensée de pouvoir agir le rassurait.

L'Antiquaire fit pivoter sa tête si violemment vers Axel qu'il bondit en arrière, ses cheveux dressés sur le crâne. Il en avait même oublié la douleur de sa côte fêlée.

– Escroc ! Escroc ! s'écria la créature, subitement très énervée. Tu n'es pas le bienvenu !

Elle délaissa Lucas qui tomba à genoux, désorienté par l'arrêt soudain de l'échange. Les dizaines de clochettes retentirent autour d'eux. Mais elle ne regardait pas vraiment Axel. Elle fixait quelque chose juste derrière lui.

– Pardonne-moi, entendit le jeune homme à son oreille.

Il n'eut pas le temps de réagir que Pif s'était matérialisé à ses côtés. Aussi rapide que l'éclair, il enfonça sa main griffue dans son épaule, perforant la chair pour essayer d'atteindre l'amulette. Axel hurla à s'en déchirer les cordes vocales, mais dans un réflexe de survie, il réussit à bloquer le poignet de son assaillant. Des décharges douloureuses lui remontaient de la plaie jusque dans le crâne. Il pouvait sentir les doigts s'agiter à l'intérieur de sa peau à la recherche de sa protection.

L'Antiquaire se jeta sur Pif à une vitesse et avec une violence inouïes. Tout ce que vit Axel se résuma à un éclair sombre qui vint percuter l'homme aux cheveux roses et l'envoya valser parmi les meubles anciens. Elle était passée si près de lui qu'il avait trébuché et était tombé en arrière.

Le choc, même s'il avait touché le sol avec son derrière, lui coupa la respiration et la douleur explosa dans son torse. Axel fit pression sur sa blessure à l'épaule pour stopper l'hémorragie et concentra toute son énergie à faire entrer de l'air dans ses poumons. Autour de lui, les Matagots s'étaient élancés par dizaines à la chasse, tout comme leur maîtresse qui avait disparu de son champ de vision. S'il ne voyait de toute façon plus grand-chose au travers de ses larmes de souffrance, il entendait les feulements des chats, les grognements bestiaux de l'Antiquaire et le fracas des fournitures.

Le front trempé de sueur, Lucas avait titubé jusqu'à lui, le teint blême et l'air hagard. Il avait détaché la lame égyptienne de sa ceinture et ne cessait de scruter partout dans la plus grande inquiétude. Il loucha sur le sang qui avait commencé à maculer le t-shirt d'Axel en se mordant la lèvre.

– Axel, regarde-moi, ordonna-t-il au jeune homme qui se forçait à calmer sa respiration. Quoi qu'il arrive, tu fonces vers la porte, c'est compris ? Ne te retourne pas, cours !

Lucas l'aida tant bien que mal à se remettre debout, se soutenant l'un l'autre. Depuis leur position, ils pouvaient entendre la symphonie des grelots mêlée aux jurons proférés par Pif. Un rire enfantin, mais malfaisant, déchira l'air près d'eux et une masse noire à forme vaguement humaine, un nuage de fumée dense, se percha au-dessus d'une grande armoire. Des cliquetis de dents indiquaient qu'une bouche s'impatientait quelque part à l'intérieur, mais son corps n'était pas visible. Deux lueurs bleu électrique s'illuminèrent dans le brouillard sombre et se fixèrent sur Axel.

– Du sang. Du sang humain. Humain. La chasse est ouverte. Du sang au goût de peur ! Il est à moi. À moi !

Lucas s'était placé devant Axel dans un geste protecteur. Alors que l'Antiquaire se propulsait vers eux, il arracha le bracelet de bois qu'il gardait à son poignet.

Une lumière blanche éclata dans toute la boutique à la manière du flash d'un appareil photo particulièrement puissant, qui forma une bulle protectrice autour d'eux. La créature siffla de mécontentement avant de rire, comme à son habitude. Très vite, la lueur du sort s'affaiblit, mais Lucas était prêt. Il trancha dans la masse noire avec son arme à la seconde où la barrière se brisa. L'Antiquaire avait peut-être l'air vaporeuse, mais elle ne l'était pas. Il sentit sa lame égratigner quelque chose de dur. Elle recula et gronda avant de se lancer à nouveau sur eux dans un ricanement. De son autre main, Lucas poussait Axel en arrière vers la sortie.

La créature transforma son bras en une longue pique qui faillit éborgner le jeune homme lorsqu'elle l'envoya vers lui. Dans un mouvement instinctif, Lucas avait paré le coup avec son arme et l'avait fait dévier vers le haut. Les offensives se succédèrent, de plus en plus rapides, de plus en plus difficiles à esquiver et à contrer.

Lucas pouvait le lire dans les yeux bleus, elle prenait du plaisir. Elle se servait de ses bras à la manière de deux interminables fouets, tantôt souples et furtifs, tantôt droits comme des lances. Son rire augmentait en volume à chaque fois qu'il déviait les attaques.

Il était entravé dans ses mouvements par les meubles autour d'eux et par la nécessité de protéger Axel qui était obligé de se coller à son dos pour éviter qu'elle ne l'atteigne. Pif avait disparu et les clochettes des chats ne résonnaient plus dans la boutique. Quelques mètres les séparaient de la porte, mais l'Antiquaire redoubla d'efforts.

Axel trébucha soudain et Lucas buta contre lui, lui faisant perdre l'équilibre. Il reçut le bras de la créature dans l'épaule et la force du coup l'envoya valser sur la gauche. Il s'écrasa sur une table basse en bois qui explosa sous son poids. L'Antiquaire hésita une seconde entre ses deux proies avant de sauter sur Axel.

Il hurla de terreur et se jeta sur le côté, roulant au sol sans même sentir ses côtes fêlées. L'adrénaline se chargeait de masquer toute douleur. Il rampa sous un lourd bureau en bois pour mettre de la distance entre eux.

– Axel. Axel. Petit Axel. Où vas-tu ? N'aie pas peur, ce sera rapide. Oui. Oui. Rapide.

À la mention de son nom, son corps se figea malgré lui. Il était incapable de bouger le moindre muscle, le moindre orteil, mais son esprit était tout à fait alerte. La maigre protection au-dessus de lui fut projetée vers le haut et le secrétaire éclata en morceaux dans une pluie de débris et de poussière. La forme humanoïde se tenait juste devant lui. Ses deux yeux lumineux l'hypnotisaient. Il ne pouvait pas se détourner de son regard. Un sourire aux dents pointues et acérées déchira les ténèbres qui la composaient là où aurait dû se trouver la tête.

Axel hoqueta de terreur. Il allait mourir.

Comme une comète, étincelant d'or, Lucas se propulsa sur l'Antiquaire. L'impact du coup repoussa la créature de quelques pas. La puissance de l'aura l'avait sévèrement brûlée et, pour la première fois, son rire se mua en cris de douleur. Avantagé par l'effet de surprise de son attaque, Lucas la saisit à main nue pour l'empêcher de bouger.

– Cours ! hurla-t-il à Axel.

Celui-ci reprit le contrôle de son corps et se jeta sur la porte avec l'énergie du désespoir. Il franchit le seuil, laissant tout le loisir à Lucas de se concentrer sur son combat.

L'Antiquaire gronda et ses bras se changèrent en lianes ténébreuses qui s'enroulèrent autour du blond. Il comprit trop tard qu'il était coincé. Dans cette position, il ne pouvait pas faire usage de son arme et, même si son aura brûlait celle de la créature, ce n'était pas suffisant pour lui faire lâcher prise.

Elle resserra brusquement son étreinte et Lucas ne réussit pas à retenir un gémissement. La pression était si forte qu'il avait l'impression d'entendre ses os craquer, la respiration coupée.

– Mon beau Lucas. Tu ne devrais pas te mettre en travers de moi et de mon repas, lui susurra l'Antiquaire.

Impuissant, il se sentit soulevé du sol. Ses pieds battaient inutilement dans le vide et la tête de la créature se rapprocha si près de son visage qu'il distingua, sous la brume sombre, une peau parcheminée. Malgré tout, il se débattit comme il put, sans succès.

Lucas pouvait presque entendre Chani lui dire : « Je t'avais prévenu. »

Un hurlement atroce lui glaça le sang et figea la scène. La voix provenait de l'extérieur. La voix d'Axel.

– Tu me seras redevable, mon Lucas, lui annonça l'Antiquaire en faisant glisser sa longue langue rouge sur sa joue.

Malgré son dégoût, il sentit les lianes autour de lui se desserrer quelque peu, avant qu'il ne soit projeté violemment au travers de la vitrine du magasin. Dans une explosion de morceaux de verre, Lucas percuta le capot d'une voiture garée devant.

Il était complètement sonné, chaque centimètre carré de son corps lui donnait l'impression d'être passé sous un rouleau compresseur. Il avait le goût du sang dans la bouche, et une grande difficulté à se redresser. Mais il devait rejoindre Axel. Il poussa sur ses jambes pour se remettre debout, ignorant les brûlures dans ses membres, et s'aida de la voiture cabossée par l'impact pour se tenir.

À quelques mètres devant lui, à même la route, Axel était allongé au sol, Pif posté au-dessus de lui. Un nouveau cri d'extrême douleur retentit et Lucas ne put qu'observer Pif arracher l'amulette de sa coque de chair.

Les hurlements s'arrêtèrent instantanément.

– Axel ? Axel ? appela Lucas d'une voix rauque, anéanti à la simple idée qu'il n'avait peut-être pas survécu à la brutale extraction.

Qu'il n'avait pas pu le sauver.

Pif s'était écarté, sa main griffue refermée sur le sachet. Il leva les yeux vers lui dans un regard triste. À ses pieds, le corps d'Axel bougea et Lucas soupira de soulagement en le voyant s'asseoir puis se remettre debout. Il sentit son cœur battre à nouveau.

Mais son soulagement ne fut que de courte durée. Blessé et épuisé, il n'eut pas la moindre chance d'empêcher un Axel possédé de se jeter sur lui. Hors de contrôle, l'étudiant le plaqua contre le capot de la voiture et ses deux mains le saisirent à la gorge. Lucas essaya de le repousser, mais sa vision se remplit de petits points noirs alors qu'il s'étouffait. Ses mouvements se firent plus lents, plus gauches.

La pression s'accentua et la dernière chose qu'il vit avant de perdre connaissance fut le regard aux yeux noisette, vide de toute humanité.

CHAPITRE 19
Pris dans les filets

La brûlure dans sa gorge le réveilla. Lucas ouvrit très doucement les yeux et eut tout de suite du mal à avaler sa salive. La douleur autour de son cou était encore présente, mais la pression des mains d'Axel avait disparu.

Son cœur s'accéléra en constatant qu'il était incapable de bouger. Il était allongé sur le dos, les bras écartés de chaque côté de sa tête, les poignets et les chevilles ligotés par des fils de soie. Par le léger balancement de son corps, il pouvait sentir qu'il reposait sur une toile suspendue dans le vide.

Lucas s'humidifia les lèvres et essaya de se relever, mais il ne pouvait presque pas remuer. L'obscurité n'était pas totale et une lueur brillait quelque part. Il entendait aussi un son continu qu'il n'arrivait pas à identifier, le bruit se répercutant à l'infini sur la roche. Il n'avait plus sa lame et même s'il sentait toujours la présence de son carnet de sorts dans sa poche, s'en emparer était une autre affaire.

La colère et la peur se mélangeaient dans sa tête. Comment allait-il se sortir de là ? Où était Axel ? Pourquoi Pif avait-il arraché l'amulette qui le protégeait ?

Il n'était pas stupide et avait fait le rapprochement entre les toiles d'araignées dans lesquelles il était pris et la créature qui le pourchassait. Il était à la merci de Neith, la tisseuse de destin. Son surnom ne pouvait pas avoir un sens plus clair et Lucas grimaça. Il avait toujours eu horreur des araignées.

Mais pour le moment, elle n'avait pas l'air d'être pressée de se montrer. De frustration, Lucas se débattit encore plus violemment dans les fils, sans autre succès que celui de le fatiguer. Il était maintenu dans un enchevêtrement de toile et de soie qui s'accrochaient à même la pierre. L'endroit ressemblait à une caverne souterraine, faite de tunnels et de cavités, de tournants et de virages dans la roche poreuse. Il était vraisemblablement retenu prisonnier dans une zone méconnue des catacombes.

Il entendit soudain un léger bruit et il étira le cou pour regarder dans les trous de sa prison de toile. Une touffe de cheveux roses apparut et la colère prit le pas sur la peur.

Pif se tenait juste en dessous de lui, visiblement effrayé et peu sûr de lui. Il leva les yeux vers Lucas qui aurait bien répondu à son coup d'œil par un doigt d'honneur s'il l'avait pu. Il n'avait qu'une envie, se défaire de ses liens et écraser son poing contre son visage de sale fouine. Pif vérifia qu'il était seul et tira sur son collier ras du cou. Tout autour, des fils de soie blanche faisaient pression sur sa gorge, certains étaient même rentrés dans sa peau et du sang séché formait des croûtes. Il prononça les mots « Je suis désolé » sans user du moindre son et Lucas essaya de l'insulter. Sa trachée douloureuse l'en empêcha et il ne parvint qu'à émettre un gargouillement éraillé. Il tira encore sur ses liens de toutes ses forces et déclencha son aura, mais elle n'eut aucun effet sur la soie. Se sentir aussi impuissant le rendait fou.

Il se racla la gorge péniblement, mais le frisson qui lui remonta la colonne vertébrale l'obligea à rester silencieux. Son pouls s'accéléra, les poils de ses bras se soulevèrent et une sensation intense de froid lui tomba dans l'estomac. Avant même de l'apercevoir, Lucas savait qu'une nouvelle présence avait fait son entrée, bien plus dangereuse que celle de Pif.

Elle se déplaçait sans aucun bruit, mais il en était certain, Neith était apparue. Lucas repéra d'abord une longue et fine patte d'araignée descendre depuis un recoin sombre au-dessus de lui. La créature de cauchemar émergea lentement, lui laissant le temps de trembler et de se rendre compte qu'il en avait oublié de respirer.

À la fois insecte et humanoïde, elle possédait quatre jambes qui se terminaient par des crochets rouges. Deux autres étaient localisées en haut de son buste sans poitrine, là où des bras auraient dû se trouver. À la manière dont elle utilisait ses membres, elle pouvait les plier dans n'importe quel sens. Son abdomen était distendu et gonflé. Une énorme cicatrice en parcourait presque la totalité.

Sa tête pivota dans un angle qu'aucun cou humain n'aurait pu supporter et Lucas eut une vue épouvantable de ce qui lui servait de visage. Six yeux luisants étaient disposés des deux côtés de son crâne arrondi, lui permettant sans doute une vision à trois cent soixante degrés. Elle n'avait pas de nez et sa bouche ressemblait à un trou béant à vif, ses dents pointues s'agitant dans un ballet solitaire. Sa peau lisse et ferme, d'une couleur bleu nuit, était parsemée de taches plus sombres.

Elle était gigantesque.

À bien y regarder, Lucas remarqua que d'autres cicatrices boursouflaient l'épiderme de la créature, certaines suintaient et gangrenaient. Deux de ses yeux étaient voilés de blanc et son crâne comptait quelques croûtes purulentes. L'Antiquaire n'avait pas menti, Neith était visiblement si ancienne qu'elle avait commencé à pourrir.

Lorsque les yeux rouges se braquèrent sur lui, le jeune homme faillit tourner de l'œil. Elle se déplaçait très lentement, mais il ne se faisait aucune illusion. Un prédateur pareil était forcément très rapide.

– Enfant… destiné… articula-t-elle difficilement. Tu… es… mien.

– Désolé vieille peau, mais tu n'es pas franchement mon genre, s'entendit répondre Lucas d'une voix éraillée.

Son cerveau avait visiblement fait le choix de se réfugier derrière une insolence inconsidérée.

Il eut à peine le temps de tourner son visage sur le côté que le crochet de la bête s'enfonça dans la toile et lui égratigna la joue. Ses dents claquèrent dans un cliquetis dérangeant tandis que Lucas avait serré les siennes, terrifié. Elle se déplaça doucement, la tête en bas, pour le surplomber de tout son corps. À sa merci, Lucas tremblait de façon incontrôlable, la sueur mouillant déjà son front.

– Enfin… je vais… te dévorer.

D'un mouvement ample de sa patte droite, son crochet déchira la chemise et la peau de Lucas. Il hurla malgré sa gorge irritée. La plaie était superficielle, mais elle descendait en une longue ligne depuis la base de son cou jusqu'à son nombril. Elle aurait tout aussi bien pu lui passer un vieux couteau rouillé chauffé à blanc sur le corps, il n'aurait pas su faire la différence. La douleur brûlante lui remontait jusque dans les cheveux. Une quantité affolante d'une bave verte et odorante dégoulina de la bouche de la créature alors que son estomac était secoué de spasmes.

Elle s'amusait.

Lucas essayait de se concentrer, mais la terreur écrasait toutes ses pensées. Il avait beau passer en revue tous les sorts qu'il connaissait, la grande majorité nécessitait l'usage d'un symbole, d'un geste ou d'un catalyseur. Sa seule option était donc de gagner du temps en attendant de trouver une solution viable.

– Pourquoi tu veux me dévorer ? osa-t-il demander.

La tête de Neith pivota d'un côté puis de l'autre, comme si elle cherchait à comprendre la question. Il n'eut pas le temps de se préparer mentalement qu'elle planta sa patte dans son épaule gauche. La douleur explosa et il cria à nouveau, des larmes se mêlant à la sueur sur son visage. Neith tourna juste assez son crochet à l'intérieur de la plaie pour prodiguer encore plus de souffrance avant de le retirer lentement et de laisser les gouttes de sang frais tomber dans son gosier. Elle n'avait pas de langue.

– Enfant divin… enfant réincarné. Je n'ai… pas… oublié. Mon corps… n'a… pas oublié.

Elle pointa la grande cicatrice sur son abdomen et fit cliqueter ses dents.

– Je vais… tout… manger. Tes os… ta peau… ton âme.

Elle avança une nouvelle fois sa griffe et traça une autre balafre depuis ses côtes jusqu'à son aine. Plus il saignait, plus elle bavait, visiblement émoustillée à l'idée de savourer son dîner. Lucas luttait pour ne pas laisser la souffrance engourdir son esprit. Ses tremblements secouaient la toile sur laquelle il reposait.

– Je… vais… manger… ton destin… si délicieux. Si… précieux. Je… serai… immortelle… invincible… réincarnée. J'aurai… gagné.

Neith se recula et ses six yeux se fermèrent alors qu'un son guttural sortait de sa bouche. Son abdomen s'agita à nouveau dans ce que Lucas considéra comme un rire.

Il tressaillit lorsque la créature se repositionna au-dessus de lui. Son souffle atroce rajouta des nausées au calvaire de Lucas qui tentait désespérément de calmer son cœur, perdu dans un rythme infernal qui ne l'aidait pas à réfléchir.

– Tu… m'as échappé… longtemps. Trop… intelligent. Trop… prudent. Mais… tu oublies. Moi… non. J'apprends.

Elle avança sa tête si près que Lucas eut une vue imprenable sur le trou béant de sa gueule et les innombrables crocs qui ne demandaient plus qu'à le dévorer. Transcendé par l'énergie du désespoir, il parvint à projeter son aura dorée autour de lui et Neith se recula à toute vitesse dans un sifflement de douleur. À la manière d'un scorpion, elle utilisa l'une de ses pattes pour attaquer de loin, mais lorsqu'elle atteignait le halo protecteur, sa peau grésillait et bouillonnait dans un crépitement d'acide. Lucas essayait aussi d'esquiver les coups qui tentaient de le transpercer, profitant des assauts précipités de la créature pour affaiblir les attaches de la toile.

Neith se décala pour l'attaquer depuis un angle différent, mais son poids fit pression au mauvais endroit et la toile sous Lucas se déchira. Il tomba de quelques mètres avant de s'écraser douloureusement au sol. Sa concentration perdue, son aura dorée s'était éteinte.

Lucas se jeta sur le côté juste à temps pour éviter les pattes de l'araignée.

– Tu es… à moi, chantait-elle de sa voix hachée.

Neith ne semblait pas inquiète. Tandis que Lucas roulait à terre et sautait en tous sens pour échapper de peu aux attaques, la créature prenait son temps, tranquillement accrochée à ses fils. La panique ne laissait pas à sa proie le loisir de réagir autrement que par la fuite.

Mais Lucas n'était jamais complètement sans défense. Alors qu'il esquivait à nouveau en se jetant vers l'avant, il attrapa son carnet de sorts et se réfugia derrière un petit amoncellement de roche. Il ouvrit le livre à la bonne page sans même chercher et se saisit d'une feuille de papier au symbole peint à l'encre de Chine.

Lucas rangea son calepin dans sa poche et plia le talisman en deux avant de le coincer entre ses lèvres. Il calma son rythme cardiaque et ferma même les yeux, concentrant son énergie. Dans une grande inspiration, il pivota la tête vers le haut et souffla une énorme gerbe de feu qui atteignit la créature qui s'était insidieusement placée juste au-dessus de lui.

Cette fois, le cri de douleur de Neith fit trembler les murs alors qu'elle roulait dans sa toile qui s'était enflammée à son tour. Lucas profita de son attaque réussie pour s'enfuir dans l'un des couloirs qui se trouvait sur sa droite, sans aucune idée du chemin qu'il empruntait. Cependant, il avait aperçu Pif s'y engager au début du combat.

Il n'eut pas à attendre longtemps pour voir se découper dans les ombres la silhouette athlétique de l'étudiant aux cheveux roses. Du sang frais coulait de son collier de cuir et, lorsqu'il repéra Lucas à son tour, il s'élança sur lui dans un mouvement étrange et saccadé. Pif luttait contre quelque chose qui le forçait à attaquer, son visage reflétant une douleur atroce. Il agita gauchement la lame égyptienne appartenant à Lucas et celui-ci n'eut aucun mal à le désarmer d'un vicieux coup dans le coude.

Puis son poing vint cueillir Pif sous le menton, l'obligeant à balancer la tête en arrière et à reculer. Lucas se baissa pour ramasser son arme et, alors que Pif l'attaquait à nouveau maladroitement, il trancha le collier en deux, la pointe de son couteau s'enfonçant quelque peu dans la gorge de son adversaire. Il maîtrisa tout de même la force de son coup pour ne pas l'égorger et Pif gémit d'effroi, avant de tomber à genoux, les mains serrées autour de sa gorge.

– Stop ! Stop ! Je ne suis plus sous contrôle ! brailla-t-il, les bras levés devant lui alors que Lucas s'apprêtait à abattre son arme une nouvelle fois.

Autour d'eux, les murs tremblèrent à nouveau et Neith poussa un second cri. De rage, cette fois.

Les deux hommes n'échangèrent même pas un regard et se mirent à courir dans le premier tunnel à leur portée. L'essentiel était de mettre le plus de distance possible entre eux et l'araignée hors d'elle. Essoufflé et étourdi par le sang qui continuait de couler de son épaule, Lucas trébucha à plusieurs reprises avant de devoir s'arrêter pour respirer. En l'entendant gémir de douleur, Pif, qui avait pris les devants dans leur fuite, s'était retourné.

– Lucas, tu saignes vachement, murmura-t-il, la voix nouée d'anxiété.

Le voyant tanguer sur ses jambes, il amorça un geste pour le soutenir. Pif ne comprit qu'il s'agissait d'un piège qu'en sentant le tranchant de la lame se poser à nouveau contre sa gorge.

– Où est Axel ?

Le ton de Lucas était dur et intransigeant. Il n'offrait aucune négociation.

– Dans un autre endroit, avec ses œufs, répondit Pif.

D'aussi près, Lucas pouvait voir que les fils de soie avaient laissé de profondes marques sur son cou. En plus de celle qu'il avait ajoutée.

– Comprends-moi. Je n'avais pas le choix.

– On a toujours le choix, pauvre con.

– Pas quand elle exerce un contrôle mental, non.

Lucas appuya sur sa lame et Pif couina de douleur.

– Tu te fous de moi ?

– Évidemment, elle n'avait pas un contrôle total à cause de ma nature, admit-il. Mais crois-moi quand je te dis qu'il y a des ordres que je ne pouvais pas refuser. Et puis…

– Si tu imagines que tu vas t'en tirer comme ça, tu es loin du compte. Conduis-moi à Axel, décréta Lucas. Tout de suite. Je me fiche de tes excuses.

Pif ne se fit pas prier et le guida à travers le dédale de couloirs et de galeries. Heureusement, aucun d'eux n'avait besoin de lumière pour éclairer le chemin.

– Je suis vraiment désolé. Je ne pouvais pas faire autrement.

La seule réaction que Pif obtint de Lucas fut un crachat sanglant qui atterrit sur ses chaussures.

– Je ne pouvais pas m'attaquer frontalement à elle, continua-t-il, de plus en plus gêné par le silence têtu du blond. Dès que j'y pensais, ce collier se resserrait.

Il désigna les traces autour de son cou en prenant garde à ne pas toucher aux plaies à vif.

– Je pouvais l'entendre dans ma tête, comme un vieux disque rayé qui me vrillait les tympans. J'ai essayé de résister, je le jure.

Lucas ne répondit pas. Il employait son énergie à se persuader qu'Axel était encore en vie. Il ne pouvait supporter l'idée de ne retrouver de lui qu'un cadavre à moitié dévoré. Son cœur ne pourrait pas endurer le poids de la culpabilité.

Ils arrivèrent dans un espace dégagé où plusieurs tunnels se faisaient face et, tous deux sur leurs gardes, traversèrent en vitesse pour se réfugier dans un autre couloir. Ils n'entendaient plus les cris stridents de Neith et leur angoisse augmenta significativement.

– Mais parler de son plan pour t'attirer dans ses filets, c'était autre chose, reprit Pif en chuchotant. Elle avait peur que Chani intervienne, alors elle a manigancé toute cette histoire.

Lucas tiqua. Il savait qu'il mentait.

– Tu veux dire que, complètement par hasard, elle a vu Axel dans la rue et s'est dit : tiens, il lui ressemble, pourquoi je ne l'utiliserais pas ?

Pif se mordit les lèvres, coupable.

– Je n'avais pas le choix, marmonna-t-il, sans trouver meilleure excuse.

Il était celui qui avait proposé de profiter d'Axel comme appât, Lucas en était certain.

Ils arrivèrent devant un tunnel bouché par des toiles d'araignées, mais Pif pointa du doigt un autre trou plus élevé, sur le côté de la paroi. Il s'y aventura en premier et tendit la main à Lucas pour l'aider à grimper, mais ce dernier prit un malin plaisir à l'ignorer. Ils rampèrent à quatre pattes sur quelques douloureux mètres de roche inégale, avant de sauter dans une petite pièce circulaire.

Assez haute, avec un plafond couvert de toiles protectrices, la salle était plongée dans une puanteur atroce de décomposition. Au milieu de centaines d'ossements et d'œufs gluants éparpillés dans tous les sens, Axel était allongé à même le sol, inconscient.

Lucas se précipita sur lui en poussant Pif hors de son chemin. Il était froid et rigide, mais il respirait toujours. Le sang avait formé une croûte au niveau de son épaule, là où l'amulette avait été arrachée. Ils faisaient la paire tous les deux, pensa Lucas en souriant tendrement. Le soulagement eut raison de ses jambes et il se laissa tomber à ses côtés.

En tournant la tête pour surveiller ce que faisait Pif, Lucas comprit immédiatement pourquoi il n'avait cessé de répéter qu'il n'avait pas eu le choix. Son ancien collaborateur s'était agenouillé devant le corps inerte d'une femme à la chevelure rose pâle. Tout autant couverte de tatouages que lui, sa robe était maculée de sang, séché depuis longtemps. Il passa la main dans ses mèches soyeuses avec une infinie douceur.

– Eh oui, ma sœur est elle aussi sous son emprise, révéla Pif en soupirant.

– Je croyais qu'elle ne pouvait pas manipuler les créatures comme toi ?

– Ça dépend de la méthode, on n'est pas très résistants aux malédictions. J'ai été le premier surpris quand elle a commencé à perdre les pédales. J'ai cherché un moyen de briser le sort ou de me débarrasser de son contrôle sur moi en négociant des infos sur le Marché, mais je n'ai rien trouvé.

– Elle a maudit ta sœur et a réussi à te contraindre, toi aussi ? demanda Lucas, dubitatif.

– Je me suis fait avoir comme un débutant en suivant Lola dans les catacombes. Entre nous, cette saleté aurait plutôt dû l'utiliser elle que moi. C'est le cerveau de la famille !

Pif sourit tristement.

– Je suis sûr qu'elle aurait trouvé autre chose que d'impliquer des humains innocents dans cette affaire, poursuivit-il en jetant un coup d'œil coupable à Axel.

Le silence s'abattit sur la salle, accablant Pif davantage. Lucas n'avait aucune intention de le soulager de ses remords.

– Il faut qu'on bouge d'ici, commanda-t-il tout en faisant basculer le corps inerte d'Axel sur son épaule valide.

Pif aurait le temps de s'expliquer plus tard. Son instinct lui hurlait de sortir de là le plus vite possible, tout comme cette sensation abominable qui lui clouait l'estomac. La seule chose qui lui importait désormais était de mettre Axel à l'abri.

– Si jamais elle les réveille, ça va être un gros problème. Tu as vu la force d'Axel ? Imagine un peu celle de Lola ! C'est une vraie furie !

– Tu préfères la laisser ici ?

Pif marmonna que non. L'endroit lui foutait les jetons et il s'attendait à chaque instant que l'un des œufs s'éveille et qu'un Facehugger lui saute au visage. Il transféra sa sœur sur son dos le plus délicatement possible, tout en donnant un coup de pied vengeur dans l'un des œufs gluants. Il s'apprêtait à demander à Lucas comment ils allaient bien pouvoir les traîner dans le petit conduit par lequel ils étaient arrivés quand il remarqua qu'il avait placé deux doigts sur sa bouche. Il récita une prière, trop doucement pour que Pif puisse en saisir le contenu, et une lumière blanche les recouvrit.

Pif ouvrit de grands yeux éberlués en voyant un esprit gardien se matérialiser sous forme de héron. Celui-ci était particulièrement difficile à invoquer et ce constat réaffirma l'admiration qu'il vouait à Lucas.

L'esprit flotta quelques secondes au-dessus d'eux avant d'agiter ses ailes éthérées dans une bourrasque si redoutable qu'elle trancha les toiles qui barraient l'accès au tunnel. Sur ordre de Lucas, le héron poussa un hurlement si puissant que Pif dut poser un genou à terre et se boucher les oreilles.

Au plafond, dans l'enchevêtrement de toiles, Neith s'était approchée en silence, mais le cri aigu la désorienta complètement, le son se répercutant contre les murs en faisant trembler ses fils. Elle s'empêtra dans ses propres toiles et se cogna contre les parois à cause des vibrations. La pierre friable commença à s'effondrer et les deux hommes se précipitèrent dans le passage pour échapper à l'avalanche de roches.

Lucas fonça droit devant lui, ignorant la fatigue dans ses jambes et la sueur qui lui piquait les yeux. Pif le suivait de près et ils entendirent Neith s'écraser sur ses œufs. À la sortie du tunnel, Lucas profita du sang frais de sa blessure pour tracer une rune de protection et fermer l'entrée derrière eux. La barrière ne tiendrait pas longtemps, mais il grappillait toutes les secondes d'avance qu'il pouvait gagner.

– Pif, quelle route ?

– Par là !

Ils s'élancèrent dans le dédale de couloirs, mais très vite, des raclements et des grognements les prirent en chasse.

– Merde ! Je les avais oubliés ceux-là, cria Pif.

– C'est toi qui lui as fourni de quoi les invoquer, crétin !

– Je te l'ai dit, ce n'est pas moi le cerveau de la famille, répondit-il d'une voix apeurée où se mêlait aussi une pointe d'amusement.

Ils débouchèrent sur l'espace dégagé qu'ils avaient traversé plus tôt, mais Lucas savait que le Xolot se rapprochait dangereusement. Il fit basculer Axel au sol et intima à Pif de veiller sur lui.

– S'il lui arrive quoi que ce soit d'autre, je t'écorche vif, le menaça-t-il avant de se tourner vers les différents couloirs qui leur faisaient face.

Lucas s'arqua sur ses jambes en position de combat, son arme fermement calée dans sa main droite. La peur et la colère lui servaient d'ancrage pour oublier ses blessures et la fatigue qui commençait à endormir ses muscles. Le bruit se répercutant en écho, il ne parvenait pas à identifier de quel côté la bête allait sortir, mais il restait concentré. L'araignée pouvait débarquer à n'importe quel moment elle aussi, mais il avait d'autres sortilèges de feu dans sa poche pour la repousser. Efficacité prouvée.

Le chien noir se rua sur lui depuis la droite et d'un large mouvement du bras, Lucas trancha ses pattes avant. Le monstre couina et s'écrasa au sol, mais chercha tout de même à se remettre debout. Sans états d'âme, Lucas abattit son arme sur son crâne qu'il fracassa.

– Attention !

L'avertissement de Pif lui permit de s'écarter à temps pour éviter l'attaque d'un autre Xolot. Dans son dos, Lucas en entendit un troisième et il déclencha son aura. Elle n'intimida pas pour autant les créatures qui se jetèrent sur lui en même temps. Un coup de pied bien placé dans les côtes de la première l'envoya valser plus loin, mais la deuxième bête mordit vicieusement son bras armé. Dans un cri étranglé, Lucas changea sa lame de main et l'enfonça dans l'œil déjà mort, atteignant le cerveau. Le chien s'effondra comme un pantin désarticulé.

Blessé, épuisé et terrifié, Lucas avait du mal à garder une respiration stable et son endurance en pâtissait, tout comme sa concentration. La potion qu'il avait concoctée pour repousser les Xolots était tombée au sol lorsque Neith avait déchiré sa chemise. Il n'avait pas le choix, il devait se battre avec la troisième bête qui revenait à la charge. Elle réussit à écorcher une partie de son jean et Lucas perdit l'équilibre. La seconde offensive visa sa jugulaire, mais il planta *in extremis* son couteau dans la tête de la créature.

Couvert d'égratignures et de sueur, il resta au sol le temps de retrouver son souffle. Par chance, les Xolots ne s'étaient intéressés qu'à lui et avaient complètement ignoré Pif et les deux inconscients.

Il s'apprêtait à rejoindre ses compagnons lorsque trois nouveaux chiens émergèrent du tunnel de droite et deux autres, de celui de gauche. D'instinct, Lucas chercha son bracelet de protection, mais se rappela qu'il l'avait utilisé chez l'Antiquaire. Il ferma les yeux une seconde pour refouler la peur qui s'accrochait à son esprit et resserra sa prise sur son arme, prêt à en découdre.

Les créatures s'élancèrent vers lui, mais stoppèrent en dérapant sur la roche et les cailloux. Elles n'osaient plus bouger, comme pétrifiées. Abasourdi, Lucas se tourna dans la direction de leur regard aux orbites vides et soupira de soulagement.

Chani se tenait à l'entrée d'un tunnel, un cœur séché dans les mains. Il s'avança vers Lucas et les Xolots reculèrent quelque peu. Il écrasa l'organe à la force de ses doigts et le cœur explosa en poussière. Les cinq créatures s'enflammèrent d'une étrange lueur bleue avant de se transformer en feux follets qui illuminèrent l'espace d'une couleur morbide. Quelque part dans leur dos, un nouveau cri retentit et la grotte entière se mit à trembler.

Chani se précipita vers Lucas.

– Tu es blessé.

C'était la première fois qu'il entendait une telle détresse dans sa voix. Son expression, d'ordinaire si calme et nonchalante, s'était muée en un masque d'angoisse.

– Rien de grave, répondit Lucas. Qu'est-ce que tu fais ici ?

Il écarta la main de Chani qui cherchait à panser ses plaies et jeta un coup d'œil en arrière. Pif, Lola et Axel étaient sains et saufs. Pour le moment.

– On doit se tirer rapidement, reprit Lucas en amorçant un mouvement dans leur direction.

Chani attrapa son poignet avec une telle force que le jeune homme lâcha son arme et grogna de douleur.

– Qu'est-ce que tu fais ?

Sans un mot, Chani plia son bras dans son dos et plaqua son autre main sur sa bouche. Lucas rua comme un beau diable, mais ses blessures et la fatigue du combat jouaient contre lui.

Pif se leva, inquiet, mais se figea d'horreur. L'absolue certitude que le moindre pas en avant serait son dernier le dissuada de s'interposer. Les yeux de Chani n'avaient plus rien d'humain. Seules deux fentes dorées le fixaient d'un regard mortel.

– Je ne peux pas abandonner Lola et Axel pour vous suivre, balbutia-t-il malgré tout, la sueur trempant son t-shirt.

– Laisse-le ici, ordonna Chani d'une voix gutturale avec un signe de tête vers Axel.

Lucas se débattit de plus belle, mais il fut traîné dans le couloir contre son gré. Les catacombes étaient tombées dans le silence et les murs ne tremblaient plus, mais il ne se faisait pas d'illusion : Neith n'en avait pas terminé. Savoir Axel à la merci d'une telle horreur le rendait malade.

Il pouvait combattre l'Antiquaire, fabriquer des amulettes et déjouer des maléfices, mais quand seule sa force physique comptait, il était impuissant. Il était à nouveau l'enfant de dix ans, battu et enfermé dans le grenier. Incapable de se libérer. Incapable de lutter. La peur de perdre Axel lui glaçait le sang et la main de Chani sur sa bouche l'empêchait de respirer correctement. La douleur dans son épaule lui avait déclenché une migraine affreuse et la certitude qu'il était responsable du sort d'Axel lui donnait la nausée. Des larmes de désespoir lui piquèrent les yeux, mais Lucas refusa de lâcher prise.

Non. Il ne l'abandonnerait pas. Pas sans avoir tout tenté. Chani lui faisait revivre tous ses traumatismes, mais Lucas se raccrochait à ce qui l'avait toujours sorti des pires situations : sa colère.

Il avait promis à Axel d'essayer de répondre à ses sentiments et il ne supportait pas l'idée de ne pas avoir l'opportunité de les lui avouer. Lucas était prêt à tout risquer pour le sauver avant qu'il soit trop tard. Il était résolu à tout perdre s'il le fallait, y compris sa propre vie.

Lucas se plia soudain en deux, son expression reflétant une intense souffrance. Paniqué, Chani desserra sa prise et Lucas tomba à genoux. Derrière eux, Pif, qui portait Lola sur ses épaules, s'arrêta à bonne distance.

Lorsque Chani approcha son visage de celui de Lucas, celui-ci n'hésita pas une seule seconde et balança sa tête contre le nez de son ex avec toute la force dont il pouvait faire preuve. Pris au dépourvu, Chani fut projeté en arrière. Il tomba au sol en tenant son nez en sang et observa avec effarement Lucas se relever sans problème. Il ne savait pas pourquoi tout le monde semblait le sous-estimer quand il était blessé, mais il avait appris à en profiter.

Le regard de dégoût qu'il lança à Chani le cloua sur place.

– Je ne l'abandonnerai pas, annonça Lucas d'un ton sans appel.

– On n'a pas le temps, protesta Chani qui s'était remis debout. Elle va se déchaîner. Elle sait que je ne suis pas loin. C'est maintenant qu'il faut fuir.

Un rictus mauvais étira les lèvres de Lucas. Il recula d'un pas vers le tunnel qu'ils venaient de quitter avec un air de défi qui eut un effet immédiat sur son ex.

– Non, hurla Chani. Je t'interdis d'y aller ! C'est trop dangereux ! Tu as bien vu qu'elle est trop puissante pour toi ! Je t'avais prévenu mais tu ne m'écoutes pas !

– Et qu'est-ce que tu vas faire pour m'en empêcher ? Me planter un couteau dans le cœur ou me trancher la gorge ? Tu vas me tuer, comme tu l'as fait dans toutes mes anciennes vies ?

Assommé par l'accusation, le teint livide, le visage de Chani reflétait une culpabilité telle qu'il ne pouvait nier.

CHAPITRE 20

L'amour ne se mesure qu'à ce que l'on accepte de lui sacrifier

– Tu pensais que j'allais croire à tes visions sans me poser la moindre question ? Que j'allais accepter sans broncher ce que tu me montrais ?

– Comment… ?

– Cadeau de l'Antiquaire.

Les visions qu'elle lui avait partagées avaient été bien plus claires que celles induites de force par Chani. S'il s'était quelque peu attendu à y voir apparaître son ex, Lucas avait été choqué de découvrir qu'il avait été responsable de chacune de ses morts, qu'il était derrière chaque couteau, chaque épée et chacune de ses blessures mortelles. Il l'avait aimé et tué à travers le temps.

La colère traversa le visage de Chani, mais il se contint.

– Quoi qu'elle t'ait montré, ce n'est qu'une partie de la vérité.

Lucas renifla avec dédain, un rictus déformant sa bouche.

– Tiens donc.

– Je l'ai fait pour te protéger, avoua Chani.

– En m'assassinant ? C'est ça, ta manière de me protéger ?

– Je suis prêt à aller jusque-là si ça empêche Neith de te tuer pour de bon. Elle ne consume pas que les corps de ses victimes. Si elle touche à ton âme, ce sera la fin. Et il est hors de question que je te perde. Je savais que je te retrouverai dans ta vie suivante. J'ai fait un choix.

– Celui de la laisser dévorer Axel ne te pose aucun problème, visiblement.

– Je n'en ai rien à faire de cet humain ! s'écria Chani avec véhémence, sa voix se répercutant dans le tunnel. Il n'y a que ta survie qui compte. Il n'y a toujours eu que toi qui comptes. Aujourd'hui, comme dans le passé. Peu importe le nombre de fois où je dois te perdre, je sais que je te retrouverai. Nous avons traversé toutes tes vies et toutes tes morts ensemble parce que cet amour qui nous lie est plus puissant que tout.

Chani avait amorcé un geste vers Lucas, tendant sa main ouverte vers lui comme une invitation à le comprendre. Mais le jeune homme n'avait pas bougé. Son expression restait de marbre.

– Ce n'est pas notre amour qui nous lie, plutôt le sort que tu as jeté, Chani. Ou tu préfères que je t'appelle par ton véritable nom, Seth ?

Lucas observa l'incrédulité et la peur se peindre sur le visage de son ex.

– Tu… tu te souviens de ta première vie ? balbutia Chani, tremblant.

Lorsque l'Antiquaire avait rejeté Lucas pour s'en prendre à Pif dans son magasin un peu plus tôt, l'arrêt brutal de l'échange lui avait déclenché une ultime vision. Comme toutes les autres, elle avait été fragmentée et confuse, mais elle lui avait révélé la véritable apparence de Chani. Sa peau sombre recouverte d'un pelage soyeux, ses larges mains aux griffes acérées, son visage à la fois humain et animal. Lucas s'était remémoré son amour pour lui, toute l'admiration et la dévotion qu'il lui vouait. Et toute l'horreur qui l'avait saisi lorsqu'il l'avait sacrifié sur l'autel funéraire.

– Je m'en souviens juste assez pour savoir que tu m'as tué dans cette vie-là aussi.

La douleur dans l'expression de Chani était profonde. Il tremblait de la tête aux pieds, les yeux embués de larmes prêtes à se déverser. Mais sa culpabilité n'avait plus aucun effet sur Lucas.

– Je l'ai fait pour te sauver, expliqua-t-il dans un murmure. Tu étais mourant. J'avais beau être un dieu pour les hommes, j'allais te perdre. Je n'avais pas le pouvoir d'arrêter ça.

– Qu'est-ce que tu as fait ?

Chani ferma les yeux et se mordit la lèvre.

– Tu étais différent. Différent des autres humains. Tu n'as jamais eu peur de moi, au contraire, je pouvais voir toute la fascination qu'il y avait dans ton regard quand tu le posais sur moi. Tu passais tes journées dans le temple à servir des offrandes aux dieux, mais tes sourires n'étaient que pour moi. Tu étais si beau, si curieux, si doux. C'était la première fois que mon cœur battait pour un humain. Mais le temps jouait contre nous. Tu étais malade et tu t'affaiblissais lentement.

La respiration de Chani devenait plus rapide, sa colère, plus palpable.

– L'idée de te perdre m'était insupportable, ça me rendait fou. Je pouvais déclencher des tempêtes en un claquement de doigts ou faire déborder les eaux du Nil d'un revers de la main, mais je n'avais pas de prise sur ce qui te rongeait de l'intérieur. Je t'aimais trop pour te laisser partir dans un endroit où je ne pouvais pas te suivre.

– Qu'est-ce que tu as fait ? répéta Lucas d'un ton de reproche.

– J'ai demandé de l'aide à Neith. C'était la seule créature que je connaissais qui utilisait les morts dans ses rituels. Elle avait forcément une solution, mais je ne souhaitais pas d'un pantin sans vie, je te désirais, toi. Avec tout ton esprit, ta sensibilité et ton humour. Elle n'a pas cessé de répéter que c'était contre-nature, que ça ne fonctionnerait pas, mais je ne pouvais pas te laisser partir. Alors j'ai lancé un sort pour lier ton âme à la mienne. J'étais prêt à en payer le prix, même si ça voulait dire être celui qui devrait arracher la dernière étincelle de vie de ton corps. Mais ce sort requérait beaucoup plus d'énergie que prévu. J'ai fait ce que je devais faire.

La bouche sèche, Lucas recula d'un pas. Il le connaissait trop bien pour ne pas avoir déjà compris. Chani avait toujours eu cette bestialité au fond de lui, cette force étrange et sauvage. Mais Seth… Le dieu était entièrement gouverné par ses propres désirs et rien ne se dressait sur son chemin sans en subir les conséquences. Rien ni personne.

– Tu t'es servi d'elle. Tu t'es servi de Neith ! accusa Lucas.

– J'avais besoin de plus de puissance. Avec l'ajout de son pouvoir, le lien entre nous s'est créé et le sort a été scellé. J'aurais dû m'assurer de l'avoir complètement détruite.

– C'est pour ça qu'elle me cherche ? Pour récupérer ce que tu lui as pris ?

Un nœud dans son estomac se détendit. Contrairement à ce qu'il avait cru, Lucas n'était pas responsable de la situation.

– On a encore un peu de temps avant qu'elle ne détruise tout sur son passage pour te retrouver, éluda Chani. Viens avec moi, je t'en prie. Elle a peur de moi, il faut saisir ce moment.

Chani tendit à nouveau sa main, mais Lucas ne bougea pas. Il voulait des réponses.

– Pourquoi tu ne m'aides pas à la combattre dans ce cas ? demanda-t-il.

– Je ne peux pas.

Chani passa les doigts dans ses longs cheveux et révéla par inadvertance ses oreilles rougies par la honte et son front plissé d'inquiétude. Il croisa ensuite les bras sur sa poitrine, comme si son corps essayait de justifier sa réponse par sa posture défensive. Il avait l'air aussi agacé qu'embarrassé, mais Lucas ne comptait pas le laisser s'en sortir si facilement.

– C'est tout ce que tu trouves à dire ? Après avoir abandonné Axel, après m'avoir forcé à revivre des centaines de morts et joué avec mon cœur ? Tu crois que je vais accepter un « je ne peux pas » ?

Les murs se remirent à trembler et Lucas lança un regard derrière lui. Pif et Lola avaient disparu. Il n'avait plus de temps à perdre avec Chani. Plus il restait là, plus Axel serait en danger.

– Si tu ne veux pas m'aider, grand bien te fasse, mais je ne laisserai pas Axel mourir.

– Non ! N'y va pas ! Tu crois que je t'ai tué dans toutes tes vies pour le plaisir ? cria Chani, cette fois hors de lui. Je l'ai fait pour te sauver ! Encore et encore ! Si je suis capable de sentir chacune de tes réincarnations, elle le peut également ! Tu comprends ? Elle est attirée par le pouvoir de ton âme.

– Comment ça ?

– J'ai perdu la grande majorité de mes dons lorsque j'ai lancé le sort originel, moi aussi. Elle a repris sa forme animale et moi, celle d'un humain. Dès que nous sommes proches l'un de l'autre, nous perdons nos facultés. Il m'est impossible de l'anéantir. Le seul moyen que j'aie trouvé de l'empêcher de te tuer pour de bon…

– C’est de me tuer avant elle, termina Lucas.

Chani acquiesça.

– Mais toi, tu es si têtu ! Quelles que soient tes réincarnations, tu penses toujours pouvoir te confronter à elle ! Tu as essayé ! Tu l’as combattue à de nombreuses reprises, mais tu n’es pas assez fort. Tu n’es qu’un homme. Alors j’intervenais avant qu’elle ne réussisse à te coincer définitivement. Je savais que je te retrouverais dans ta vie suivante, que l’on serait à nouveau réunis, même si tu ne te souvenais pas de moi. J’étais prêt à t’attendre. Je le suis toujours.

L’expression de tendresse sur son visage retourna l’estomac de Lucas. Chani n’avait pas conscience de ce qu’il avait fait. Il ne pouvait même pas imaginer l’incompréhension et la brûlure de la trahison que Lucas avait ressentie à chacune de ses morts. Il l’avait fait de si nombreuses fois qu’il était désormais incapable d’envisager l’espace d’une seconde que son geste était impardonnable, quelle qu’en soit la raison. Il était d’un égoïsme sans borne, ignorant complètement la peine qu’il lui avait causée pour satisfaire son propre désir. Pour le posséder.

– Tu l’as dit toi-même, Chani. Je suis bien plus puissant aujourd’hui que dans mes autres vies, reprit Lucas. Je n’ai pas besoin de toi. Je ne renoncerai pas à Axel.

– Si je n’étais pas tombé sur un autel d’invocation avant de te trouver, les Xoloitzcuintles t’auraient déchiqueté. Tu es peut-être différent dans cette vie, mais tu n'es pas assez fort. Elle est intelligente et maligne. Le risque est trop grand, je ne peux pas te laisser y aller juste pour sauver un humain.

Son ton catégorique avait le don de l'agacer sévèrement, mais Lucas resta étrangement calme.

– Qu'est-ce qui te fait croire que tu peux m'arrêter ? Il n'y a pas de marche arrière possible, c'est inévitable.

– Tu n'as pas à l'affronter. Tu n'as pas besoin de prendre ce risque. Ce n'est pas le plus agréable, mais je t'attendrai dans ta prochaine vie, Lucas. On pourra repartir de zéro, comme on l'a fait de si nombreuses fois.

Chani caressa ses cheveux blancs avec une infinie douceur. Il souriait tristement, mais il n'envisageait pas d'autre possibilité que de le tuer à nouveau. Lucas pouvait le lire dans son regard. Cette confiance déplacée en son propre raisonnement l'écœurait.

– Je suis toujours aussi fasciné par toi qu'au premier jour, lorsque je t'ai croisé dans le temple. Tu étais si charismatique dans ta tenue de prêtre sacré. Tu l'es peut-être encore plus dans cette vie. Tu le sens, n'est-ce pas ? Nos deux âmes partagent un lien, un amour qui transcende le temps. Tu as beau t'agacer et prétendre m'en vouloir, je sais que tu ressens la même chose que moi. Rien n'a changé.

Alors que les paroles énigmatiques de l'Antiquaire prenaient soudain un sens beaucoup plus clair, Lucas souffla un grand coup pour se donner du courage.

– Moi, j'ai changé, révéla-t-il.

Chani le dévisagea d'un air confus.

– Qu'est-ce que tu veux dire ?

– Le lien entre toi et moi est brisé. Tout comme le sort.

Un éclat d'inquiétude passa sur son visage, mais Chani secoua la tête en pouffant.

– Bien sûr que non. C'est impossible.

Il chercha un soutien inexistant dans les yeux vairons et les commissures de ses lèvres se mirent à trembler. Son teint avait commencé à se vider lentement de ses couleurs.

– Je peux le sentir au plus profond de mon âme. Ce qui nous liait s'est rompu. Si tu me tues, je ne me réincarnerai pas. Neith a déjà perdu, même si elle n'en a pas encore conscience. Tout comme toi.

– Non, non. C'est impossible. Je ne sais pas ce que tu imagines, mais tu te trompes ! paniqua Chani.

Sa façade calme et posée s'était effondrée. Son assurance avait disparu et il avait les épaules voûtées. Dans ses yeux d'or ne se reflétait plus qu'une détresse croissante.

– Non, c'est invraisemblable, impossible, ne cessait-il de répéter. Mon amour pour toi est toujours intact. Tant que le lien est maintenu entre nous, il ne peut être brisé.

Chani attrapa les bras de Lucas avec assez de force pour qu'il grimace de douleur, mais il était si agité qu'il ne le remarqua même pas. Ses mains tremblèrent alors qu'il l'examinait avec une incrédulité croissante. La folie dans son regard fit tressaillir Lucas.

– Qu'est-ce que tu as fait ? Qu'est-ce que tu as fait ?! criait Chani.

Il le lâcha soudain, le visage blême. Il essuya la sueur froide sur son front puis tira sur ses cheveux. Il refusait d'admettre ce qui était pourtant sous ses yeux.

Lucas soupira, désabusé. Évidemment, cela ne pouvait être que sa faute. Chani ne s'était pas remis en question depuis des siècles, il n'y avait aucune raison pour que cela change.

– C'est toi qui l'as brisé, Chani.

Les mots semblèrent résonner autour d'eux, à la manière d'un écho sinistre.

– Bien sûr que non !

– Tu es parti, reprit Lucas en ignorant sa réponse. C'est toi qui m'as quitté.

– Non ! J'étais obligé de m'éloigner !

Lucas lui sourit amèrement.

– Tu étais « obligé » ?

– Je l'ai fait pour toi ! Je ne sais ni pourquoi ni comment, mais tu avais de plus en plus de visions de tes anciennes vies en restant à mes côtés. Cela t'a rendu plus puissant, et tu as commencé à attirer l'attention de nombreuses créatures. J'ai eu peur que Neith te trouve plus vite. Je suis parti pour brouiller les pistes. Je t'ai protégé !

– Protégé ?! Tu ne m'as jamais contacté. Tu as juste disparu du jour au lendemain. Est-ce que tu as imaginé une seule seconde ce que j'ai pu ressentir ? L'enfer que tu m'as fait vivre ? C'est ça, me protéger ? Parce que m'expliquer tout ça c'était trop difficile ? Non. Tu as fait ce que tu voulais sans penser une seconde à ce que ça pouvait bien avoir comme impact sur moi.

Chani respirait bruyamment, les yeux écarquillés.

– Si tu étais venu me retrouver, ça n'aurait servi à rien. Je sais tout de toi. Je sais à quel point tu peux être têtu. Je voulais simplement t'empêcher de me suivre. Je n'aurais jamais cru…

– Me blesser si profondément qu'un sort vieux de milliers d'années s'est rompu ?

Le soulagement que ressentait Lucas était étrange. Pendant si longtemps, il s'était persuadé que tout était sa faute, que Chani l'avait quitté parce qu'il était devenu insupportable à vivre. Que si on l'avait à nouveau abandonné, c'était parce qu'il ne valait pas mieux. Il avait sombré dans une interminable descente aux Enfers où le doute et la douleur l'avaient écrasé et réduit en miettes. Il avait senti la cassure au fond de son être. Comme si un morceau de son âme lui avait été arraché.

Le lien qui les gardait unis dans ce cycle perpétuel s'était brisé. Le jour où Lucas avait accepté la séparation avec Chani avait marqué la fin de l'enchantement. Son cœur avait retrouvé sa liberté dans le tourment de la perte, bien qu'il n'en ait pas eu conscience jusque-là. Quelle ironie ! Il s'était tellement accroché à ses sentiments qu'il ne s'était pas rendu compte qu'il avait commencé à guérir. Au lieu d'affronter ce qui lui faisait peur, il avait enterré ses émotions et s'était juré de ne plus jamais faire confiance à qui que ce soit. Encore moins ouvrir à nouveau son cœur.

Puis Axel avait ébranlé toutes ses convictions, toutes ses protections, sans jamais le pousser dans ses retranchements.

L'Antiquaire avait raison : retenir ce qui était déjà rompu n'avait pas de sens. Les sentiments qu'il avait eus pour Chani avaient été magnifiquement intenses et incroyablement doux. Leur disparition n'en avait été que plus difficile et déchirante. Mais même si le lien s'était brisé, Lucas avait su se relever. Il avait su se reconstruire et apprendre à s'écouter.

– Je suis désolé, annonça-t-il dans le silence qui s'était abattu entre eux.

Il n'avait pas réussi à en dire plus. La fin de sa phrase était restée bloquée dans sa gorge. « Je ne partage plus tes sentiments » aurait été bien trop brutal, même s'il le pensait.

– NON ! hurla Chani. Tu m'appartiens. Tu es à moi !

Il se jeta en avant, le regard fou. Mais Lucas avait profité de la discussion pour utiliser son propre sang et préparer sa défense. À peine Chani s'était-il lancé sur lui qu'il fut projeté violemment en arrière par la barrière de protection que le jeune homme avait mise en place.

– Tu crois vraiment que ça va me retenir ? Je ne te laisserai pas y retourner.

– Parce que tu penses pouvoir m'arrêter ? Tu l'as dit toi-même : près de Neith, toi aussi tu es sans défense. Mais ce n'est pas mon cas.

Lucas observa Chani se relever et se jeter sur la protection à plusieurs reprises. Il lui avait semblé si puissant et dominateur pendant toutes ces années. Le voir se débattre de la sorte le lui rendait pathétique. Malgré tout, Chani réussit à faire tomber la barrière à force d'acharnement. Affichant un sourire mauvais, il s'avança, confiant, avec la ferme intention de saisir Lucas par le col. Il l'emmènerait coûte que coûte.

Sans une once de peur, Lucas projeta son aura dorée et, lorsque son ex essaya de l'atteindre, le halo le brûla sévèrement. Il recula, profondément choqué par les cloques qui s'étaient formées sur sa peau. C'était la première fois que l'aura de Lucas le blessait. C'était la première fois qu'il le considérait comme un ennemi.

– Ne fais pas ça ! plaida Chani en désespoir de cause. Tu n'es pas assez puissant. Tu vas te faire tuer. Je ne peux pas te laisser mettre ta vie en danger.

Lucas entama une prière en latin lorsque Chani s'élança à nouveau sur lui. Une lumière blanche aveuglante éclata dans les ténèbres des catacombes et il cria en se protégeant les yeux. Lucas profita de la diversion pour asséner un coup de pied fulgurant dans l'abdomen de son adversaire qui n'eut aucun moyen de parer. Chani fut projeté contre les parois en pierre et peina à retrouver sa respiration. Il essaya tant bien que mal de se remettre debout, mais Lucas était déjà sur lui.

– Je n'appartiens à personne. Je ne suis pas ton jouet.

Sans état d'âme, il posa trois doigts sur le front de Chani et prononça le sort de sommeil pour le mettre K.-O.

– Tu n'aurais pas dû me sous-estimer, sale con.

La douleur dans son bras s'était réveillée et Lucas commençait déjà à sentir la fatigue l'accabler, mais il n'avait pas le loisir de s'attarder. Sans plus de considération pour son ex, il fit demi-tour et reprit le tunnel dans lequel on l'avait traîné de force.

Sa volonté était inébranlable. Il était prêt à affronter Neith et à sauver Axel. Il laissait son passé là où il aurait dû se trouver depuis longtemps.

Derrière lui.

– J'imagine qu'un coup de main ne serait pas de trop ?

La voix de Pif l'avait fait sursauter malgré lui. Lucas aperçut une touffe de cheveux rose dépasser d'un renfoncement sur sa droite et l'étudiant se révéla. Il jeta un regard dans le dos de Lucas et siffla d'admiration.

– C'est ta faute si Axel a été impliqué, tu as intérêt à te démener pour le sortir de là, s'entendit répondre Lucas.

Son ton exprimait beaucoup plus de reconnaissance qu'il ne l'avait voulu.

CHAPITRE 21

À jouer au plus rusé, on finit par se faire dévorer

Ils s'enfonçaient dans les tunnels avec précaution, dans un silence nerveux. Marcher dans les souterrains de la capitale n'avait jamais été plus dérangeant.

Contrairement à Chani, Pif avait toujours vécu parmi les humains et les comprenait. La culpabilité dans ses gestes et ses regards était évidente.

– Je suis blessé et déjà fatigué, annonça Lucas. Si tu prenais tes jambes à ton cou et décidais de me laisser en plan, je ne pourrais pas t'en empêcher.

Pif s'arrêta un instant avant de continuer à avancer.

– Je sais. Je mentirais si je disais que je ne suis pas mort de trouille. J'aimerais bien rentrer en un seul morceau. Mais j'avoue que j'ai merdé. Je n'avais pas le choix, mais ça n'excuse pas ce que j'ai fait à Axel.

Lucas le dévisagea. Il avait été dur et exigeant avec lui au début. Mais il appréciait sa manière de se comporter en sa présence, assez familière, mais pas trop proche non plus. Lorsque Chani avait disparu, l'attitude de Pif n'avait pas changé. Il n'avait pas tenté d'en savoir plus ni de lui offrir un réconfort que Lucas n'aurait de toute façon pas pu accepter. Avec le temps, Pif était passé de simple connaissance à ce qui se rapprochait le plus d'un ami.

– Pourquoi est-ce que tu ne t'es pas attaqué directement à moi ? demanda Lucas sans animosité. Pourquoi utiliser tout ce stratagème ?

Pif gratta une croûte de sang séché qui le démangeait autour de son cou.

– Neith est peut-être la chose la plus affreuse que j'aie jamais vue, mais je crois que je suis encore plus effrayé par Chani, révéla-t-il. Avant qu'il ne disparaisse il y a deux ans, il est venu me trouver. Chez moi. Il m'a menacé, me disant que si un jour je te mettais en danger en te fournissant des infos sur les non-humains, il éradiquerait tout mon clan.

Pif se secoua pour faire taire les frissons que le souvenir lui procurait.

– Il n'a peut-être plus toute sa puissance, mais il reste une entité bien à part. Franchement, coincé entre deux dangers mortels, j'ai fait ce que j'ai pu pour survivre tout en respectant ma promesse de ne pas te faire de mal directement.

Lucas acquiesça. Visiblement, Pif avait entendu une grande partie de la conversation qu'il avait eue avec son ex.

– Qu'est-ce que tu as fait de ta sœur ?

– Je l'ai sortie de là, évidemment. Je l'ai laissée à l'entrée d'une bouche de métro désaffectée.

Lucas lui lança un coup d'œil affligé et Pif pouffa de rire.

– Crois-moi, si quelqu'un tombe sur elle et qu'elle se réveille, je m'en ferais plutôt pour celui qui aura eu le malheur de se mettre en travers de son chemin. Tant qu'elle est loin de Neith, c'est tout ce qui m'importe.

Ils tournèrent dans un nouveau couloir avant de se retrouver face aux derniers feux follets laissés par les Xolots. D'un même mouvement, les deux amis se reculèrent pour rester cachés. Mais l'endroit était plongé dans un calme absolu. Il n'y avait plus aucune trace d'Axel.

– C'est quoi ton plan au juste ? chuchota Pif.

Lucas évita son regard. Il avait bien une idée pour rejoindre Axel et tromper Neith, mais cela nécessitait la totale confiance de son camarade.

– Tu as récupéré mon couteau, n'est-ce pas ?

S'ils avaient été en pleine lumière, Lucas était certain que le visage de Pif aurait viré au cramoisi. Penaud, il hocha simplement la tête et le brandit devant lui.

– Je ne comptais pas le voler.

Lucas s'empara de la lame et réprima un gémissement de douleur en la plaquant contre son épaule blessée. Lentement, les symboles égyptiens se gorgèrent de son sang. Lorsqu'il la tendit à Pif, le front couvert de sueur, ce dernier le scruta avec surprise. Son expression passa de l'étonnement à l'horreur en regardant Lucas ôter sa chemise en lambeau.

– Donne-moi ton t-shirt, ordonna-t-il.

Pif avait compris où il voulait en venir, mais l'idée ne l'enchantait guère. Malgré tout, ils échangèrent leurs vêtements, bien que Lucas rechignât à devoir porter un t-shirt de mauvaise qualité à l'effigie d'un groupe de metal qu'il ne connaissait même pas.

– Il va être temps de donner raison à l'Antiquaire de t'appeler « escroc ».

Pif hésita et tapa du pied au sol en se grattant les sourcils avant de finir par capituler. Il fit craquer sa mâchoire dans un bruit désagréable. Les traits de son visage s'affinèrent, se modulèrent et changèrent. Ses cheveux roses se décolorèrent jusqu'à devenir blancs et il les coiffa aussitôt en arrière. Il était incapable de reproduire les yeux vairons de Lucas, mais ils étaient désormais quasiment identiques.

– Je n'aurais jamais cru qu'utiliser un appât se retournerait contre moi, bougonna-t-il en s'emparant de la lame.

Lucas avançait rapidement dans le dédale.

Plus encore qu'à l'ordinaire, la sensation d'écrasement était intense. L'humidité lui irritait la peau et il devait faire attention à maîtriser sa respiration pour ne pas être épuisé en quelques minutes. Lui qui était pourtant habitué à descendre dans les catacombes, la simple pensée qu'Axel était en danger lui comprimait les entrailles et lui faisait commettre des erreurs de débutant. Arrivé dans une impasse, il avait dû rebrousser chemin parce qu'il n'avait pas remarqué le bon couloir, à moitié caché par une longue toile d'araignée filandreuse.

Pif lui avait indiqué l'itinéraire à suivre pour contourner le petit espace où il avait affronté les Xolots et où Chani était intervenu. Retourner sur les lieux était évidemment dangereux, Neith était rusée. Lucas savait qu'elle l'attendait. Si elle pouvait le sentir comme Chani, elle avait dû ressentir sa présence revenir vers elle au lieu de s'éloigner.

Le tunnel qu'il emprunta l'obligea à se baisser considérablement et il fut contraint de ramper dans un boyau aux pierres saillantes avant que le couloir ne s'élargisse. Au bout, une ouverture dans la roche, protégée par une nouvelle toile cette fois bien accrochée, lui permettait d'avoir une vue plongeante sur l'espace dégagé où les feux follets finissaient de se consumer.

Juste en dessous de lui, Pif s'avança au milieu de la pièce. Il était perturbant pour Lucas d'observer son sosie sortir du passage. Il avait l'impression de se regarder jouer dans un film depuis l'autre côté de l'écran.

– Axel ?

Même sa voix était calquée sur la sienne et Lucas frissonna d'inconfort. Il se figea lorsqu'un mouvement attira son attention. Lentement, Axel émergea du tunnel qui leur faisait face.

Lucas s'obligea à contrôler sa respiration et serra ses doigts sur le talisman de feu qu'il avait conservé dans sa main en cas d'urgence. Son cœur lui criait de s'assurer qu'Axel n'était pas blessé et de le rejoindre dans l'instant, mais il s'agissait d'un piège. Sans l'amulette qui les liait, l'étudiant était sous l'emprise de la malédiction de Neith. Lucas relaxa ses épaules et détendit sa nuque contractée. Il vérifia la présence du petit couteau de secours qu'il gardait toujours à sa cheville, mais il se sentait moins confiant sans son arme favorite qu'il avait donnée à Pif. Il lui avait également fourni le parchemin qui permettait de déclencher un sort de confinement et l'avait préparé pour qu'il ne lui reste plus qu'à le déchirer pour l'activer.

Lucas se demanda un instant s'il aurait assez d'énergie pour combattre une créature vieille de plusieurs siècles bien décidée à se venger de lui, mais il repoussa cette pensée. Ce n'était pas le moment de donner raison aux sombres prédictions de Chani.

Axel s'avança lentement et Lucas remarqua avec soulagement qu'à part la tache de sang séchée au niveau de son épaule, il n'avait pas l'air blessé.

– Axel ? répéta son double.

Celui-ci s'élança vers Pif à pleine vitesse, les bras tendus en avant, mais il l'esquiva sans mal. L'étudiant n'avait aucune chance de réussir à mettre la main sur lui. Pif continuait de lui parler avec la voix de Lucas pour essayer de lui faire retrouver la raison, mais ce n'était qu'un subterfuge.

Ils avaient l'intention d'attirer Neith à eux. Dès qu'elle ferait son entrée, Pif se jetterait à corps perdu dans le dédale pour l'éloigner du véritable Lucas, toujours caché dans le tunnel supérieur. La créature n'étant pas stupide, elle ne se prendrait à la ruse que quelques minutes, mais il aurait le champ libre pour trouver le catalyseur qui servait à maintenir la malédiction sur Axel.

La suite de son plan était un peu moins bien rodée, mais il préférait ne pas y penser. Il n'avait d'ailleurs pas partagé ses doutes à Pif concernant leur évasion finale et, parce qu'il n'était pas plus futé qu'Axel, ce dernier ne s'en était pas préoccupé non plus.

Lucas faillit s'étrangler lorsque, juste au-dessus de sa tête, le crochet rouge de l'une des pattes de l'araignée géante apparut. Une vague intense de sueur froide lui tomba sur la nuque et il eut la nette impression qu'on l'avait poussé du haut d'une falaise tandis que sa vue s'était rétrécie en un tunnel. Dans le plus grand silence, une seconde patte entra dans son champ de vision.

Neith n'avait pas été dupée par l'apparence de Pif et se trouvait juste au-dessus de Lucas.

Dans la panique extrême, le jeune homme en avait oublié de respirer. Il aurait dû rebrousser chemin dans le passage le plus vite possible, mais il était tout simplement tétanisé, incapable d'entendre ses propres pensées, recouvertes par le rythme de son cœur. Lucas regarda avec ahurissement l'abdomen de la créature se déplacer devant l'entrée de sa cachette et le reste de son corps continuer à descendre lentement.

Elle ne l'avait pas remarqué.

Lucas résista à l'envie de soupirer de soulagement, au cas où. Il se rapprocha du bord avec la plus grande précaution, il ne s'agissait pas de dégringoler de son perchoir maintenant.

Les sens de Pif étant plus acérés que les siens, il n'eut pas besoin d'apercevoir l'araignée pour se rendre compte que le plan avait fonctionné à merveille. Il s'élança dans une galerie en proférant un juron, suivi de près par Axel. Les mouvements de Neith se firent tout à coup beaucoup plus rapides et elle usa de ses toiles pour s'engager à la suite des deux hommes dans un silence effrayant.

Lucas s'arracha à la transe dans laquelle la peur l'avait maintenu et découpa le fragile voile devant lui avec son couteau. Il s'aida des roches et des restes de toiles pour descendre de son perchoir. Il écoutait attentivement les échos qui résonnaient encore et se faufila à l'opposé. Il était incapable de se repérer dans le dédale inconnu sans la présence de Pif, mais il faisait confiance à son instinct pour l'amener là où il avait besoin de se rendre. Il ne l'avait jamais trompé.

Lucas tourna à plusieurs reprises dans des tunnels parfois très courts et étroits jusqu'à ce qu'il capte une douce lueur et un bruit agaçant. En s'approchant, il reconnut l'enchevêtrement de soie dans lequel il s'était réveillé un peu plus tôt et frissonna. Il le contourna et, sur la droite, un passage continuait vers la petite source de lumière.

Encore plus précautionneux de peur que Neith n'ait déjà compris la supercherie, Lucas se précipita vers l'ouverture. Il dut se contorsionner pour s'aventurer à l'intérieur et repéra immédiatement la tablette en terre cuite posée délicatement entre les dents d'un crâne humain installé dans un renfoncement.

Les orbites vides avaient été fourrées de cheveux, noirs et bouclés d'un côté, roses de l'autre. Un gros clou rouillé traversait le haut de la tête et la lueur bleutée provenait des écritures tracées à même la plaque. Voilà qui expliquait la puissance de la malédiction qui touchait Axel et Lola. Lucas n'avait jamais vu de tablette de défixion jusque-là, mais il s'agissait peut-être du plus ancien outil magique qui existait. Il avança sa main vers l'autel, mais s'arrêta juste à temps. Il sentit un souffle d'air au-dessus de lui. Les battements d'ailes avaient trahi la présence des Alicantos.

– Saletés de piafs ! lâcha-t-il en se pliant en deux.

Comme lors de l'attaque de son appartement, les petits oiseaux fondirent sur lui en piqué, se gênant les uns les autres. Lucas invoqua son esprit gardien et le héron répondit à son appel. Il l'entoura de ses grandes ailes pour le protéger de l'assaut avant de repousser les créatures avec une onde de choc. Les Alicantos s'écrasèrent sur la pierre et Lucas en assomma trois d'un coup de botte. Dans l'espace exigu, il lui était difficile de bouger et maintenir la connexion avec le héron lui demandait beaucoup trop d'énergie. Dans un grognement de colère, Lucas étendit le bras sous la pluie de becs et de serres qui revenaient à la charge. Il tenta d'attraper la tablette mais elle ne se délogea pas du crâne et il fut obligé de soulever l'ensemble à bout de bras. Ses doigts fourmillaient tant la puissance de l'objet était phénoménale.

Son lugubre butin contre lui, Lucas se hâta de faire demi-tour. Il délaissa sa connexion avec l'esprit gardien et tenta de sceller le couloir avec une barrière de protection, mais le sang sur son épaule avait séché. Les oiseaux s'éparpillèrent dans la vaste pièce et les toiles d'araignées se remplirent de victimes inattendues.

Préférant ignorer les quelques créatures qui n'avaient pas été prises dans les filets et leurs attaques superficielles, Lucas s'apprêtait à fracasser le crâne et la tablette lorsqu'un éclat bleuté flasha au coin de sa vision. La patte de la femme-araignée l'atteignit dans les côtes avec assez de force pour lui couper le souffle et l'envoyer s'écraser contre le mur. Le catalyseur lui échappa des mains et roula sur le sol, mais ne se brisa pas.

Désorienté, Lucas cracha le sang qui commençait à l'étouffer. Sa vision était brouillée aussi bien par la douleur que par la violence du choc mais, devant lui, Neith se dressait dans toute son horrible magnificence.

– Cette âme… est à… moi, siffla-t-elle, excitée.

CHAPITRE 22

Et sous la terre, le silence reprit ses droits

Neith attaqua une nouvelle fois et Lucas se jeta sur le côté. Il s'empara de son talisman de feu, mais la créature émit un cri si redoutable que les murs tremblèrent sous l'effet de sa puissance. Le jeune homme fut obligé de lâcher son papier pour essayer de protéger ses tympans. Il évita un autre coup en se baissant et le crochet de l'araignée créa un énorme trou à même la pierre.

Lucas profita du nuage de poussière engendré par l'impact pour récupérer son talisman. Il le porta à ses lèvres et souffla une gerbe de feu vers Neith. Habile et rapide, elle se décala sur la gauche et le sort n'atteignit que quelques toiles qui s'enflammèrent instantanément.

L'araignée se rétracta quelque peu, sans cesser de chercher à toucher Lucas avec ses pattes. Ce dernier ne cessait de plonger sur les côtés et d'esquiver, mais la douleur dans son épaule et la fatigue lui faisaient perdre l'équilibre. Il se réceptionna de travers en sautant pour éviter une nouvelle attaque et tomba lourdement au sol dans un gémissement de souffrance. La créature n'hésita pas une seule seconde et se précipita vers lui, sa gueule béante prête à se rassasier.

– Pas touche, sale…

Pif ne trouva pas d'insulte efficace mais activa son parchemin juste à temps. Les encres noires du papier qu'il déchira à bout de bras jaillirent comme des sangles qui s'enroulèrent autour des pattes de la bête. Désarçonnée, Neith lutta contre les liens qui l'entravaient et tomba en arrière dans un nouveau hurlement.

Depuis l'entrée du tunnel d'où il avait émergé, Pif se précipita sur Lucas pour l'aider à se relever.

– C'est vachement efficace ton truc ! s'écria-t-il, tout excité d'avoir lancé le premier sort de sa vie.

Il avait retrouvé son apparence habituelle, mais il n'en sortait pas indemne. Son visage et ses bras portaient des traces de griffures, il était blessé à la jambe et la tache de sang sur le côté de son ventre prouvait que Neith l'avait rattrapé avant de se rendre compte de la supercherie.

– Où est… ?

Lucas ne termina pas sa question et propulsa Pif hors du chemin. Axel le percuta de plein fouet et l'envoya au tapis. Ils roulèrent dans la poussière, chacun essayant de prendre le dessus sur l'autre. Mais Lucas était blessé et Axel, beaucoup trop fort. La douleur dans son épaule était telle qu'il ne sentait presque plus son bras, mais il utilisa ses dernières forces pour empêcher l'étudiant de l'étrangler.

Le genou d'Axel faisait pression sur sa cage thoracique déjà endommagée par le premier affrontement avec Neith et la fatigue pesait comme une chape de plomb sur son esprit, mais Lucas tenait bon. Pif vint à son secours et poussa Axel sur le côté. Le sang sur la lame qu'il tenait encore dans sa main désorientait leur attaquant, mais à peine Lucas essayait-il de se redresser qu'Axel se jetait sur lui.

– Le catalyseur ! hurla Lucas.

Pif lança des regards paniqués autour d'eux et son expression se transforma en grimace de dégoût en découvrant le crâne. Un nouveau cri strident provenant de Neith leur arracha les tympans, mais la créature peinait à se libérer des liens. En titubant, Pif s'empara de l'objet, mais une dizaine d'Alicantos fondirent sur lui.

– Mais merde à la fin ! vociféra-t-il en essayant de se protéger les yeux des serres qui l'agressaient.

Désorienté par les attaques incessantes et les bruits de lutte entre Axel et Lucas, Pif laissa tomber la lame pleine de sang et gronda comme un animal. Ses cheveux s'allongèrent et ses griffes déchiquetèrent les oiseaux qui lui tournaient autour. Le contact avec l'objet maudit lui créait des décharges dans les doigts et il lança de toutes ses forces le catalyseur vers le mur le plus proche.

Le crâne et la tablette explosèrent contre la roche. Axel arrêta de se débattre en un instant mais il fut pris de violentes convulsions. Il roula sur le dos en ouvrant grand la bouche, comme s'il s'apprêtait à hurler. Une fumée bleue s'en échappa et s'évanouit dans l'air.

Une ultime secousse traversa le corps d'Axel, puis il ne bougea plus.

Lucas vérifia son pouls avant de soupirer de soulagement : il était seulement inconscient. Pif les rejoignit, le visage et les épaules ensanglantées. Il s'effondra au côté d'Axel pour retrouver son souffle.

– C'est qu'il sait se défendre pour un humain !

Les murs des souterrains tremblèrent à nouveau, faisant taire le plaisantin. Neith s'extirpa des dernières entraves du sortilège et se dressa de toute sa hauteur devant eux, ses yeux valides fixés sur Lucas. Elle n'attaqua pas tout de suite, méfiante.

– Quand je te le dis, arrache le bracelet autour du poignet d'Axel, murmura Lucas à l'oreille de Pif.

Il acquiesça et le regarda se relever. L'aura dorée s'activa autour de Lucas et il fit un pas en avant. Il était temps d'affronter la créature en duel. Il se fichait des mises en garde de l'Antiquaire, comme de la certitude de Chani sur sa puissance insuffisante. S'il devait mourir aujourd'hui, il emporterait Neith avec lui.

Elle dut percevoir son hostilité car elle rétracta ses deux pattes avant et se redressa pour le surplomber, à la façon d'une mante religieuse grotesque. Elle attaqua la première, transperçant la jambe droite de Lucas. Il hurla de douleur, mais resta debout. Il laissa l'adrénaline courir sauvagement dans son corps.

– Maintenant ! ordonna-t-il alors que l'araignée s'élançait, toutes dents dehors, certaine d'avoir cloué sa proie sur place.

Pif tira sur le bracelet de bois qui se brisa et le flash protecteur aveugla la créature qui stoppa son offensive. Lucas frappa ses mains l'une contre l'autre et une onde de choc répondit au claquement. Le bruit fut si fort que Pif sursauta.

Un cercle lumineux apparut derrière la tête de Lucas. L'anneau d'or émit une puissance si intense que l'air vibra autour de lui.

Sa peau pâle s'était couverte de symboles égyptiens jusque sur son visage. Un feu ardent dansait dans ses pupilles qui avaient pris la même teinte dorée que sa couronne. Neith sentit le danger et tenta de se reculer, mais il était trop tard. Lucas avait saisi d'une main la patte qui traversait sa jambe pour bloquer sa retraite. La force de sa poigne brisa les os de la créature, mais il l'empêchait de se dégager. Une croix ansée se dessina sur le front de Lucas et Neith hurla avant de se lancer dans un dernier assaut suicidaire.

Des larmes de sang roulèrent sur le visage de Lucas et tout autour de lui, l'atmosphère explosa dans un brasier ardent. Une tornade de feu dévora tout sur son passage. La gueule ouverte de Neith n'eut pas le temps d'atteindre sa cible, la chaleur était si puissante que l'air dans ses poumons s'enflamma aussitôt. Son cri strident fut englouti dans un gargouillis.

Elle se consumait de l'intérieur, son sang s'était mis à bouillir et la vieille créature s'écroula sur elle-même, secouée de spasmes violents qui finirent par avoir raison de la poigne de Lucas. Il tituba lorsque la patte s'arracha de sa jambe, tandis que la créature se recroquevillait en boule. Sa peau, constellée de cloques et de boursouflures, prit feu dans une horrible odeur de chair brûlée.

Pif s'était jeté sur Axel pour le protéger des résidus de flammes qui n'étaient pas bloqués par le sort de protection. Il n'arrivait cependant pas à détacher son regard du halo doré autour de la tête de Lucas et de l'incroyable puissance qu'il produisait. Les vibrations résonnaient jusque dans ses os. Finalement, il avait changé d'avis. Le plus terrifiant de tous n'était ni Chani, ni l'araignée ou même l'Antiquaire.

Le feu se propagea autour d'eux à la manière d'un monstre insatiable, faisant rougir la pierre et incendiant les toiles de tous les côtés. Il ne perdait pas de puissance, au contraire, les flammes semblaient se mouvoir avec une volonté propre : celle de dévorer tout sur leur passage.

– Stop ! Elle est morte ! hurla Pif, conscient qu'une telle démonstration de force n'était pas sans conséquences.

L'auréole d'or derrière la tête de Lucas s'évapora. Il se tourna à demi vers son ami, ses yeux luttant pour retrouver leur couleur naturelle.

Un spasme secoua soudain son corps et l'obligea à vomir une quantité de sang inquiétante. Ses jambes vacillèrent et il tomba vers l'avant. Pif le rattrapa de justesse, puis l'aida à s'allonger. La puissance qu'il avait utilisée était bien trop importante pour lui.

La vision qu'il avait eue de sa première vie avait débloqué la connaissance d'une magie si ancienne, si primaire, qu'elle n'existait plus que sur les hiéroglyphes d'une salle secrète encore jamais retrouvée. Lucas n'aurait su l'expliquer, mais cette énergie si particulière lui avait semblé familière, mais pas entièrement sienne. Plutôt comme une vieille amie retrouvée venue lui prêter main-forte.

Mais elle ne venait pas sans coût. La douleur était une vague tumultueuse qui traversait les moindres parcelles de son corps. Paniqué, Pif essayait de le garder conscient en le secouant dans tous les sens. Il avait beau l'appeler, Lucas n'entendait plus sa voix. Il avait une irrépressible envie de fermer les yeux et de laisser les ténèbres l'engloutir. Peut-être alors, le feu terrible qui le dévorait de l'intérieur s'apaiserait. Son esprit s'engourdissait sous l'effet de la souffrance et il était bien plus facile de s'abandonner que de lutter.

– Lucas, reste avec moi. Garde les yeux ouverts.

La voix d'Axel avait déchiré l'inconscience glaciale qui manquait de le submerger et le visage inquiet de celui pour qui il avait tout risqué se matérialisa dans la brume de sa vision. Malgré l'urgence évidente, l'apprenti médecin évalua l'étendue des dégâts aussi calmement que possible. Il banda la blessure à la jambe en déchirant son t-shirt et, lorsqu'il serra pour faire pression, Lucas hurla malgré lui.

– Il faut partir vite ! intervint Pif. Le feu ne s'éteint pas ! On va finir asphyxiés ou écrasés si tout s'écroule !

Il essaya d'aider Lucas à se remettre debout, mais à peine avait-il posé la main sur son bras qu'Axel s'interposa.

– Ne le touche pas !

Choqué par le geste protecteur et par le regard meurtrier que lui avait lancé Axel, Pif recula d'un pas. Son visage se décomposa, la culpabilité s'abattait sur lui à hauteur de sa trahison. Mais les murs des catacombes tremblèrent de toutes parts et l'urgence l'obligea à ravaler les excuses qu'il savait nécessaires.

– Je sais que tu n'as aucune raison de me faire confiance mais, crois-moi, il faut sortir d'ici au plus vite.

– C'est bon, Axel. Suis-le.

La voix de Lucas sonnait si fatiguée qu'elle en devenait traînante, mais elle n'avait rien perdu de son assurance. Axel plongea son regard dans les yeux vairons, pas vraiment convaincu. Malgré tout, la grotte tremblait de plus en plus et si le brasier continuait sa joyeuse danse surnaturelle en s'accrochant partout, ils n'auraient bientôt plus aucune échappatoire.

Axel gronda de mécontentement, mais l'urgence dans l'expression de Pif et la confiance de Lucas l'obligèrent à capituler. Le tremblement qui secoua à nouveau la grotte finit de le convaincre. Le rictus de dégoût qu'il lança à Pif dissuada ce dernier de proposer une seconde fois son aide et Axel passa un bras précautionneux autour de la hanche de Lucas pour le soutenir.

Le trio s'engagea dans les couloirs et, bien que l'incendie les ait éclairés sur quelques mètres, les ténèbres ne tardèrent pas à se refermer sur eux. Cette fois, Axel avançait à l'aveugle. Il serra les dents pour tenir à distance l'horrible sentiment qu'il venait d'être happé tout entier dans le néant. Il se cognait cependant régulièrement à la roche inégale et ses chaussures glissaient sur le sol caillouteux. Lucas reposait de plus en plus son poids sur lui et la frustration de ne pas pouvoir vérifier son état lui mettait les nerfs en pelote. Malgré tout, Lucas tenait bon et, même si l'entendre gémir de douleur lui faisait mal au cœur, c'était la preuve qu'il était encore en vie.

Devant, Pif lui avait saisi le bras et le guidait avec vitesse et précision, n'oubliant jamais de lui indiquer à l'avance les passages plus étroits ou dangereux.

– Je n'y vois rien, se lamenta Axel après avoir manqué de trébucher.

– Moi, oui. T'inquiète, c'est le bon chemin, tenta de le rassurer Pif.

– Encore heureux, il ne manquerait plus que tu nous trahisses. Encore.

Si Lucas était grossier lorsqu'il était énervé, Axel, lui, devenait mesquin.

– Je suis désolé. Je t'expliquerai dès qu'on sera sortis de là, mais sache quand même que je m'en veux vraiment.

Le ton de Pif était presque suppliant, mais l'étudiant était loin d'en avoir fini avec lui. Il se souvenait clairement de la sensation des griffes qui avaient déchiré sa peau et surtout, de ce que sa conscience altérée avait fait subir à Lucas par sa faute. Un bruit sourd et puissant fit vibrer les murs et il manqua de s'étouffer dans la poussière qui lui tomba dessus.

– Et aller plus vite, y a moyen ?

– À moins de tomber par hasard sur la cabine téléphonique de Doctor Who perdue au milieu des catacombes, non ! Je fais au mieux avec l'état de Lucas. Ce n'est pas comme s'il pouvait ramper pour emprunter des raccourcis !

Axel et Lucas soupirèrent de concert. Il n'y avait bien que Pif pour trouver la situation propice aux références télévisuelles.

– Tant qu'on ne se fait pas rattraper par un Xolot… laissa échapper l'étudiant.

Il n'avait vu de l'araignée que son corps calciné, aussi ne lui avait-elle pas fait une si forte impression. Mais le souvenir des terribles chiens qui l'avaient traqué et attaqué s'était gravé dans sa mémoire à jamais. La simple idée que l'une de ces bestioles se jette sur lui au détour d'un tunnel lui retournait l'estomac.

– Aucun risque. La seule chose qu'il vaudrait mieux pas que l'on croise, c'est Chani.

Axel se figea un instant, abasourdi.

– Chani ? Qu'est-ce qu'il vient faire là-dedans celui-là ?

– Il a essayé d'empêcher Lucas de te sauver, mais il s'est pris une sacrée raclée ! Tu aurais dû voir ça, c'était d'enfer ! Lucas l'a mis K.-O. et l'a abandonné dans les souterrains. Je ne sais pas s'il est encore dans le coin, mais il ne vaudrait mieux pas tomber dessus.

Cette nouvelle information annihila toutes les pensées angoissantes qu'Axel repoussait au fond de sa conscience depuis qu'il marchait dans le noir. Une bouffée de chaleur envahit son visage et il ne prit pas la peine de cacher son énorme sourire.

– C'est clair que j'aurais aimé voir ça, susurra-t-il pour son compagnon qui reposait sa tête sur son épaule.

Axel entendit Lucas pouffer de rire en retour.

Cataphile aguerri, Pif les guidait sans s'inquiéter des petits éboulements qui continuaient par moment à les menacer. S'il ne devait exister qu'une seule et unique règle dans les catacombes, c'était de ne jamais céder à la panique. Prendre une décision dans l'urgence, c'était le meilleur moyen d'y rester pour toujours. Braver le dédale parisien avait toujours une conséquence. Personne n'en sortait sans avoir été marqué d'une quelconque façon, c'était la loi.

Lorsqu'ils émergèrent enfin au-dehors par une bouche de métro désaffectée, ils accueillirent le vent froid de la nuit avec soulagement. Lucas se sentit perdre pied quand Axel l'allongea à même le sol pour vérifier son état. La tête lui tournait, mais le vent sur son front trempé de sueur et l'odeur de l'asphalte lui confirmaient qu'ils étaient à l'extérieur.

Qu'il pouvait lâcher prise.

Ses paupières se fermaient inexorablement. Il entendit Axel et Pif se chamailler au loin avant que le son cesse tout simplement de lui parvenir.

Le silence l'emporta.

Lucas ouvrit lentement les yeux en sentant un mouvement régulier et agréable dans sa chevelure. Sa vision se stabilisa et il tourna la tête sur le côté.

Axel passait doucement ses doigts dans ses cheveux, à moitié affalé sur le lit. Son visage s'illumina de soulagement en constatant qu'il était réveillé. Appréciant tous deux l'instant, ils s'observèrent en silence, simplement heureux de la présence de l'autre.

– Bonjour, commença Axel avec douceur.

– Salut.

Ils échangèrent un sourire. À bien y regarder, Lucas remarqua qu'ils se trouvaient dans sa chambre.

– Comment est-ce que tu te sens ?

Il agita ses orteils, puis ses doigts avant de prendre une grande inspiration qui l'obligea à tousser péniblement. La douleur résonna dans la moindre parcelle de son corps. Lucas grogna, se cala à nouveau dans son oreiller et replongea dans les yeux noisette.

– J'ai connu mieux, plaisanta-t-il en grimaçant.

– Tu ne veux pas aller à l'hôpital ? Je serais plus rassuré.

– Non. Les protections de la pièce accéléreront la guérison. Et je n'ai pas particulièrement envie de devoir expliquer d'où proviennent mes blessures. Ne t'inquiète pas, je cicatriserai. Je l'ai toujours fait.

Axel fit la moue, mais hocha la tête.

– Je t'ai soigné comme j'ai pu. Pif m'a déconseillé d'appeler une ambulance, mais ce n'est pas comme si je lui faisais confiance.

– Eh, c'est pas sympa ! Je me suis excusé. Tu n'imagines pas combien j'ai bataillé pour lui faire comprendre que ce n'était pas une bonne idée de t'envoyer à l'hosto ! Il est têtu comme un pou !

La voix avait résonné depuis le salon. Lucas pouffa de rire et Axel secoua la tête en marmonnant que c'était la marche à suivre quand on est blessé. Visiblement, il doutait encore de sa décision de ramener Lucas chez lui, mais Pif était convaincant quand il y mettait du sien.

– Et toi, comment est-ce que tu vas ?

Axel passa la main sur ses côtes et grimaça. Depuis sa position, Lucas pouvait voir qu'il avait bandé son torse et que l'ancien emplacement de son amulette avait laissé une tache rouge sur le pansement.

– Disons que moi aussi, j'ai connu mieux. Entre les os fêlés et un trou dans l'épaule, dit-il en parlant plus fort à l'attention de Pif. Ce n'est pas la joie, mais je m'en sortirai.

Il avait pourtant le teint pâle et essayait de ne pas bouger son bras gauche plus que de raison. Lucas caressa sa joue et se réjouit de voir naître de nouvelles couleurs rosées sur la peau d'Axel. Il fit glisser ses doigts le long de sa mâchoire et remonta jusqu'à sa tempe.

– Et ici ? demanda Lucas.

Axel lui attrapa la main et avec un sourire timide, déposa un baiser au creux de sa paume.

– C'est un peu le fouillis, admit-il. D'autant que Pif raconte très mal les événements et que je n'ai pas compris grand-chose à part que la créature des catacombes est morte et que je suis libéré.

Il garda sa main dans la sienne et son regard quitta le visage de Lucas pour s'assombrir à la vue des bleus violacés autour de son cou.

– Ce n'est pas ta faute, lui murmura le jeune homme.

La culpabilité d'Axel était évidente. L'étudiant hocha la tête en détournant les yeux. Il trouvait l'excuse trop facile. La persistance des ecchymoses prouvait qu'il avait réellement tenté de lui faire du mal.

– Sérieux Lucas, ta télé est immense ! intervint Pif depuis le salon, sincèrement impressionné. Depuis quand tu as ça ?

Le jeune homme aux cheveux roses s'approcha de la chambre, mais n'essaya même pas d'y entrer. Il passa simplement la tête dans le couloir.

– Par contre, t'as rien à grailler dans ton frigo, c'est abusé !

Lucas leva les yeux au ciel.

– Pif ?

– Ouais ?

– Casse-toi de chez moi.

Pif plaqua ses poings sur ses hanches dans une expression faussement offensée.

– OK, OK. Mais t'es pas très sympa alors que je t'ai aidé à sauver la vie d'Axel.

– Ça ne compte pas quand c'est toi qui l'as mis en danger à l'origine.

– C'est pas faux, admit Pif en se grattant la tête d'un air coupable.

Fatigué, Lucas farfouilla sous son oreiller pour y trouver le petit couteau qu'il gardait en réserve. Il le fit virevolter entre ses doigts agiles.

– Barre-toi.

– C'est bon, je m'en vais, pas de problème. Pour me faire pardonner, je te promets de te mettre en contact avec cinq… non, dix fois plus de clients qu'avant ! En contrepartie, tu m'autoriseras à utiliser ta télé pour regarder les matchs de basket ? Lola a failli m'arracher la tête en découvrant tous les cours qu'elle a manqués à cause de Neith ! Elle veut même plus me laisser rentrer dans l'appartement ! Alors bon, je pensais rester traîner dans le coin…

Pif évita avec facilité la lame qui atterrit dans le salon et s'enfuit vers l'entrée en riant. Axel secouait la tête, amusé par la bravade idiote.

– Tu ne m'as toujours pas révélé ce qu'il est comme créature, dit-il à Lucas.

– Un clébard, répondit celui-ci dans un rictus mauvais.

– Eh ! J'ai entendu ! s'indigna Pif depuis le seuil. Un renard, pas un clébard ! Les Kitsune ne sont pas des chiens, bordel !

La porte claqua derrière lui et, avec un échange de regards, Axel et Lucas éclatèrent de rire.

– Ah, non, ne me fait pas rigoler, ça fait mal, grogna Axel.

Malgré tout, ils eurent beaucoup de peine à calmer leur hilarité, la tension accumulée des derniers jours s'étant enfin dissipée. Dans le silence qui suivit, Axel posa le front sur le lit pour forcer sa respiration à revenir à un rythme plus tendre pour ses côtes. Lucas dégagea sa main de la sienne et joua doucement avec ses boucles brunes, constatant avec amusement qu'il avait encore un peu de poussière dans les cheveux. Axel ferma les yeux pour apprécier la sensation, mais releva la tête au bout de quelques minutes.

– Tu sais, je pourrais prendre ça comme une invitation, lui dit-il avec un clin d'œil.

– C'en est une.

La surprise le cloua sur place une seconde avant qu'il ne décide de saisir sa chance. Un peu intimidé, Axel s'avança lentement, s'assurant par le regard de l'accord de son partenaire. Avec la plus grande douceur, par égard pour leurs blessures, il déposa un simple baiser sur ses lèvres.

Il allait se reculer lorsque Lucas l'attrapa par le col et le ramena à lui. Il l'embrassa avec une fougue et une sensualité qu'Axel n'avait encore jamais connues. Avec une extrême délicatesse, il passa ses doigts derrière sa nuque et le baiser se fit plus profond.

Aucun d'eux n'avait fermé les yeux et, dans leur regard, un feu ardent avait commencé à brûler. Ils ne se séparèrent que lorsqu'ils manquèrent d'oxygène et qu'Axel grimaça en maudissant la fragilité de ses os. Il posa son front contre celui de Lucas pour retrouver un semblant de volonté. Il tremblait d'impatience et si la douleur ne l'avait pas retenu, il n'était pas certain qu'il en serait resté là. Il mourait d'envie de faire courir ses doigts sur son corps, de se fondre dans son regard et de partager une connexion bien plus puissante. L'odeur si particulière de sa peau l'apaisait.

– Je ne suis pas fragile, susurra Lucas.

Il lisait en lui comme dans un livre ouvert. Un sourire de sa part invita Axel à continuer et ils s'embrassèrent à nouveau, plus délicatement cette fois. Lucas se sentait en totale confiance. Plus serein que jamais. La peur ne s'était pas conviée à la danse de ses émotions. La sensibilité des caresses d'Axel était à la fois frustrante et enivrante. Il faisait glisser ses lèvres sur son menton avant de descendre sur son cou. Un frisson intense remonta le long de ses reins et Lucas ferma les yeux.

Axel râla avant de se reculer. Voir les marques violacées l'avait accablé d'une vague de culpabilité. Il posa sa tête contre le torse de Lucas et écouta les battements sourds de son cœur qui résonnaient à l'unisson avec les siens pour se calmer.

Lucas ne s'en offusqua pas. Il glissa simplement les doigts dans ses mèches brunes, dans un geste rassurant.

– Le futur médecin que je suis se doit de te prescrire du repos, finit par déclarer Axel d'une voix boudeuse.

Entendre l'éclat de rire de Lucas lui fit du bien. Il était inutile de se presser.

Ils avaient tout leur temps.

ÉPILOGUE

– Il n'y a absolument rien à manger dans ce frigo !

Axel passa la tête par-dessus l'épaule de Lucas et pouffa de rire. Le réfrigérateur débordait de légumes, de viande et de condiments qu'il avait achetés au marché avant de venir.

– Les barquettes toutes prêtes, ce n'est pas bon pour la santé, répondit-il, goguenard.

– Il est hors de question que je cuisine. Ça va prendre des plombes, soupira Lucas, la porte toujours ouverte devant lui. Pourquoi est-ce que je t'ai autorisé à faire des courses, déjà ?

Axel posa sa tête sur son épaule et entoura sa taille de ses bras.

– Pour que je vienne passer du temps chez toi ?

Lucas referma le réfrigérateur. Il n'avait pas tort. La vie normale n'avait repris son cours que depuis quelques semaines mais, déjà, la présence constante d'Axel à ses côtés lui manquait. Libéré de la malédiction, son compagnon avait retrouvé les cours à la fac et un emploi du temps bien chargé, mais il faisait l'effort de passer le plus de temps libre possible avec lui.

Lucas attira Axel dans un baiser. Il n'était plus dévoré par la même faim.

Mais l'échange fut de courte durée, perturbé par de vigoureux coups sur la porte d'entrée.

Les deux hommes se regardèrent, mais les sourcils froncés de Lucas confirmèrent qu'il n'attendait personne. Les coups ne cessant pas, il repoussa Axel en maugréant.

– Si Pif se pointe maintenant, j'en fais un manteau de fourrure.

Agacé, il ouvrit violemment la porte, prêt à déverser un flot d'insultes sur le malheureux qui osait les déranger. Pourtant, ses yeux s'écarquillèrent de surprise lorsqu'une silhouette familière lui sauta au cou.

Une femme aux longs cheveux bruns ondulés s'était jetée sur lui. Avec ses lunettes de soleil rondes polarisées, son pantalon de tailleur, sa chemise noire et sa cravate rouge, elle sortait de l'ordinaire. Les diamants de ses boucles d'oreilles scintillaient dans la lumière du jour.

Axel la trouva aussi belle que cool.

– Lucas ! Tu m'as manqué, s'écria-t-elle.

– Jae ? Qu'est-ce que tu fais là ?

Bien qu'étonné, Lucas lui avait rendu son étreinte, ce qui n'avait pas manqué d'interloquer Axel.

– Je suis venue pour… Oh. Bonjour ?

La jeune femme avait enfin remarqué la présence de l'étudiant dans l'appartement. Il était évident qu'elle était ravie de ce qu'elle voyait. Intimidé sans vraiment savoir pourquoi, Axel lui renvoya la politesse avec un petit signe de main. Elle le détailla de la tête aux pieds en se léchant les lèvres avant de se tourner vers Lucas.

– Il est super canon ! chuchota-t-elle à son oreille.

Elle ajouta même un clin d'œil complice pour le féliciter d'une telle prise. Il pouffa de rire.

– Pourquoi tu es ici, Jae ? répéta le jeune homme, ignorant son approbation.

– Tu as oublié ? Enfin, ça ne m'étonne pas maintenant que je sais que tu as une distraction aussi affriolante dans ton salon.

– Oublié quoi ?

Cette fois, Jae mit les mains sur les hanches. Elle ressemblait à une femme d'affaires venue réprimander son collègue incompétent.

– Le rassemblement ! C'est à la fin de la semaine.

Le sourire de Lucas s'effaça immédiatement. Il ferma les yeux et plaqua une main contre son front. Cela lui était complètement sorti de la tête. Il fallait dire qu'avec Neith, le retour de Chani et la malédiction d'Axel, il avait été bien occupé.

– Bon sang, ça va encore être la foire, se plaignit-il.

Jae éclata d'un rire puissant qui l'obligea à balancer la tête en arrière.

– C’est quoi, ce rassemblement ? demanda Axel, perdu.

– Un nid à emmerdes, voilà ce que c’est, grogna Lucas.

La jeune femme s’étira avant de se laisser tomber dans le canapé comme si elle était chez elle.

– C’est vrai que quand des *dragons* débarquent à Paris, ça crée toujours des soucis !

REMERCIEMENTS

On dit que le métier d'écrivain, c'est un métier solitaire.

Après tout, nous sommes seuls face à notre page blanche et nos innombrables idées farfelues. Mais ce serait ne pas prendre en compte l'impact énorme de notre entourage. J'ai, pour ma part, la chance infinie d'être entourée de personnes incroyables qui me soutiennent au quotidien sur ma route d'autrice, aussi bien dans les marécages du doute que dans les tourbillons de la créativité.

Alors il était important pour moi de remercier tout particulièrement Ambre, Gaëlle, Virginie et Tess qui m'ont supportée dans toutes les étapes de création de ce roman (que ce soit autour d'un énième chocolat chaud en pleine journée ou pendant des relectures endiablées à trois heures du matin).

Vous êtes une source de soutien inépuisable et je ne vous le dirai jamais assez : vous avez été essentielles à cette aventure incroyable. Je n'aurais jamais pu finir mon roman dans les temps sans vous.

Ce qui m'amène naturellement à un petit mot adressé à l'équipe et à la communauté de la plateforme Fyctia. Merci pour ce concours de romantasy qui m'aura permis de réaliser mon plus grand rêve et de m'offrir la possibilité d'entamer mon voyage dans le monde littéraire.

La bienveillance et le soutien de toute la communauté est une source de motivation sans faille !

Je profite de ces remerciements pour faire un clin d'œil à mon ami, et désormais collègue, Enguerrand Gutknecht, que j'ai hâte de croiser en salon pour continuer à discuter de nos galères respectives !

Un grand merci à Luce, mon éditrice, et à toute l'équipe de chez Hugo Roman.

Parce que Luce a su lire entre mes lignes, comprendre jusqu'aux moindres détails de mes personnages et pousser *La Loi des catacombes* à sa meilleure version : merci pour la confiance que tu as placée en moi.

Enfin, merci à vous, lecteurs et lectrices qui vous êtes procuré ce livre !

J'espère que ce roman vous aura apporté des petits frissons et des éclats de rire.

Composition et mise en pages
Nord Compo à Villeneuve-d'Ascq